U0511137

论红楼梦思想

冯其庸 著

商务印书馆
创于1897 The Commercial Press
2014年·北京

图书在版编目（CIP）数据

论红楼梦思想 / 冯其庸著. —北京：商务印书馆，2014

ISBN 978-7-100-10056-4

Ⅰ.①论… Ⅱ.①冯… Ⅲ.①《红楼梦》研究
Ⅳ.①I207.411

中国版本图书馆 CIP 数据核字（2013）第 135245 号

论红楼梦思想

冯其庸 著

商 务 印 书 馆 出 版
（北京王府井大街36号 邮政编码100710）
商 务 印 书 馆 发 行
北京市白帆印务有限公司印刷
ISBN 978-7-100-10056-4

2014年1月第1版　　开本 787×1092 1/16
2014年1月北京第1次印刷　　印张 18¾ 插页 1

定价：42.00元

《石头记》清嘉道间钞本，道光中流入俄京，迄今已百五十年，不为世所知。去冬，周汝昌、冯其庸、李侃三同志亲往目验，认为颇有价值。兹其全书影本，由我驻苏大使馆托张致祥同志携回，喜而赋此。是当急谋付之影印，以饷世之治红学者。一九八五年二月二十日。

李一氓

泪墨淋漓假亦真。红楼梦觉过来人。风灯残醉传双玉，鼓担新钞叫九城。价重一时倾域外，冰封万里识家门。老夫无意评脂砚，先告西山黄叶邨。

1. 俄藏本《石头记》回归，李一氓先生题诗为赠

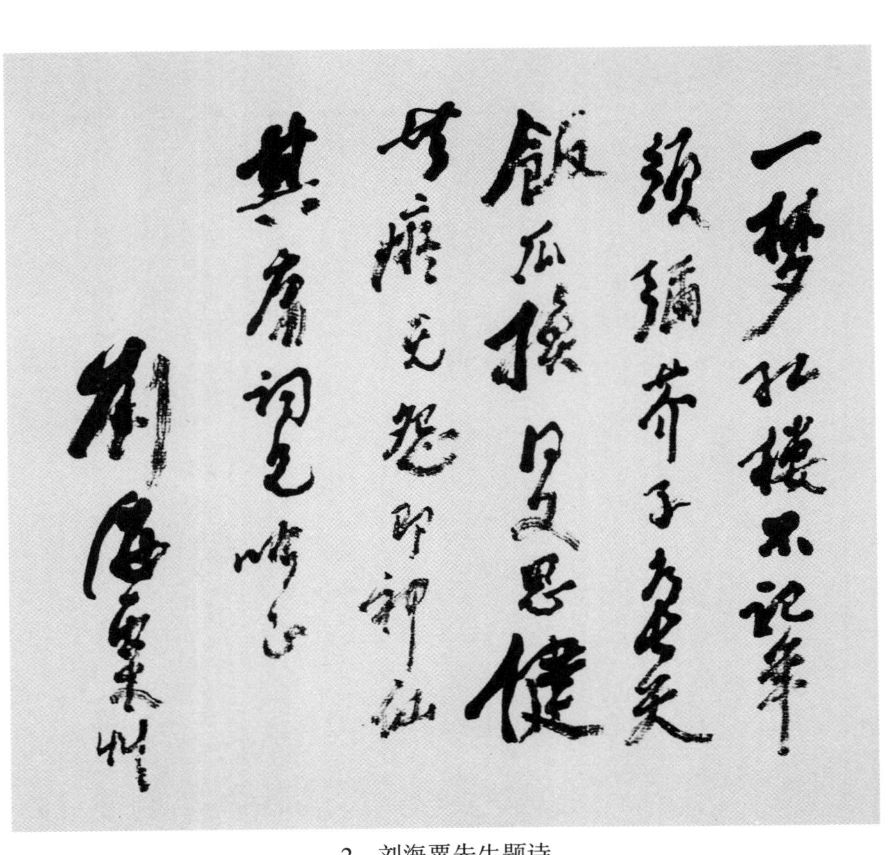

2. 刘海粟先生题诗

目　录

自　序

我对《红楼梦》的研究，几十年来，只做了三件事：一是曹雪芹家世的研究，写出了《曹雪芹家世新考》，后来又出了增订本，篇幅增加了一倍。在研究过程中，发现了一系列的新材料，这些材料都是原始的曹家第一手档案性的资料，对研究曹家的历史有极其重要的作用，对确定曹家祖籍是辽阳，更是不可动摇的历史证据。任何企图用种种谬说来否定或歪曲这些史证的，到头来被否定的只能是他们自身而不是这些史证，因为历史是客观的又是无情的，任何妄图与历史较量的人，想涂抹、捏造、歪曲、掩盖历史真相的人，最后失败的不是历史而是那些妄图涂改历史的人。曹雪芹祖籍是辽阳，也是如此。

二是《红楼梦》脂本的研究。我写出了《石头记脂本研究》。最幸运的是我与吴恩裕先生一起发现并考证了己卯本是怡亲王府的抄本，并由此而推知己卯本的原本极可能来自曹家的原稿本。这是对研究曹雪芹原稿的至关重要的信息。可惜己卯本已散失了一半。然而，更意外的是我发现已卯本全稿却完好地保存在庚辰本里，而庚辰本至今尚很完整，只差两回。我写出了《论庚辰本》一书，揭示了这一发现，从此人们正确地认识了庚辰本无比珍贵的价值——它是曹雪芹逝世前遗留下的最完整的最后的定稿本，虽然仍留有若干残缺，但这已经是天壤间最完整最确定的本子了，因为此后雪芹就逝世了，再也不可能有比此更完善、更定稿的本子了。

三是我对《红楼梦》的思想进行了研究，1983年曹雪芹逝世220周年的时候，我写了《千古文章未尽才》一文，提出了《红楼梦》的思想是反映资本主义萌芽的新的民主思想，而不是封建的民主思想，之后，我一直没有放弃这一课题的研究，直到今年元月二日晚，我才完成了《论红楼梦的思想》这篇文章的写作。这篇文章断断续续，前后写了两年多，中间因病、因事搁置了一段时间，现在总算完成了。我是把《红楼梦》的思想、把作者曹雪芹放在当时的社会历史条件下来进行研究的，我研究了从明后期至清乾隆时期的社会历史状况、研究了这一历史大变革时期的社会政治、思想、经济、文化、习俗等的情况，研究了这一时期的外部世界和沟通的状况。我更加认识到《红楼梦》的思想是反映资本主义萌芽的新的民主思想，曹雪芹是超前的思想家，他的思想，上承明末的李卓吾，清初的黄宗羲、顾炎武，与同时代的唐甄、戴震、吴敬梓、袁枚等人的思想是共通的，虽然他们未必有交往，但他们同是属于这个反封建传统的行列里的，他们同时会感受到这个时代先进的脉搏。曹雪芹更是他的家庭的思想叛逆者，康熙六十年的《曹玺传》说曹寅“七岁能辨四声，长，偕弟子猷讲性命之学……頫字昂友，好古嗜学，绍闻衣德”。性命之学就是程朱理学，可见这个程朱理学，是他们家的传统，曹寅、曹宣笃信此学，曹頫也承继不替。曹寅在《楝亭诗别集》卷四《辛卯三月二十六日闻珍儿殇书此忍恸，兼示四侄寄西轩诸友》三首之二说：

予仲多遗息，成材在四三。承家望犹子，努力作奇男。经义谈何易，程朱理必探。殷勤慰衰朽，素发满朝簪。

这首诗里，不仅表明了他自己是熟悉经义，笃信理学的，而且还希望后代以此来慰他的衰朽。然而曹雪芹在《红楼梦》里却大反程朱理学，说它是“杜撰”，说喜欢程朱理学、仕途经济的人是“国贼禄鬼”，这反对的是够激烈的了，曹寅的“殷勤慰衰朽”的愿望，算是彻底破产了！由此我想到曹雪芹在《红楼梦》开头就说自己：“背父兄教育之恩，负师友规谈之德。”看来，曹雪芹说的完全是实话。曹雪芹确是他的家庭思想的叛逆者，不仅如此，曹雪芹通过元妃省亲等情节，批判封建皇帝“离散天下之子女，以奉我一人之淫乐”等等，他对封建专制皇权也是激烈的批判者、叛逆者。

在研究《红楼梦》的思想过程中，我同时研究了那个时代的社会，才更加体会到《红楼梦》里的“真假”、“有无”、“虚实”，等等的概念，不仅仅是指书中的贾府，也不仅仅是隐指曹、李两家，而是具有更深远的社会现实意义的。因此，研究《红楼梦》，确应重视曹家和李家从煊赫到败落的家史，但不应该仅限于此，因为当时社会上“真假”、“有无”、“虚实”的情况太多，“落了片白茫茫大地真干净”的人家决不限于曹、李两家，因此它具有更广阔更深远的历史内涵和意义。所以，《红楼梦》的研究，应该与当时的社会联系起来，与当时的政治、思想、社会问题联系起来，这样，可能认识得会更全面些。我在我的这本书里，作了这方面的初步尝试。

《红楼梦》在典型人物的塑造，环境的描写，场景的转换，人物语言上的成就是卓越的，独一无二的，我在这方面虽偶有尝试，却实在无暇顾及了。

“不知筋力衰多少，但觉新来懒上楼”，这是辛弃疾的名句。往年，我七去新疆，两登4900米的帕米尔高原，涉流沙、抚昆仑、探冰川、仰雪峰、穷居延海、寻黑水城，种种艰难，从未感到疲劳，但近年病后，却忽然想到辛弃疾的这两句词，看来我也终于有点“懒上楼”的感觉了。但这句话我还有另一层意思，指的是《红楼梦》的这个“楼”，我虽然想“更上一层楼”，但终于是感到“难上层楼”了。

不过，我相信，《红楼梦》这座“楼”，愿意攀登、能够攀登的人，以至于真正能够登上“楼”顶的人，自有人在，我愿意看到这样攀登的盛况！

2002年元月4日于瓜饭楼

论红楼梦思想

《红楼梦》的思想，是红学研究中的一项重大课题。1974年，我在几篇有关的论文里略略申述了我的意见，我认为《红楼梦》是反映了当时资本主义萌芽的思想的，但那时我只是简略地叙述，而且我也还未对此作深究。十年以后，即1983年，我写了《千古文章未尽才》一文，对《红楼梦》的思想稍稍作了一些深入的探讨。经过十年的揣摩，我更坚信《红楼梦》的思想，是反映了资本主义萌芽性质的思想，曹雪芹的思想，是初期的激进的民主主义思想，他的思想，与封建正统思想是完全对立的。

从1983年以来，转瞬间又已过了十七年了，在这个问题上，我始终没有停止思考和阅读有关的资料。十七年来，我对这个问题又读了一些书，稍稍增加了一些阅历，因而更加坚信我原先的认识。只是深深感到要深研这个问题，更需要潜心读书，更要放开眼界看问题，抱着一部《红楼梦》就事论事，是不可能参悟这部书的深奥之处的。我虽然前后对这个问题已经思考了二十五年，但仍深感读书不够，深思不够。近年来又加上多病，虽仍想多读书，然已感到体力不支，思考能力也大不如前。生怕已经反复思考的问题又会健忘，故先草此文，以为二十五年来一个老问题的继续。

一、《红楼梦》的时代

（一）明代资本主义的萌芽和发展

中国的封建社会，从明代嘉靖、隆庆到万历，共约一个世纪，也即是从十六世纪初（1522年，嘉靖元年）到十七世纪初（1619年，万历四十七年），这是中国历史上资本主义萌芽蓬勃发展的时期。顾炎武《天下郡国利病书》卷三十二引《歙县风土论》说：明弘[①]治时期，“家给人足，居则有室，佃则有田，薪则有山，艺则有圃，催科不扰，盗贼不生，婚媾依时，闾阎安堵，妇人纺织，男子桑蓬，臧获服劳，比邻敦睦”。这里描写的，完全是一幅中世纪式的封闭的纯自然经济的封建田园图，但是到了正德时期，也即是二十年后（弘治共十八年）情况就不同了，《风土论》又说：

> 寻至正德末嘉靖初，则稍异矣。商贾既多，土田不重。操赀交接，起落不常。能者方成，拙者乃毁。东家已富，西家自贫。高下失均，锱铢共竞。互相凌夺，各自张皇。于是诈伪萌矣，讦争起矣，纷华染矣，靡汰臻矣。

按正德共十六年（1506—1521年），正德末，就算从正德十年

① 原书“弘”字作“宏”。

（1515年）算起，到嘉靖十五年（嘉靖共四十五年，刚好是三个十五年），一共才二十一年，然而从上述的描写，就可以看出一幅资本主义萌芽时期，重商轻农，激烈竞争，互相凌夺，诈伪讦争的图画，接下去又说：

> 迨至嘉靖末、隆庆年间，则尤异矣。末富居多，本富益少。富者愈富，贫者愈贫。起者独雄，落者辟易。资爰有厉，产自无恒。贸易纷纭，诛求刻核。奸豪变乱，巨猾侵牟。

隆庆共六年，"嘉靖末"即从嘉靖三十年算起，则加上隆庆的六年又是二十一年。这二十一年的变化，比前更加剧烈，"末富居多，本富益少"，就是做生意的人愈来愈多，资本都集中到商业上去了，"本富益少"就是靠土地收租，做田地经营的愈来愈少，也就是都去经商买卖，不愿投资到土地上做老式的地主了。"富者愈富，贫者愈贫"四句，更反映出两极分化，破产的破产，发财的发财。这里活生生地画出了一幅资本主义初期的现世相。虽然当时还只是资本主义的萌芽发展时期，但资本主义的本质特征，已经看得很清楚了。下面还说：

> 迨今三十余年则敻异矣。富者百人而一，贫者十人而九。贫者既不能敌富者，少反可以制多。金令司天，钱神卓地，贪婪罔极，骨肉相残。受享于身，不堪暴殄。

这是写隆庆以后的三十年，也即是万历元年（1573年）到万历三十年（1602年），也即是16世纪末到17世纪开头。这个三十年，则已经到了“富者百人而一，贫者十人而九”，“金令司天，钱神卓地”的地步了。由此可见，当时资本主义萌芽时期的发展态势。

以上这段文字，虽然只是写安徽歙县一地，但事实上，从16世纪到17世纪，江南太湖周边及沿海的不少城镇，其资本主义萌芽和发展的情况，也大体类似。如果按照当时的发展态势，中国的资本主义进程，自然会发展得更快些，但历史总是曲折的，万历末年（1618年），努尔哈赤以七大恨告天誓师伐明，崇祯二年（1629年），李自成发动起义，从此，民族矛盾的战争与阶级矛盾的战争同时爆发，于是这种资本主义萌芽性质的经济，自然而然地遭到了摧残，不仅是经济遭到了破坏，就连人民的生活，也完全陷入了水深火热之中。

（二）清代前期的经济恢复和发展

清代经过顺治、康熙、雍正三代（1644—1735年），将近一百年的时间，尤其是康、雍两朝的休养生息，战争的停止，政策的调整，政令的统一，于是社会得到复苏，人口开始孳生，城镇开始繁荣，工商业得到急剧的发展，到康熙中后期，社会生产基本上已恢复到明代的繁荣时期了。在这样的基础上，原先就已存在了将近两个世纪的资本主义萌芽的经济，这时自然就呈现出发展的态势了。

曹雪芹约生于康熙五十四年（1715年），上距天命三年（1618年）努尔哈赤以七大恨告天誓师伐明九十九年，上距崇祯二年（1629年）李自成起义八十六年。曹雪芹的卒年为乾隆二十七年壬午除夕（1763年2月12日），下距洪秀全的太平天国金田起义（1850年）八十七年，下距孙中山先生的辛亥革命（1911年）一百四十八年。曹雪芹生活的时代，正是在两次农民大起义的高潮之间，也就是清政权最为稳固的时代。所以封建的史学家称之为“康乾盛世”。

这个时代的时代特征是，清代到了康熙末年，经过将近百年的休养生息，已经从经济恢复走向繁荣了。首先是人口的增加，顺治九年（1652年）经过战乱以后的全国农业人口为14,483,858丁口，[①]至康熙五十年（1711年，曹雪芹出生之前三年）增至24,621,334丁口，自顺治九年至康熙五十年，这六十年间的人口，几乎增加了一倍。[②]至乾隆时期则激增至242,000,000到250,000,000之间。[③]中国是一个农业国，人口的激增，耕地面积自然也随之扩大。顺治十八年（1661年）全国耕地面积为5,493,576顷，到康熙五十年增至6,930,344顷。[④]从顺治末年到乾隆中叶（曹雪芹卒于乾隆二十七年，已是乾隆中叶）的百

---

① 俞正燮：《癸巳类稿》卷十二，商务印书馆1957年版，第454页。

② 同上。

③ 参见李洵《明清史》，人民出版社1957年版，据陈长衡《中国近百八十年来人口增加之速及今后之调剂方法》一文中的推断。

④ 参见李洵《明清史》，据王先谦《东华录》康熙朝卷八十八。

来年中，全国耕地面积约增加了百分之四十左右。[①]人口的孳生，耕地面积的扩大，意味着赋税的增加，国库的充实，所以到康熙五十一年颁布命令，以康熙五十年（1711年）的人丁数字24,620,000作为征收丁赋的固定数字标准，以后增加人口谓之“盛世孳生人丁”，永不加赋。[②]

在上述这种经济恢复发展和繁荣的基础上，全国的手工业和商业也得到了较大的发展。手工业方面发展最快的是纺织业，清代初年，对各地纺织业机房中的织机数目是有限制的，每机房织机不得超过百张。《江宁府志》[③]说：

> 江宁机房，昔有限制，机户不得逾百张，张纳税当五十金。织造批准注册给文凭，然后敢织，此抑兼并之良法也。国朝康熙间尚衣监曹公寅深恤民隐，机户公吁奏免额税。公曰:“此事吾能任之，但奏免易，他日思复则难，慎勿悔也。”于是得旨永免。机户感颂，遂祀公于雨花岗，此织造曹公祠所由建也。自此有力者畅所欲为，至道光间，遂有开五六百张机者。

这个材料说明，在南京一地，取消这种对织机的限制，恰恰是从

① 参见李洵《明清史》，据《清朝文献通考》卷一至四《田赋考》统计。

② 参见李洵《明清史》，据王先谦《东华录》康熙朝卷八十九，康熙《会典事例》卷一百五十七。

③ 蒋启勋、汪士铎:《续纂江宁府志》卷十五《拾补》。

曹寅开始的，取消限制后的发展，快速到“至道光间，遂有开五六百张机者。”同治《上元、江宁两县志》则说：“乾嘉间机以三万余计。”[①]这个数字看来是江宁一地的织机总数。虽然它似应包括官机在内，但它的发展，应该说是很明显的了。这里应该说明的是《江宁府志》所说的“至道光间，遂有开五六百张机者”，当是指的个体户，也就是现在习惯说的资本家，一个资本家而单独开五六百张机，其规模当然就不小了，那末，全城织机的总数，或当远远超过“乾嘉间机以三万余计”的总数了。

除了纺织业外，在全国范围内，还有矿业、陶瓷业、印刷业等等，也都有重大的发展，雍正时用铜活字印的《古今图书集成》，共有一万卷之多，到乾隆时，又创制木活字印刷术，使印刷业得到更大的发展。

清代的对外贸易，随着当时经济的恢复，政治的稳定，康熙二十三年，即部分开放海禁，当时主要是与西方各国交易。[②]到雍正七年，即“大开洋禁，西南洋诸国，咸来互市”。[③]并开设闽、浙、粤等海关，扩大对外贸易，但到乾隆二十四年（1759年）则又停止闽、浙关贸易，对外贸易都归广州一港。[④]清代除设海关、管理征税和稽查等事务外，还于康熙五十九年（1720年）设立“公行”，以实际操纵和经理对外贸易事务，洎广州成为当时唯一

①《食货考》，同治《上元、江宁两县志》卷七。

② 王之春：《柔远记》卷四，转引自李洵《明清史》。

③ 同上。

④ 参见李洵《明清史》，人民出版社1957年版，第210、211页。

的对外贸易口岸后，“公行”就迅速发展，成为国家对外贸易的垄断者。乾隆二十四年虽然停止了闽、浙海关，但实际上当时的外贸还是在发展中，据乾隆二十四年两广总督李侍尧的报告说：

> 外洋各国夷船到粤贩运出口货物，均以丝货为重，每年贩买湖丝并紬缎等货，自二十万余斤至三十二三万斤不等。统计所买丝货，一岁之中，价值七八十万两或百余万两，至少之年，亦买价至三十余万两之多。其货均系江浙等省商民贩运来粤，卖与各行商，转售外夷。[①]

可见当时的对外贸易仍在发展中。

（三）明清之际的西学东渐之风

明清之际的西学东渐之风，也是对当时社会思想起重大影响的一个方面。这次的西学东渐，与汉魏隋唐的中印文化交流和元代的基督教传布，都有所不同。这次的西学东渐，传播者的目的是为了传教，但接受者的主要目的，却更多的是西方的新学，即新的自然科学知识。这次的西学东渐，应以1583年，明万历十一年利玛窦来华为标志，其后汤若望（1622年，明天启二年来华）、南怀仁（1659年，顺治十六年来华）等一批传教士先后相继来华，他

①《史料旬刊》第5期，第158页，此处转引自尚钺《中国历史纲要》，第385页。

们来的时机正好是明末或清初，鉴于明朝的腐败，当时一批具有初期启蒙思想的社会精英分子，都想求取西方的先进科学知识来救国救民，而利玛窦等人，深知要让他们能在中国站住而达到传教的目的，必须首先使自己适应于中国的现实和中国高层知识分子的心理，所以利玛窦明确说："传道必须先获华人之尊重，最善之法，莫若以学术收揽人心，人心既服，信仰必定随之。"[①]利玛窦的判断是正确的，所以他使一大批传教士在华站住了脚，同时他们也带来了许多西方的自然科学知识。他们带来了世界地图，使中国人第一次知道世界的概貌。利玛窦的世界地图，原称《山海舆地图》，经修改后称《坤舆万国图》，1602年，明万历三十年刊于北京。数学方面，他们带来了欧几里得几何学。天文方面，他们带来了哥白尼的日心说。物理学方面，他们带来了《地震解》、《远镜说》等等。在生理学方面，他们带来了《泰西人说概》、《人身图说》，使中国人第一次知道"一切知识记忆不在于心，而在于头脑之内"（俞正燮《癸巳类稿》卷十四《书人身图说后》）。在医药方面，他们带来了西药制造术。此外，还有气象学、生物学等学科的新知识。另外还带来了教育学、古希腊哲学以及有关基督教的学说，其中包括"禁止纳妾"、"上帝面前人人平等"的思想等等[②]。耶稣会士们带来的这些新的自然科学知识，对明清时期的中国社会、政治、知识阶层起到了重大的影响。

---

① 费赖之：《入华耶稣会士列传》，商务印书馆1938年版，此处转引自萧萐父、许苏民《明清启蒙学术流变》，第61页。

② 以上参见萧萐父、许苏民《明清启蒙学术流变》，第61、62页。

（四）清代商业的发展和市民阶层的壮大

在农业、手工业长足发展的基础上，清代的商业在18世纪也达到了繁荣。因为出现了不少大城镇，如北京、南京、扬州、苏州、杭州、武昌、汉口等地，都是全国著名的都市。特别是除了这些大城市外，还出现了更多的农村的城镇，它们以常设的中小商店和集市贸易结合的方式，来展开全国性的普遍的商业活动，活跃了当时的农村经济。

由于当时大城市的发展，农业、手工业、工业和商业经济的繁荣，当然随之而生的是城市居民的增加和从事手工业、工业、商业活动的市民、资本家、商人和出卖劳力的人也相应地增多，即我们习惯地统称的市民阶层的增多，逐渐形成为一种社会力量。这就是说，在封建社会内部，在原有的农民和地主阶级的矛盾外，又增加了一对新的社会矛盾，这是封建社会内部发展的必然规律，而这一对新矛盾，就是旧矛盾的未来的取代者，中国当时封建社会的发展，也完全自然地在遵循这一规律前进。

（五）土地兼并和财富的集中

除了这一对完全崭新的社会矛盾外，还有两种社会现象，也在自然地发展着。一种是土地兼并，清朝经过顺、康、雍、乾四朝，整整一个半世纪的历程，由于社会从康熙朝起逐步稳定，大批的贵族、大官僚、大地主、地方豪绅们，他们将所搜刮的大量财富，用来兼并土地，有的甚至是掠夺所得，这些势家大族，一般都是凭权仗势，而且官官相护，代代相续，于是在全国范围内形成了大贵族、大官僚、大地主阶层，在他们少数人的手里却集中了全国绝大部分的土地。昭梿《啸亭续录》卷二“本朝富民之多”条云：

本朝轻薄徭税，休养生息，百有余年。故海内殷富，素封之家比户相望，实有胜于前代。京师如米贾祝氏，自明代起家，富逾王侯，其家屋宇至千余间，园亭瑰丽，人游十日未竟其居。宛平查氏、盛氏，其富丽亦相仿，然二族喜交结士大夫以为干进之阶，故屡为言官弹劾，致兴狱讼，不及祝氏退藏于密也。怀柔郝氏，膏腴万顷，喜施济贫乏，人呼为郝善人。纯皇帝尝驻跸其家，进奉上方水陆珍错至百余品，其他王公近侍以及舆儓奴隶，皆供食馔，一日之餐费至十余万云……

这里所说的致富之由等，当然是不可信的，值得我们注意的是“富逾王侯”、“膏腴万顷”，连乾隆皇帝都到他家去做客的事实。还有百一居士的《壶天录》卷一说：浙江奉化黄姓地主有“腴产数千顷”，钮琇《觚賸续编》卷三“季氏之富”条说：

江南泰兴季氏，与山西平阳亢氏，俱以富闻于天下。季自沧苇以御史回籍后，尤称豪侈，其居绕墙数里，中有复道，周巡健儿执铃柝者，共六十人。月粮以外，每夕犒

> 高邮酒十瓮，烧肉三十盘。康熙九年，霖雨连旬，恐霉气浸涴，命典衣者曝裘于庭，张而击之，紫貂青狐，银鼠金豹，舍利猕之属，脱毛积地厚三寸许。家有女乐三部，悉称音姿妙选，阁谳宾筵，更番佐酒，珠冠象笏，绣袍锦靴，一妓之饰，千金具焉。及笄而后，散配僮仆与民家子，而娇憨之态，未能尽除，日至高春，晨睡方起，即索饮人参龙眼等汤，梳盥甫毕，已向午矣。制食必依精庖为之，乃始下箸。食后辄按牙歌曲，或吹洞箫一阕，又复理晚妆，寻夜宴。故凡娶季家姬者，绝无声色之娱，但有伺候之烦，经营之瘁也。

以上这些例子，充分说明了当时土地被兼并集中的严重情况。所以当时人说："近日田之归于富户者，大约十之五六，旧时有田之人，今俱为佃耕之户。"[①]农民成为"佃耕之户"后，就要向地主交百分之五十以上的私租，因此农民一年生产的结果，"日给之外，已无余粒"，一遇到灾荒，只好"鬻妻子为乞丐以偿丁负"。由此可见，在盛世之下的社会现实和隐藏着的尚未爆炸的危机。

另一种社会现象就是财富的大量集中。上面所举的土地的大量集中的现象中，已经部分地包含着财富的大量集中，但这里指的是另一种情况，是指大地主以外的大商人。清代最大的也是最富的商人就是两淮的盐商和山西票号商人，另外还有徽州的徽

①《清朝经世文编》卷三九《户政》，此处转引自李洵《明清史》，第214页。

商。《扬州画舫录》卷十五说：

汪廷璋，字令闻，号敬亭，歙县稠墅人。自其先世大千迁扬州以盐荚起家，甲第为淮南之冠，人谓其族为铁门限，父交如……守财帛，富至千万。

《淮鹾备要》卷七说：

闻父老言，数十年前，淮商资本之充实者，以千万计，其次亦以数百万计。商于正供完纳而外，仍优然有余力，以夸侈而斗靡。于是，居处饮食服饰之盛甲天下。迩者财力远逊于曩时，而商人私家之用有增无减。

又《从政录》卷二《姚司马德政图叙》说：

向来山西、徽歙富人之商于淮者百数十户，蓄资以七八千万（两）计。[①]

又《汪太函集》卷二《汪长君论最序》说：

新安多大贾，其居盐荚者最豪，入则击钟，出则连骑，

① 转引自《明清徽商资料选编》，第103页。

暇则招客高会，侍越女，拥吴姬，四坐尽欢，夜以继日。

上引这些材料说明，从明代中后期起到清代康熙、乾隆的时代，社会上由于商业的巨大发展，涌现出了一大批富商，其中尤以盐商的势力最豪。这种社会财富的大量集中，即意味着社会上有大批的贫民，他们日日挣扎在饥寒线上而得不到解决，社会矛盾也因之而加深。

（六）残酷镇压读书人的文字狱

《红楼梦》时代的另一种特殊现象，就是残酷而频繁的“文字狱”。从中国的历史来看，清代以前也是有过因文字而贾祸的事例的，著名的苏东坡的“乌台诗案”就是一例，但这类情况，在以往的历史上只是偶尔发生，并不经见。惟独到了清代，尤其是康、雍、乾三朝，更为频繁，可以说是高潮迭起，惊波常涌，而这个时代，正是《红楼梦》诞生的前前后后，也就是曹雪芹出生的前前后后。

清代的“文字狱”与历史上以往的“文字狱”是大有区别的，以往的“文字狱”是偶发性的，而清代的“文字狱”是频发性的，以往的“文字狱”较多误解、误会的成分，而清代的“文字狱”是镇压禁锢人们的反抗意识的一种手段，误解之类的成分极少或只是少数几起。

清代的“文字狱”在顺治四年（1647年）有函可和尚《变记》

案。[①]函可，俗姓韩，名宗騋，是明崇祯间礼部尚书韩日缵的长子，因感明末社会的腐败和世事无常，于崇祯十三年（1640年）出家为僧。1644年，明亡，福王朱由崧在南京建立弘光朝，函可即以“请藏经”为名到南京，但适逢左良玉起兵“清君侧”，弘光内乱，豫亲王多铎趁机自河南长驱直下，破徐渡淮，屠扬州，开镇江，直捣南京，弘光遂亡。函可亲历国破之痛，山河变色之惨，遂作《变记》，事发，函可“拷掠至数百”，“夹木再折，血淋没趾，无二语”，后解京再审，被流放沈阳。这是顺治初年的第一桩“文字狱”，从此开始了清代的“文字狱”。

在此案的十六年后，即康熙二年，鳌拜等四大臣辅政，即爆发了庄廷鑨的《明史案》。庄家是浙江湖州南浔巨富，庄廷鑨的《明史》原是明天启宰相朱国桢之旧稿，廷鑨以重金买来后重加修整增补，更名《明史辑略》，作为庄廷鑨自己的著作，但廷鑨未及看到此书的刊刻就去世了。其父为不埋没儿子的一番心血，于顺治十七年（1660年）刊刻出版。后为吴之荣告发。清统治者即借此案杀一儆百，以镇压当时心怀故国的汉族知识分子，故凡与此案有关的人全数逮捕，捕获入狱者竟达二千余人之多。此案结果斩决七十余人，其中凌迟处死者十八人，连抄写书稿者、刻字工人，校勘装订者，买书者、藏书者均处斩。真是一场血腥的大屠杀。

此后又有朱方旦案、陈鹏年诗案。朱方旦被杀，陈鹏年初因曹寅援救，后又得李光地在康熙面前的赞誉，最后是因为噶礼的构陷太

① 关于“文字狱”一节，都参见杨凤城等著《千古文字狱》，南海出版公司1992年版。下同，不再注。

过无据，而康熙又经过曹寅、李光地等人的进陈，此案终于未成。

康熙五十年（1711年），都察院左都御史赵申乔参劾当朝名士、现任翰林院编修戴名世。刑部在戴名世十年前刊印的《南山集偶钞》中查出《与余生书》内录写南明三王年号，并将南明政权与三国时的蜀汉，退守崖州的南宋相提并论。另外，在《与弟子倪生书》里又说清朝开端应是康熙元年，顺治不得为正统等等，以上这些言论使康熙震怒，刑部遂以“大逆”定罪。康熙五十一年（1712年）正月（曹雪芹生前三年），刑部等衙门题奏：“察审戴名世所著《南山集》《孑遗录》有大逆等语，应即行凌迟，已故方孝标所著《滇黔纪闻》内，也有大逆等语，应剉其尸骸。戴名世、方孝标之祖、父、子孙、兄弟之子，年十六岁以上者俱查出解部即行立斩。其母、女、妻妾、姐妹，子之妻妾，十五岁以下子孙、伯叔父及兄弟之子，亦俱查出给功臣家为奴。方孝标归顺吴逆，身受伪官，迨其投诚，又蒙恩免罪，仍不改悖逆之心，书大逆之言。令该抚将方孝标同族人，不论服之已尽未尽，逐一严查，有职衔者尽皆革退。除已嫁女外，子女一并即解刑部，发与乌喇、宁古塔、伯都纳等处安插。汪灏、方苞为戴名世悖逆书作序，俱应立斩。方正玉、尤云鹗闻拿自首，应将伊等妻子一并发宁古塔安插。”此案上奏后，因牵涉当朝官员及著名人士太多，康熙一直没有批。直到康熙五十二年（1713年）二月初七日，因面临康熙的六十寿辰，觉得不宜大开杀戒，于是谕批：“戴名世从宽免凌迟，着即处斩。方登峰、方云旅、方世樵俱从宽免死，并伊妻子充发黑龙江。此案内干连人犯俱从宽免治罪，着入旗。”

按此案为康熙后期的一次大狱，牵连达三四百人之多，朝野震动。特别是案中所说“方孝标归顺吴逆（指吴三桂）”云云，完全是康熙自己搞错了人，错把安徽桐城的方氏，当作安徽歙州方光琛的一族了，方光琛当年参与吴三桂的叛乱，为吴之宰相。吴三桂之乱被平定后，方光琛全家除一子在逃外，余皆伏法，而桐城的方孝标，除戴名世文中提到的《滇黔纪闻》确是方孝标的著作，记他亲自在云贵所闻南明之事，记南明的忠臣义士、遗民故老等等，根本就没有什么“归顺吴逆”之事，但这是皇帝的金口玉言，自然得据此拟罪。此案要不是碰上康熙六十大寿的话，很有可能又是一次“明史案”的重现。

雍正朝一共十三年，据统计有案可查的“文字狱”将近二十起。雍正三年（1725年）有汪景祺《读书堂西征随笔》案。汪景祺是年羹尧的幕僚，入幕不过一年左右，却因为年羹尧的倒台，查出了他在年幕写的《读书堂西征随笔》里有“悖谬狂乱，至于此极”的话，如说“皇帝挥毫不值钱”，说君主猜忌杀功臣，说康熙的谥号不宜称“圣祖”，说雍正的“正”字是“一止之象”等等，所以雍正上谕：“立斩枭示。”汪景祺被斩后，其头颅长期悬挂在宣武门外菜市口，以警戒南来北往的汉族士大夫和一般读书人，直到雍正十三年雍正去世后，才奏请新皇将汪景祺等六人的头取下掩埋。

雍正七年，又有谢济世撰《大学注》《中庸疏》以毁谤程朱案。同年，又有陆生楠《通鉴论》案。陆生楠以议论《资治通鉴》旁及时政，讥刺康熙。雍正认为“陆生楠罪大恶极，情无可逭”，即于军前正法。

雍正六年到十年，又有曾静派学生张熙投书岳钟琪策反案并牵引出吕留良反清著述案。结果已死的吕留良等戮尸，其子吕毅中等斩立决。而曾静、张熙则被宽释，留作反面教材，但到乾隆时又被下旨杀掉。

乾隆登基之初，文禁稍宽，但到乾隆十六年“伪造孙嘉淦奏稿”案起，就高潮迭起，到四十一年（1776年），据统计竟有七十起之多。而“伪造孙嘉淦奏稿”案波及全国，被缉捕人犯上千，最后只好找两个替罪羊卢鲁生、刘时达，前者被凌迟，后者被斩决。乾隆二十年（1755年），又有胡中藻《坚磨生诗钞》案，书中有“一把心肠论浊清”，出试题又有：《孝经》又有乾三爻不像龙说。于是胡中藻被处斩。

以上这些“文字狱”，有的是在曹雪芹出生之前，有的是曹雪芹当世，这些都会给曹雪芹以影响。曹雪芹卒于乾隆二十七年除夕。所以以下的“文字狱”就不再列举。

看了以上这些“文字狱”的例子，再想想曹雪芹于《红楼梦》里所写的：

满纸荒唐言，一把辛酸泪。
都云作者痴，谁解其中味？

就颇值得耐人寻味了！

2001年1月10日于京东且住草堂

二、《红楼梦》时代的统治思想和社会思潮之一

清代的统治思想是继明代的统治思想——“程朱理学”而来的，所以谈《红楼梦》时代的统治思想和社会思潮，必须追本溯源，从明代谈起。

（一）明代的朱学及其反对者

明代自立国之始，就设置国子监以培养封建政权的各级接班人，并规定国子监的主要教材就是四书五经等。《明书·学校志》说：“以孔子所定经书诲诸生，毋以仪、秦纵横坏其心术”。但明代所用儒家的经典都是经朱熹注释过的，明代的皇帝姓朱，所以特重朱熹，凡所解释，都以朱熹为准，不得违背。除国子监外，明代的科举制度，也规定出题用四书五经，而这个四书五经，当然也是朱熹注释的本子。所以在明代朱学是国定的，人人不得违反的。其结果即如当时人宋濂说：“自贡举法行，学者知以摘经拟题为志，其所最切者，惟四子一经之笺，是钻是窥，余则漫不加省。与之交谈，两目瞪然视，舌木强不能对。”①

但是，朱学从他自己的时代，就有对立面。朱学认为宇宙之理，普遍存在于世界的客观事物之中，只要就天下之事物，一一

① 宋濂：《大明故中顺大夫、礼部侍郎曾公神道碑铭序》，《銮坡后集》卷七。

穷究其理，就能得“天理”，所以他主张“道学问”，也即是研究客观事物，著书立说。所以他一生对儒家的经典，作了认真的注释，并以自己的理解来注解孔孟。实际上孔孟之学到了朱熹手里，已经是朱学化了。

与朱熹同时的陆九渊，就一反朱熹之道，主张“尊德性”，即修养自己的心性，只要自己的心正了，就具备了一切了。因为天理既存在于万物之中，则人也是万物之一，人心当然也具备天理，故心即是理，理即是心，更无须外求，如果修养得心正了，那末天理也就得了，故而无需外求了。所以世称陆九渊的学问为“心学”，也称为“陆学”。

但到了明代中晚期，正德到嘉靖之间，王阳明提出了“致良知”之说。王阳明始则信奉朱学，遍读朱熹之书，并认真地进行格物致知，以至于格出病来也无所得，始悟朱学之非。到五十岁那年（正德十六年，1521年），提出了“致良知”之说。他自己说：“我此‘良知’二字，实千古圣圣相传一点滴骨血也。”又说：“某于此‘良知’之说，从百死千难中得来，不得已与人一口说尽。”又说：“良知之外，别无知矣，故‘致良知’是学问大头脑，是圣人教人第一义。”[①]王阳明的学说，是继陆九渊的“心即理”的“心学”而来的。因此他认为人人都有良知，满街都是圣人，“心之本体即是天理”，所以只要恢复了“良知”，就能得天理。所以“天理”不在外在的伦理道德教条，而在于各人的本心。因此

---

① 王阳明：《传习录》中。

他说："学贵得之心，求之于心而非也，虽其言之出于孔子，不敢以为是也，而况其未及孔子者乎？求之于心而是也，虽其言之出于庸常，不敢以为非也，而况其出于孔子者乎？"[①]又说："学，天下之公学也，非朱子可得而私也，非孔子可得而私也。"[②]很明显他的学说完全是对程朱理学的反动，是反对程朱理学，特别是反对朱学的。《传习录》下记载一则故事，说：

> 王汝中、[③]省曾侍坐。
>
> 先生握扇命曰："你们用扇。"
>
> 省曾起对曰："不敢。"
>
> 先生曰："圣人之学不是这等捆缚苦楚的。不是装做道学的模样。"
>
> 汝中曰："观仲尼与曾点言志一章略见。"
>
> 先生曰："然。以此章观之，圣人何等宽洪包含气象。且为师者问志于群弟子，三子皆整顿以对，至于曾点，飘飘然不看那三子在眼，自去鼓起瑟来，何等狂态；及至言志，又不对师之问目，都是狂言。设在伊川，或斥骂起来了。圣人乃复称许他，何等气象。圣人教人，不是个束缚他通做一般，只如狂者便从狂处成就他，狷者便从狷处成就他，人之

① 王阳明：《传习录》中《答罗整庵少宰书》。

② 王阳明：《传习录》下。

③ 王汝中，名畿，号龙溪，是王阳明的弟子，是王学"左派"，有《龙溪全集》。

才气如何同得。”[1]

这则故事，清楚地说明王阳明反对程朱理学的捆缚人，扼杀人的生气勃勃的个性。他又说：“心之体，性也，性即理也。”[2]“天理在人心，亘古亘今，无有始终，天理即是良知，”[3]王阳明把程朱所宣扬的带有神秘色彩的“天理”，回归到人人皆有的良知，这就剥去了程朱理学的神秘色彩的外衣，使天理成为人人皆有的本性。所以他又说：“良知良能，愚夫愚妇与圣人同”，“良知之在人心，无间于圣愚，天下古今之所同也。”[4]这就是说圣人与普通老百姓是一样的，是平等的。所以他又说：“日用间何处莫非天理流行。”[5]程朱宣扬“存天理，灭人欲”，把“天理”与“人欲”对立起来，而且硬要灭绝“人欲”，扼杀“人欲”。王阳明则从根本上否定了与“人欲”对立的“天理”，而把“人欲”代替了“天理”。这样，凡是“人欲”，也即是“天理”。所以他又说：“与愚夫愚妇同的，是谓同德；与愚夫愚妇异的，是谓异端。”[6]这样，就从根本上推翻了程朱理学，而把老百姓的“百姓日用即道”放到了正宗的地位。这样无异是对当时统治思想的一种“颠覆”。王阳明针对当时朱学“分知行为两事”，把“知”与“行”分裂

---

① 王阳明：《传习录》下。
② 王阳明：《传习录》中。
③ 王阳明：《传习录》下。
④ 王阳明：《传习录》中。
⑤《[illegible]书》卷四《答成之》。
⑥ [illegible]录》上。

开来的“空疏谬妄，支离牵滞”[1]空洞浮泛，言不符实，妄谎欺世的颓败学风，提出了“知行合一”的学说，他主张“着实体履”、“着实躬行”、“身亲履历”、“事上磨练”。他说“尽天下之学，无有不行而可以言学者。”[2]

王阳明提出了一系列的反对程朱理学的主张，对当时的统治思想进行了抗议和颠覆，对当时中世纪式的黑暗混沌的思想统治、精神禁锢进行了冲决罗网，把混沌黑暗的禁锢世界捅了一个大窟窿。王阳明如此具有颠覆性的思想为什么没有受到统治阶级的政治干预呢？其根本原因是因为王阳明是站在统治阶级的立场，以挽救当时的社会“纪纲凌夷”、“病革临绝”，即当时的社会统治危机而提出来的。而他的思想实质和思想体系，也完全是从传统的主观唯心主义的思想体系来的，所以从当时的统治者看来，这是统治阶级内部不同的统治思想的差异，认识不到其中包含着根本性的变革。

（二）明代社会的虚伪颓靡之风

明代社会发展到王阳明的时代，已经经过了160年的统治，明代首尾一共只有277年，这时已过了将近三分之二了。在这160年的程朱理学的统治下，造成了士风、学风、文风、官风以及整个社会风气呈现出虚伪颓靡、腐败溃烂、无可救药的风气。特别

① 王阳明：《传习录》上。
② 王阳明：《传习录》中《答顾东桥书》。

是虚伪的假道学，充塞于整个社会生活，使得整个社会成为一个虚伪狯诈的世界。因此社会舆论对假道学和虚伪风气的攻击，成为一时的思想潮流。与王阳明同时代的大画家唐寅，有一首《焚香默坐歌》，对当时的假道学揭露无遗，这首诗说：

焚香默坐自省己，口里喃喃想心里。
心中有何害人谋，口中有甚欺人语？
为人能把口应心，孝悌忠信从此始。
其余小德或出入，焉能磨涅吾行止。
头插花枝手把杯，听罢歌童看舞女。
食色性也古人言，今人乃以之为耻。
及至心中与口中，多少欺人没天理。
阳为不善阴掩之，则何益矣徒劳耳。
请坐且听吾语汝，凡人有生必有死。
死见先生面不惭，才是堂堂好男子。

这首诗，对当时欺人欺世的假道学揭露得淋漓尽致，入木三分。当时的文徵明也有揭露假道学的诗：

末郎旦女假为真，便说忠君与孝亲。
脱却戏衣还本相，里头不是外头人。
——《子弟》

叶名澧《桥西杂记》记文徵明晚年应征召赴京，适逢春节，见东西长安道上朝官逐逐，至官员府第前，不问识与不识，望门投刺，或有不下马，或不至其门，令人投刺者，乃作诗云：

不求见面唯通谒，名刺朝来满敝庐。
吾亦随人投数纸，世情嫌简不嫌虚。

寥寥二十八字，对当时社会虚浮之风，揭露无遗。在王阳明的时代，一切都是虚伪的，但却将蝇营狗苟、弄权营私、卖官鬻爵、贪贿勾结等等丑恶行为，统统披上仁义道德的外衣，外面看起来冠冕堂皇，骨子里却是肮脏腐臭，而理学家们仍在高唱“存天理，灭人欲”。一大群乡愿、伪君子，把这个虚伪的社会，粉饰得仁义道德，光昌流利。针对这种严重的社会危机，王阳明在《答聂文蔚》书里说：

后世良知之学不明，天下之人用其私智以相比轧。是以人各有心，而偏琐僻陋之见，狡伪阴邪之术，至于不可胜说。外假仁义之名，而内以行其自私自利之实，诡辞以阿俗，矫行以干誉；掩人之善而袭以为己长，讦人之私而窃以为己直；忿以相胜而犹谓之徇义；险以相倾而犹谓之疾恶；妒贤忌能而犹自以为公是非，恣情纵欲而犹自以为同好恶；相陵相贼，自其一家骨肉之亲，已不能无尔我胜

负之意，彼此藩篱之形……[1]

将上面这段话与唐寅、文徵明的诗互相对证，对当时虚伪的、以假作真的社会病态，不是可以看得一清二楚吗？

所以王阳明“心学”的产生，是由于当时程朱理学长期统治，造就了一批又一批的假道学、伪君子，造成了整个社会的虚伪风气，是程朱理学自身已日露其虚伪破绽的现实情况下产生出来的，也是当时严重的社会危机、道德危机的现实所造成的。由于有这样社会现实的存在，所以尽管阳明的情辞愤激，而人们犹不以他是社会叛逆，但实际上，他的“心学”，对当时程朱理学的统治世界是地地道道的一种挑战，一种背叛。

（三）异端之尤的李贽

阳明以后三传至李贽。李贽的时代已经是明末，李贽在北京狱中自杀后三十年，就是甲申之变，就是顺治元年了。

李贽的思想，是直接继承王学“左派”而又有飞跃发展，正如沈德符所说：“最后李卓吾出，又独创特解，一扫而空之。”[2]李贽公然以“异端之尤”自居，说“弟异端者流也”，“今世俗子与一切假道学，共以异端目我，我谓不如遂为异端，免彼等以虚名

① 王阳明：《传习录》中。

② 沈德符：《万历野获编》卷二十七《紫伯评晦庵茶》。

加我，何如？”[①]李贽摆开了“堂堂之阵，正正之旗”，向以程朱理学为代表的一切假道学、一切腐朽的旧道德、腐朽的社会风气展开了全面的、猛烈的进攻。他公然提出“不以孔子之是非为是非”，他说：

> 前三代，吾无论矣；后三代，汉、唐、宋是也。中间千百余年而独无是非者，岂其人无是非哉？咸以孔子之是非为是非，故未尝有是非耳。然则予之是非人也，又安能已？[②]

又说：

> 夫《六经》、《语》、《孟》，非其史官过为褒崇之词，则其臣子极为赞美之语。又不然，则其迂阔门徒，懵懂弟子，记忆师说，有头无尾，得后遗前，随其所见，笔之于书。后学不察，便谓出自圣人之口也，决定目之为经矣，孰知其大半非圣人之言乎？纵出自圣人，要亦有为而发，不过因病发药，随时处方，以救此一等懵懂弟子、迂阔门徒云耳。药医假病，方难定执，是岂可遽以为万世之至论乎？然则《六经》、《语》、《孟》，乃道学之口实，假人之渊薮也。[③]

---

① 李贽：《焚书 · 答焦漪园》。
② 李贽：《藏书 · 世纪列传总目前论》。
③ 李贽：《焚书 · 童心说》。

又说：

> 夫天生一人自有一人之用，不待取给于孔子而后足也。若必待取足于孔子，则千古以前无孔子，终不得为人乎？故为“愿学孔子”之说者，乃孟子之所以止于孟子，仆方痛憾其非夫，而公谓我愿之欤？①

李贽的这些愤激的言论，其实质是针对当时的统治思想程朱理学的，所以他又说：

> 今之讲周、程、张、朱者可诛也。彼以为周、程、张、朱者皆口谈道德而心存高官，志在巨富；既已得高官巨富矣，仍讲道德，说仁义自若也；又从而哓哓然语人曰：“我欲厉俗而风世。”彼谓败俗伤世者，莫甚于讲周、程、张、朱者也。②

李贽在猛烈地攻击程朱理学的假道学的同时，也提出了自己的道学观。他说：

> 人即道也，道即人也。人外无道，而道外亦无人。③

---

① 李贽：《焚书·答耿中丞》。
② 李贽：《焚书》卷二《又与焦弱侯》。
③ 李贽：《李氏文集》卷十九《明灯道古录》卷下。

又说：

自然之性，乃是自然真道学也。岂讲道学者所能学乎！[①]

又说：

穿衣吃饭，即是人伦物理；除却穿衣吃饭，无伦物矣。世间种种，皆衣与饭类耳。故举衣与饭，而世间种种自然在其中，非衣饭之外，更有所谓种种绝与百姓不相同者也。[②]

又说：

市井小夫，身履是事，口便说是事，作生意者但说生意，力田作者但说力田，凿凿有味，真有德之言，令人听之忘厌倦矣。[③]

李贽一反程朱之假道学，直接把道学与老百姓结合起来，凡是合于老百姓自然之性的，就是“自然真道学”，所以一切“穿衣吃饭，即是人伦物理”，也即是自然真道学。反之，凡与百姓日用无关的，外加给百姓的，用来捆缚愚弄甚至残害百姓的，都是假道学。

李贽不仅从理论上猛烈抨击假道学，而且针对当时身居高官

① 李贽：《初潭集》卷十九《笃义》。
② 李贽：《焚书》卷一《答邓石阳》。
③ 李贽：《焚书》卷一《答耿司寇》。

的假道学耿定向进行了无情的揭露。他说：

> 试观公之行事，殊无甚异于人者。人尽如此，我亦如此，公亦如此。自朝至暮，自有知识以至今日，均之耕田而求食，买地而求种，架屋而求安，读书而求科第，居官而求尊显，博求风水以求福荫子孙。种种日用，皆为自己身家计虑，无一厘为人谋者。及乎开口谈学，便说尔为自己，我为他人；尔为自私，我欲利他；……以此而观，所讲者未必公之所行，所行者又公之所不讲，其与言顾行、行顾言何异乎？①

又说：

> 我知公详矣，公其再勿说谎也，……何也？名心太重也，回护太多也。实多恶也，而专谈志仁无恶；实偏私所好也，而专谈泛爱博爱；实执定己见也，而专谈不可自是。②

李贽用这种匕首投枪式的语言，活生生地揭露出这个假道学虚伪欺诈的真面目，联系前面唐寅、文徵明的诗，可以看到这种假道学的社会现象多么根深蒂固，多么绵延不断，事实上这一严重的社会现象，仍在继续绵延下去，直到曹雪芹的时代，仍然是有增无减。

李贽在批判假道学的同时，又提出了“童心说”。批判假道

---

① 李贽：《焚书》卷一《答耿司寇》。
② 同上。

学，是李贽对旧道德、旧社会风习的摧毁，而“童心说”，则是他对社会道德、社会风习的新的倡导和建树。他说：

夫童心者，真心也。若以童心为不可，是以真心为不可也。夫童心者，绝假纯真，最初一念之本心也。若失却童心，便失却真心；失却真心，便失却真人。人而非真，全不复有初矣。

童子者，人之初也；童心者，心之初也。夫心之初，曷可失也？然童心胡然而遽失也？盖方其始也，有闻见从耳目而入，而以为主于其内而童心失。其长也，有道理从闻见而入，而以为主于其内而童心失。其久也，道理闻见日以益多，则所知所觉日以益广，于是焉又知美名之可好也，而务欲以扬之而童心失；知不美之名之可丑也，而务欲以掩之而童心失。……童心既障，于是发而为言语，则言语不由衷；见而为政事，则政事无根柢；著而为文辞，则文辞不能达。……欲求一句有德之言，卒不可得。所以者何？以童心既障，而以从外入者闻见道理为之心也。

夫既以闻见道理为心矣，则所言者皆闻见道理之言，非童心自出之言也。言虽工，于我何与？岂非以假人言假言，而事假事文假文乎？盖其人既假，则无所不假矣。由是而以假言与假人言，则假人喜；以假事与假人道，则假人喜；以假文与假人谈，则假人喜。无所不假，则无所不喜。满场是假，矮人何辩也？①

① 李贽：《焚书》卷三《童心说》。

“童心说”是李贽的哲学思想、文艺思想的主要观点。李贽所说的“童心”，是指未受假道学污染蒙蔽的“绝假纯真，最初一念之本心。”李贽的“童心说”对当时和后世影响很大，它直接影响了袁宏道的“性灵说”，也影响到汤显祖的“至情说”，冯梦龙的“惟情说”，以及袁枚的“反道统论”和“性灵说”。特别是曹雪芹的《红楼梦》受其影响尤为深刻和明显。

从“童心说”出发，李贽又提出了“蓄极积久，不平则鸣”的创作理论。李贽说：

> 世之真能文者，比其初皆非有意于为文也。其胸中有如许无状可怪之事，其喉间有如许欲吐而不敢吐之物，其口头又时时有许多欲语而莫可所以告语之处，蓄极积久，势不能遏。一旦见景生情，触目兴叹；夺他人之酒杯，浇自己之垒块；诉心中之不平，感数奇于千载。既已喷玉唾珠，昭回云汉，为章于天矣，遂亦自负，发狂大叫，流涕恸哭，不能自止。宁使见者闻者切齿咬牙，欲杀欲割，而终不忍藏于名山，投之水火。①

李贽的创作论，是韩愈“不平则鸣”创作论的丰富和发挥，对后世的创作也有极大的影响。

李贽又提出了“万物造端于夫妇”的理论，以反对程朱理学

① 李贽：《焚书》卷三《杂说》。

的天地始于"一"、"理"、"太极"的抽象唯心说教。李贽说：

> 夫妇，人之始也。有夫妇然后有父子，有父子然后有兄弟，有兄弟然后有上下。夫妇正，然后万事万物无不出于正矣。夫妇之为物始也如此。极而言之，天地，一夫妇也，是故有天地然后有万物。然则天下万物皆生于两，不生于一，明矣。而又谓"一能生二，理能生气，太极能生两仪"，不亦惑欤！
>
> 夫厥初生人，唯是阴阳二气，男女二命耳。初无所谓"一"与"理"也，而何"太极"之有！……故吾究物始，而但见夫妇之为造端也，是故但言夫妇二者而已，更不言"一"，亦不言"理"。……何也？恐天下惑也。[①]

李贽用通俗易懂的具象的"天地—夫妇"的观点，批驳了程朱理学抽象的玄奥的宇宙观，然而李贽"天地—夫妇"的观点，并不仅仅是一种哲学观点，而更具有社会观点的内涵，李贽的妇女观，就是从这一哲学观点产生出来的。

李贽又以大无畏的勇气，提出了"颠倒千万世之是非"，的思想。他说：

> 人之是非，初无定质；人之是非人也，亦无定论。无定

① 李贽：《初潭集·夫妇篇总论》。

质，则此是彼非并育而不相害；无定论，则是此非彼，亦并行而不相悖矣。

然则今日之是非，谓予李卓吾一人之是非，可也；谓为千万世大贤大人之公是非，亦可也；谓予颠倒千万世之是非，而复非是予所非是焉，亦可也；则予之是非，信乎其可矣。

……夫是非之争也，如岁时然，昼夜更迭不相一也。昨日是而今日非矣，今日非而后日又是矣。虽使孔夫子复生于今，又不知作如何非是也，而可遽以定本行赏罚哉？[①]

李贽的这种是非无定质，无定论，是非如昼夜更迭的思想，完全是从当时社会现实出发的，与其说是一种哲学思想，毋宁说是对现实社会的讽刺与揭露。同时他的这些“理论”，实质上是他用以否定“以孔子之是非为是非”的前提和工具，并不是他的理论的内核，也并不是他提倡无是非论，如果是无是非论，那末岂不是把他自己推翻前人之是非而另作的是非判断也一起推翻了吗？所以分析李贽的是非观，必须抓住他的理论的实质和核心，而不能以辞害意。更重要的是李贽提倡“颠倒千万世之是非”的目的，是为了要唤醒人们以自己的头脑去判别是非，不要被理学家们的是非观所捆缚，所以他挖苦“天不生仲尼，万古长如夜”的思想，说：“怪得羲皇以上圣人尽日燃纸烛而行也！”[②]李贽的

① 李贽：《藏书·世纪列传总目前论》。
② 李贽：《焚书》卷三《赞刘谐》。

这种提倡独立思考的思想，正表现了历史走出中世纪的黑暗与封闭的一种觉醒。

李贽从“颠倒千万世之是非”的观点出发，继攻击封建假道学之后，又提出否定封建的忠君“死谏”的思想，他说：

> 夫君犹龙也，下有逆鳞，犯者必死，然而以死谏者相踵也。何也？死而博死谏之名，则志士亦愿为之，况未必死而遂有巨福耶？[①]

又说：

> 夫忠、孝、节、义，世之所以死也，以有其名也。[②]

又顾宪成在《顾端文公遗书》卷十四《当下绎》里讲一则李卓吾的逸事说：

> 李卓吾讲心学于白门，全以当下自然指点后学，说人都是见见成成的圣人，才学，便多了。闻有忠、孝、节、义之人，却云都是做出来的，本体原无此忠、孝、节、义。

忠、孝、节、义是封建政权和封建社会的精神支柱，推倒了忠、

① 李贽:《焚书》卷一《答耿司寇》。
② 李贽:《焚书》卷三《何心隐论》。

孝、节、义，则封建社会和封建政权就没有了支柱，就会倒塌。李贽对于忠、孝、节、义的否定，其重要性可以与攻击程朱理学等相等同。

李贽的妇女观点，也是“颠倒千万世之是非”的内涵之一。他首先肯定寡妇再嫁，称赞再嫁“好”，并痛斥封建礼法的卫道者为“不成人”，“大不成人”。[①]大家知道，程朱理学家最反对寡妇再嫁，认为再嫁就是“失节”，就是“淫”，甚至提出来“饿死事小，失节事大”的谬论，中国历史上自宋元以来，不知多少寡妇死于理学的反动说教之下，所以李贽的这种大胆倡言，无疑是对当时程朱理学的猛烈攻击。

李贽在《初潭集》卷二《才识》篇里，还对所记二十五位女性的事迹大加称赞，说：

> 此二十五位夫人，才智过人，识见绝甚，中间信有可为干城腹心之托者，其政事何如也。若赵娥以一孤弱无援女儿，报父之仇，影响不见，尤为超卓。李温陵长者叹曰：是真男子！是真男子！已而又叹曰：男子不如也！

李贽还说：

> 谓人有男女则可，谓见有男女岂可乎？谓见有长短则

① 李贽:《初潭集》卷一《丧偶》。

> 可，谓男子之见尽长，女人之见尽短，又岂可乎？[①]

在李贽看来，男女是平等的，没有轻重之分的。李贽还进一步提出“尧舜与途人一，圣人与凡人一”的人人平等的思想。他说：

> 尔勿以尊德性之人为异人也，彼其所为亦不过众人之所能而已，人但率性而为，勿以过高视圣人所为可也。尧舜与途人一，圣人与凡人一。[②]

又说：

> 天下无一人不生知，无一物不生知，亦无一刻不生知者。[③]

李贽认为高贵的人并不是异人，与凡人没有什么两样；天下之人，人人都是生而知之，人与人是一样、平等的。这就非常明确地提出了男女平等、众生平等的思想。李贽的这一系列惊世骇俗的思想，对于封建社会，尤其是对于当时的正统思想程朱理学，无疑是具有爆炸力的。所以封建统治者给他定的罪名是“敢倡乱道，惑世诬民”，将他逮捕，逼他认罪，李贽坚不认罪，在狱中自杀。然而，李贽的社会影响是非常大的，沈瓒《近事丛残》说

① 李贽:《焚书》卷二《答以女人学道为见短书》。
② 李贽:《李氏文集》卷一九《明灯道古录》卷下。
③ 李贽:《焚书》卷一《答周西岩》。

李贽："好为惊世骇俗之论，务反宋儒道学之说。致仕后，祝发住楚黄州府龙潭山中，儒释从之者几千万人。其学以解脱直截为宗，少年高旷豪举之士，多乐慕之，后学如狂，不但儒教溃防，即释宗绳检，亦多所清弃。"

朱国桢《涌潼小品》说李贽学说"最能惑人，为人所推，举国趋之若狂"，"今日士风猖狂，实开于此。全不读《四书》本经，而李氏《藏书》《焚书》，人夹一册，以为奇货"。

沈铁《李卓吾传》云："载贽再往白门，而焦竑以翰林家居，寻访旧盟，南都士更靡然向之。登坛说法，倾动大江南北。北通州马经纶以御史谪籍，延载贽抵舍，焚香执弟子礼，而燕冀人士望风礼拜尤盛。"

顾炎武《日知录》也说："士大夫多喜其书，往往收藏，至今未灭。"①

回顾明代的统治思想，先由程朱理学经过一百多年的绝对统治，到王阳明的时代，产生了阳明的心学，与程朱理学相对抗，阳明心学成为明代中后期的一个重要学派，影响至巨。阳明以后50年而李贽出，他在阳明心学的基础上，更加扩展发扬，并不惜以身殉学。李贽的学说，特别是他反程朱理学的斗争，对当时和后世产生了巨大的影响。研究《红楼梦》的思想是不能离开宋明以来的思想源流和思想斗争的。不论是程朱理学或阳明心学及李卓吾的思想，都是与《红楼梦》的思想有直接关系的。程朱理

---

① 以上沈瓒以下引文，特引自萧萐父、许苏民《明清启蒙学术流变》。

学，在《红楼梦》里无疑是一种对立的思想，而阳明心学和李贽的“童心说”等等，都被作者作为肯定的思想熔铸到贾宝玉、林黛玉等形象的血肉里，成为人物行动的思想依据。

2001年1月30日于海南

三、《红楼梦》时代的统治思想和社会思潮之二

（一）程朱理学的统治

清代自建立政权以后，一开始就完全继承了明代的一套统治思想。孔孟之道、程朱理学成为当时人人必须尊奉的思想。康熙本人就是朱熹的崇拜者，他说：“宋之朱子注明经史，……皆明确有据，而得中正之理，今五百余年，其一句一字莫有论其可更正者，观此则孔、孟之后，可谓有益于斯文，厥功伟矣。”康熙自己曾说他即位以后，“辄以《大学》、《中庸》之训诂，咨询左右，必求得大意，而后予心始觉愉快，日日读书，必字字成诵，从不肯自欺。及四子书既已贯通，乃读《尚书》，于典谟训诂之中，体会古帝王孜孜求治之意。即欲使古昔治化，实现于今。”①

① 王先谦:《东华录》康熙朝卷三十四。

他称朱熹是“继千百年绝传之学，开愚蒙而立亿万世一定之归”的人物。并且于康熙五十一年，命令将朱熹的木牌从孔庙的东庑升入大成殿配祀孔子。同时又刊定《朱子全书》、《性理大全》，御纂《性理精义》等书。雍正七年的谢济世文字狱案，就是因为谢济世撰《大学注》、《中庸疏》以反对程朱，遂成大逆之罪。乾隆即位以后，更打起尊孔的旗号，亲自到曲阜去“朝圣”达九次之多，并推崇孔子“日月经天，江河行地，五百年闻知之统，独衍心传，七十子悦服之诚，长垂师表”。[1]所以从明到清官方的统治思想，一贯是以程朱理学为其统治思想，任何人不得违反。因此，只要揣摩四书朱注之意，就可以登仕进之途，尽管其他一窍不通，也毫无关系。在这样的教育制度和科举制度的长期实行下，明清两代的士风学风乃至官场习气，就养成了一套十足虚伪的作风，直到曹雪芹的时代，还愈演愈烈。

（二）程朱理学的反对者及清前期的学术盛况

尽管清代的统治思想继承了明代的统治思想一成不变，但清代的反统治思想与非统治思想，却因为明清易代的重大历史变故而有了新的内容。明清之际，是中国历史“天崩地解”的时代，既是政权的大转移（由明到清，由汉到满），也是经济的大变革（资本主义经济由萌芽到发展），而且更是思想的大动荡、大活

① 乾隆三十年遣礼部左侍郎一庆祭孔，见《南巡盛典》卷六十七《祀典》。

跃、大吸收（出现了众多的反正统思想、非正统思想和从外国传来了种种新的科技知识、宗教人文思想），从对外关系来说，是从不开放到初开放、半开放，最后发展到被强迫开放（1840年鸦片战争以后）。

总之，明末清初，是中国历史上大转折的时代，也是巨人辈出的时代，从世界范围来看，这个时代，正是处于欧洲文艺复兴以后和英国产业革命的时期，乾隆二十五年（1760年）当曹雪芹的《石头记》庚辰本抄成的时候，正是英国因推行瓦特发明的蒸汽机而使资本主义化进程大大加速的时期。也就是说，明末清初的时期，正是西方中世纪黑暗统治的解体，人文主义思想，作为一种新的具有解放精神的思潮蓬勃发展和向世界扩展的时期，同时也是西方的资本主义迅猛发展并开始向世界扩张的时期。

正是这一时期，在中国资本主义经济由萌芽到发展；也正是这一时期，在中国出现了一批思想精英分子，从王阳明、李卓吾一直到清初的傅山、黄宗羲、方以智、顾炎武、王夫之、唐甄、颜元、戴震、徐光启、李之藻、宋应星、王锡阐、梅文鼎等等，他们在各自的领域里，作出了自己的杰出贡献，从而代表了他自己所处的整个时代的政治思想、文化科学水平。下面我将这个时期思想和科技两方面的代表人物列出一表，以见大概：

表一

李　贽	1527—1602	明嘉靖六年至万历三十年
汤显祖	1550—1616	明嘉靖二十九年至万历四十四年
袁宏道	1568—1610	明隆庆二年至万历三十八年
冯梦龙	1574—1646	明万历二年至隆武二年
陈　确	1604—1677	明万历三十二年至清康熙十六年
傅　山	1607—1684	明万历三十五年至清康熙二十三年
黄宗羲	1610—1695	明万历三十八年至清康熙三十四年
陆世仪	1611—1672	明万历三十九年至清康熙十一年
方以智	1611—1671	明万历三十九年至清康熙十年
归　庄	1613—1673	明万历四十一年至清康熙十二年
顾炎武	1613—1682	明万历四十一年至清康熙二十一年
王夫之	1619—1692	明万历四十七年至清康熙三十一年
吕留良	1629—1683	明崇祯二年至清康熙二十二年
唐　甄	1630—1704	明崇祯三年至清康熙四十三年
胡　渭	1633—1714	明崇祯六年至清康熙五十三年
颜　元	1635—1704	明崇祯八年至清康熙四十三年
阎若璩	1636—1704	明崇祯九年至清康熙四十三年
万斯同	1638—1702	明崇祯十一年至清康熙四十一年
石　涛	1642—1717	明崇祯十五年至清康熙五十六年
李光地	1642—1718	明崇祯十五年至清康熙五十七年
王鸿绪	1645—1723	清顺治二年至雍正元年
刘献廷	1648—1695	清顺治五年至清康熙三十四年
全祖望	1705—1755	清康熙四十四年至乾隆二十年
曹雪芹	1715—1763	清康熙五十四年至乾隆二十七年除夕（已入1763年2月）
袁　枚	1716—1797	清康熙五十五年至嘉庆二年
王鸣盛	1722—1797	清康熙六十一年至嘉庆二年

续表

戴　震	1723—1777	清雍正元年至乾隆四十二年
赵　翼	1727—1814	清雍正五年至嘉庆十九年
钱大昕	1728—1804	清雍正六年至嘉庆九年
章学诚	1738—1801	清乾隆三年至嘉庆六年

表二

李时珍	1518—1593	明正德十三年至万历二十一年
朱载堉	1536—1611	明嘉靖十五年至万历三十九年
徐宏祖	1586—1641	明万历十四年至崇祯十四年
徐光启	1562—1633	明嘉靖四十一年至崇祯六年
李之藻	1569—1630	明隆庆三年至崇祯三年
李天经	1579—1659	明万历七年至清顺治十六年
王　徵	1571—1644	明隆庆五年至崇祯十七年
宋应星	1587—1666	明万历十五年至清康熙五年
王锡阐	1628—1682	明崇祯元年至清康熙二十一年
梅文鼎	1633—1721	明崇祯六年至清康熙六十年

以上两个简表，表一是学术思想方面的代表人物，表二是科技方面的代表人物。这两个表，对这两方面的人物都只是举例，并不能包罗无遗，且其上限只从李卓吾始，也即是从16世纪中期开始（欧洲文艺复兴的后期），其下限只到乾隆中期，也即是曹雪芹的时代。曹雪芹卒于1763年，这时正当英国产业革命的开始，瓦特的蒸汽机是在曹雪芹的时代完成并投入生产的。上述表中的许多人物，他们的学问是多方面的，广博的，而且是交叉的，即学术与科技并通的，列表只能是择其主要的一方面。另外还要说

明的是这个时期文学方面的代表人物很多，如要列表，恐怕是长长的一大排，为了简省，为了本文还要论及，故未再列表，而代表正统思想方面的人物，即当时一批著名的理学家，本表也未列入，一是因为简约，二是因为本文不准备论列，但作为这一时期的文化思想的整体，他们也是不可缺少的一个有机部分。

（三）清前期学术思想的代表人物

关于思想和科技方面的代表人物的主要言论，也有必要稍稍摘述，以见这一时期的社会学术思潮。

明末清初，经过了一场政权的大变革，清初的学术思想，似乎与明末的形势有了大异，李卓吾式的冲决罗网、以死抗争并风靡天下的社会思潮转移了。这一时期主要的社会思潮是民族矛盾问题，如黄宗羲、顾炎武、王夫之等人，本身都是抗清的斗士，而他们的政治学术思想，无论是直接或间接，都是离不开这一根本问题的。然而它更多的表现方式，是政治学术思想，而不是赤裸裸的民族思想。

黄宗羲的《明夷待访录》，一向是被评价为17世纪中国的《民约论》的，这个评价，从历史的角度看，一点也不过分。黄宗羲在《明夷待访录》里，公然提出了尊重人性和保障人的天赋权利，他认为国家的真正主人应该是天下万民而不是君主，君主的产生是为了保障天下万民各自的“私利”，保障了万民的私利，排除了万民的“公害”，也就是做到了“天下之大公”。但实际上历来的君主，都以天下为私产。他说：

古者以天下为主，君为客，凡君之所毕世而经营者，为天下也。今也以君为主，天下为客，凡天下之无地而得安宁者，为君也。是以其未得之也，屠毒天下之肝脑，离散天下之子女，以博我一人之产业，曾不惨然，曰："我固为子孙创业也。"其既得之也，敲剥天下之骨髓，离散天下之子女，以奉我一人之淫乐，视为当然，曰："此我产业之花息也。"然则，为天下之大害者，君而已矣！向使无君，人各得自私也，人各得自利也。

所以他又说：

今也天下之人，怨恶其君，视之如寇仇，名之为独夫，固其所也。而小儒规规焉以君臣之义无所逃于天地之间，至桀纣之暴，犹谓汤、武不当诛之……岂天地之大，于兆人万姓之中，独私其一人一姓乎？是故武王，圣人也；孟子之言，圣人之言也。①

黄宗羲还深刻地指出封建国家所定的法规，都是保护封建帝皇的特权的"一家之法，而非天下之法也"，所以这是：

非法之法，前王不胜其利欲之私以创之，后王或不胜其利欲之私以坏之；坏之者固足以害天下，其创之者亦未始非害天下者

① 以上两段均见黄宗羲《原君》。

也。……论者谓有治人无治法，吾以谓有治法而后有治人。[①]

黄宗羲早在三百多年前就提出了今天我们还有待解决的先要有法治而后才有人治的问题，这就是他所说的“有治法而后有治人”。实际上，这是一个完全近代的民主政治的法治思想，可黄宗羲却远远地超前地提出来了。

黄宗羲更进一步地提出了“天下为主君为客”的思想。因为天下万民是“主”，君只是“客”，“客”当然要听从“主”的，所以他又说：

故我之出而仕也，为天下，非为君也；为万民，非为一姓也。吾以天下万民起见，非其道，即君以形声强我，未之敢从也。

他还说：

君臣之名，从天下而有之者也，吾无天下之责，则吾在君为路人。（所以）臣不与子并称。[②]

这就是说，当自己为天下而出仕的时候，则自己与君有共事的关系，当自己离开了仕途，那君与自己便是路人，所以“臣不与子并称”，即当臣与当儿子完全是两回事，君无权把臣当儿子看待，

① 黄宗羲：《原法》。
② 黄宗羲：《原臣》。

臣与君也无丝毫血缘纽带关系。黄宗羲这一思想更具有划时代的近代意义，他把儒家传统的所谓君君臣臣、父父子子的政治宗法思想传统完全打破了，完全从中世纪的黑暗宗法统治中走出来了，人真正成为完全的、自主的、独立的、自权的人！

与黄宗羲同时的顾炎武对黄宗羲的思想十分佩服，说自己的见解，"同于先生者十之六七"。[①]顾炎武特别强调要尊重人的"自私"（也即是个人的权利）。他说：

> 人之有私，固情之所不能免矣。故先王弗为之禁，非惟弗禁，且从而恤之。……合天下之私，以成天下之公，此所以为王政也。……世之君子必曰有公而无私，此后代之美言，非先王之至训矣。[②]
>
> 天下之人各怀其家，各私其子，其常情也。为天子、为百姓之心，必不如其自为。……圣人者，因而用之，用天下之私，以成一人之公而天下治。[③]

顾炎武明确指出有"私"乃是人之常情，要老百姓做到完全无私，只有公，是根本做不到的，也是违反人之常情的，所以他说："世之君子必曰有公而无私，此后代之美言，非先王之至训矣。"要使老百姓人人无私，只有一个"公"字，只是后世的一

---

① 顾炎武：《与黄太冲书》，《顾亭林诗文集》。

② 顾炎武：《日知录》卷三"言私其豵"条。

③ 顾炎武：《郡县论》五，《顾炎武文》，万有文库本。

句好听的空话，是根本无法实现的。不幸的是，这样简单朴素的真理，直到了300年后的“文化大革命”，人们还在疯狂地推行“唯公灭私”的极端政策，明明是主观唯心的历史观，明明是历史的大倒退，却打着马克思主义的革命旗号，岂不令人浩叹！

顾炎武还说：

古之圣人，以公心待天下之人，胙之土而分之国；今之君人者，尽四海之内为我郡县犹不足也，人人而疑之，事事而制之。①

他还说：

为民而立之君，故班爵之意，天子与公、侯、伯、子、男一也，而非绝世之贵。代耕而赋之禄，故班禄之意，君、卿、大夫、士与庶人在官一也，而非无事之食。是故知天子一位之义，则不敢肆于民上以自尊；知禄以代耕之义，则不敢厚取于民以自奉。②

顾炎武还提出了反对天子独裁，主张天子分权，他说：

所谓天子者，执天下之大权者也。其执大权奈何？以天

① 顾炎武：《郡县论》一。

② 顾炎武：《日知录》卷七《周室班爵禄》。

下之权，寄之天下之人，而权乃归之天子。自公卿大夫至于百里之宰，一命之官，莫不分天子之权，以各治其事，而天子之权乃益尊。[①]

顾炎武还激烈反对当时的科举考试制度，对封建的科举考试制度作了充分的揭露，他说，历史上的生员：

即未至扰官害民，而已为游手之徒，足称五蠹之一矣。

其中之劣恶者，一为诸生，即思把持上官，侵噬百姓，聚党成群，投牒呼噪。……

所以他在《生员论》里说：

今以书坊所刻之义谓之时文。舍圣人之经典、先儒之注疏与前代之史不读，而读其所谓时文，时文之出，每科一变，五尺童子能诵数十篇，而小变其文，即可以取功名；而钝者至白首而不得遇。老成之士即以有用之岁月，销磨于场屋之中，而少年捷得之者又易视天下国家之事，以为人生之所以为功名者惟此而已。故败坏天下之人才，而至于士不成士，官不成官，兵不成兵，将不成将，夫然后寇贼奸究得而乘之，敌国外侮得而胜之。[②]

① 顾炎武:《日知录》卷九《守令》。
② 顾炎武:《日知录》卷十七《生员额数·生员论》。

他还说：

> 八股之害，等于焚书，而败坏人材，有甚于咸阳之郊所坑者，但四百六十余人也。[①]

由于以上种种书之不尽的弊病，顾炎武力主废除科举制度，实行推选人才的选举制度。这实际上既是对科举制的反对，也是对程朱理学的反对。这种反君主独裁、主张分权，反对八股、主张选举的思想，很显然是早期市民阶层反对独裁政治超经济强制控制的反映。是中国近代化进程的一个重要标志，而且也是明末以来反程朱理学斗争的一种延续。

与顾炎武同时的傅山，提出扫除奴性、解放个性的主张。他骂依傍程朱，空谈无用，巴结皇帝的人是“奴儒”，骂维护封建礼法的人是“腐奴”，骂卖国投降的人是“降奴”，骂仗势欺人的各级封建专制统治者是“骄奴”，骂假道学是“奴小人”，骂真道学是“奴君子”。总之，他们都离不开“奴性”，所以他愤慨地提出把“奴俗龌龊意见打扫干净”，“不拘甚事，只要不奴，奴了，随他巧妙雕（刁）钻，为狗为鼠已耳”。[②]他的《方心》诗热情赞扬为爱而死的方姓女子，结句说：

① 顾炎武：《日知录》卷十六《拟题》。

② 傅山：《霜红龛集》卷三。

> 黄泉有酒妾当垆，还待郎来作相如，妾得自由好奔汝。[①]

这样强烈地追求自由的呼声，在清初，与黄宗羲、顾炎武、王夫之等人的主张，实在是震撼长空的历史巨响，是人的觉醒思潮的明显标志。

比顾炎武略后一点的唐甄，一生穷厄，衣败絮，而陶陶然著书不辍。他曾经说："君子当厄，正为学用力之时，穷厄生死，外也、小也。岂可求诸外而忘其内，顾其小而遗其大哉！"[②]唐甄的这种穷而弥坚的著书精神，就令人起敬。

唐甄特别强调人的天赋人权，他说：

> 孙子曰："始吾以为天下之难治也，今闻先生之言，而后知天下之不难治也。苟达其情，无不可为。"……[③]
>
> 天地虽大，其道惟人；生人虽多，其本惟心；人心虽异，其用惟情；虽有顺逆刚柔之不同，其为情则一也。[④]

唐甄对于历来"君权神授"、"受命于天"等政治骗局，提出了最尖锐的揭露和批判。他说：

---

① 傅山：《霜红龛集》卷二。

②《清史列传·唐甄传》。

③ 唐甄：《潜书·尚治》。

④ 同上。

自秦以来，凡为帝王者皆贼也。……

杀一人而取其匹布斗粟，犹谓之贼；杀天下之人而尽有其布粟之富，而反不谓之贼乎！三代以后，有天下之善者莫如汉。然高帝屠城阳，屠颍阳；光武帝屠城三百。使我而事高帝，当其屠城阳之时，必痛哭而去之矣；使我而事光武帝，当其屠一城之始，必痛哭而去之矣，吾不忍为之臣也。……

若过里而墟其里，过市而窜其市，入城而屠其城，此何为者！大将杀人，非大将杀之，天子实杀之；偏将杀人，非偏将杀之，天子实杀之；卒伍杀人，非卒伍杀之，天子实杀之；官吏杀人，非官吏杀之，天子实杀之。杀人者众手，实天子为之大手。天下既定，非攻非战，百姓死于兵与因兵而死者十五六，暴骨未收，哭声未绝，目眦未干。于是乃服衮冕，乘法驾，坐前殿，受朝贺，高宫室，广苑囿，以贵其妻妾，以肥其子孙，彼诚何心而忍享之！若上帝使我治杀人之狱，我则有以处之矣。匹夫无故而杀人，以其一身抵一人之死，斯足矣；有天下者无故而杀人，虽百其身不足以抵其杀一人之罪。是何也？天子者，天下之慈母也，人所仰望以乳育者也。乃无故而杀之，其罪岂不重于匹夫！[①]

唐甄生于明崇祯三年，卒于康熙四十三年，他完全经历过

① 唐甄：《潜书》下篇下《室语》。

了明清易代的大乱，骇人听闻的“扬州十日”、“江阴屠城”、“嘉定三屠”等等的大屠杀，他完全是耳闻目睹的人。他上述这些言论，看似讲历史，但何尝仅仅是讲历史，实际上更现实的是讲明末清初，尤其是清初的现实。“过里而墟其里，过市而窜其市，入城而屠其城”等等，不就是“屠廓洗街新梦过”的现实历史吗？“自秦以来，凡为帝王者皆贼也”，此句话何尝有时间断限，虽然在此句之上，加了一句“大清有天下，仁矣”，但接下去却是这句震古烁今、天崩地裂的话，尤其是以下一大段论证种种杀人，归根结蒂是“天子实杀之！”这无异是说皇帝是最大的刽子手，那末“大清有天下，仁矣”岂不是一句明显的掩人耳目的官话！特别是接下去一段“若上帝使我治杀人之狱，我则有以处之矣。……有天下者无故而杀人，虽百其身不足以抵其杀一人之罪，是何也？天子者，天下之慈母也，人所仰望以乳育者也。乃无故而杀之，其罪岂不重于匹夫！”唐甄居然敢提出来要治天子杀人之罪，这句话，较前面“自秦以来，凡为帝王者皆贼也”又大大前进了一步，骂帝王皆贼，已是骇人听闻，竟然要治帝王杀人之罪，这是千古所未有的，这是新的时代将要到来的新的历史声音！

纵观自黄宗羲、顾炎武等提出“天下为主君为客”，反对君主独裁，主张分治，提出“向使无君，人各得自私也，人各得自利也”，“合天下之私，以成天下之公”，反对皇帝“肆于民上以自尊”，反对“朋比胶固、牢不可解”，勾结胥吏，武断乡曲的封建科举制度，到唐甄的“自秦以来，凡为帝王者皆贼也”，天下之乱，“非君其谁乎！世之腐儒，拘于君臣之分，溺于忠孝之论，厚责其臣而薄责其君。彼乌知天下之治，非臣能治之也；天下之乱，非臣能乱之也。”[①]以上这些言论，都有非常明显的反对君主独裁、保护人的自然权利的初期民主思想的特征，这一思想是与当时的世界思潮——人文主义思潮相一致的。

唐甄还提出了抑制君权的思想，他说：

> 人君之尊，如在天上，与帝同体。公卿大臣，罕得进见，变色失容，不敢仰视；跪拜应对，不得比于严家之仆隶，于斯之时，虽有善鸣者，不得闻于九天；虽有善烛者，不得照于九渊，臣日益疏，智日益蔽，伊尹、傅说不能诲，龙逢、比干不能谏，而国亡矣。[②]

所以他极力主张君臣平等，乃至君民平等，反对等级制度。尤其是唐甄还提出了“治民必先治官”的思想，这是一种真正了不起的民主思想，这一思想，至今并没有失去它的现实意义。他说：

> 虐取者谁乎？天下之大害莫如贪，盖十百于重赋焉。……彼为吏者，星列于天下，日夜猎人之财，所获既多……夫盗不尽人，寇不尽世，而民之毒于贪吏者，无所逃于天地之间。是以数十年以来，富室空虚，中产沦亡，

① 唐甄：《潜书·远谏》。
② 唐甄：《潜书·抑尊》。

> 穷民无所为赖，妻去其夫，子离其父，常叹其生之不犬马若也。[①]

所以他说：

> 天下难治，人皆以为民难治也，不知难治者，非民也，官也。

所以他更大胆地提出来：

> 以刑狐鼠之官，以刑豺狼之官，而重以刑匿狐鼠养豺狼之官。[②]

唐甄还提出了人人有言论自由的权利，他说：

> 六卿六贰进讲陈戒，师箴，瞍诵，百工谏，士议于学，庶人谤于道，皆谏官也。[③]

唐甄这里虽然是提出了“进谏”，但发言的范围不再是皇帝设定的谏官了，言论的范围一下扩大到了“百工”“士子”“庶民”了，这

① 唐甄：《潜书·富民》。
② 唐甄：《潜书·权实》。
③ 唐甄：《潜书·省官》。

等于是提出了全民言论自由的要求！这种思想，从历史的潮流来看，我看是不能不把它看作是明清社会转变时期的一种合乎时代潮流的思潮的。

与唐甄基本上同时的王夫之更提出了不依赖于王者的天赋自然权利论，他说：

> 若土，则非王者之所得私也。天地之间，有土而人生其上，因资以养焉。有其力者治其地，故改姓受命而民自恒畴，不待王者之授之。[①]

所以王夫之还特别批判“以一人私天下”的封建君主特权，他主张“以天下论者，必循天下之公。天下非一姓之私也。”[②]这无疑是一种合乎时代潮流的民主思想。王夫之还说：“不以一时之君臣，废古今夷夏之通义。”[③]这句话就是说：不能以一时（临时也）的君臣关系，取消了汉族与少数民族（实际是指满族）的界线。针对当时清朝刚建立起来的政权，王夫之的这种惊天动地的话，没有遭到像他前人那样残酷的文字狱，已经是万幸了。

王夫之还提出了“甘食悦色，天地之化机”的命题，他说：天地“既有是人也，则不得不珍其生”。[④]他还说：“甘食悦色，天

① 王夫之：《噩梦》。
② 王夫之：《叙论一》，《读通鉴论》卷末。
③ 王夫之：《黄书・宰制》。
④ 王夫之：《思问录・内篇》。

地之化机也……天之使人甘食悦色，天之仁也。”他认为天地既然已经生了人就应该给他很好的生存权利，所以喜欢吃好的和喜欢美色，都是人的本性，是天赋的权利。因此他又说：

> 理尽（于己）则合人之欲，欲推（于己）则合天之理，于此可见人欲之各得，即天理之大同。[①]

> 人之施诸己者不愿，则以此度彼，而知人之必不愿也，亦勿施焉。以我自爱之心而为爱人之理，我与人同乎其情，则又同乎其道也。人欲之大公，即天理之至正矣。[②]

王夫之把人欲看作是人的本性，也即是天理，这与晚明的一批先驱者如王廷相、罗钦顺、吴廷翰、吕坤特别是李卓吾、袁宏道等的意见是一致的，这是继承明中叶以来批判程朱理学的禁欲主义的继续。[③]

同时期的颜元、李光地等也都是力反程朱理学，肯定人欲的合理性的，颜元说：“生之谓性”（生命就是人性，先有了生命才有人性）[④]、“舍形即无性”（没有了人的形体，也就不存在“性”）。[⑤]李光地直接反对程朱理学的“存天理，灭人欲”，他说：

① 王夫之：《诗广传》卷四。

② 同上。

③ 王夫之、顾炎武等人是反对李卓吾的，但就其反理学，就其反僵化的封建传统，就其敢于提出人欲即天理，就其反禁欲主义的腐朽反动说教，就其公然承认人的私利（即个人天赋人权）等等主要的政治哲学思想来说，又是非常一致的。

④ 颜元：《四书正误》卷六。

⑤ 颜元：《存性编》卷一《性理评》。

"人欲者，耳目口鼻四肢之欲，是皆不能无者，非恶也。徇而流焉，则恶矣"。[1]他认为人欲如耳目口鼻之欲，都是正常的，生活和生理所必需的，这根本不是恶。只有"徇而流焉，则恶矣"。这就是说只有官僚统治阶级纵欲无度，荒淫无耻，超出老百姓正常生活的"欲"，这种"欲"就是恶了。

与曹雪芹同时的戴震，出身于商人家庭，"自幼为贾贩，转运千里，"[2]师事江永，终成一代集大成的考据型学者。他首先提出"学者当不以人蔽己，不以己自蔽"。[3]他说：

> 学者当不以人蔽己，不以己自蔽；不为一时之名，亦不期后世之名。有名之见，其蔽二：非掊击前人以自表暴，即依傍昔贤以附骥尾。……私智穿凿者，或非尽掊击以自表暴，积非成是而无从知，先入为主而惑以终身；或非尽依傍以附骥尾，无鄙陋之心而失与之等……[4]

这就是说，作为学者，第一，要不为前人的谬说所蒙蔽。第二，不要用自己的谬说去蒙蔽别人。第三，学者不应该为了求名而去攻击损毁前贤，以显露自己，或者硬去攀附前贤的骥尾以求为自己留名。第四，学者应该追求真知，他说："知十而皆非真，不

---

① 李光地：《榕村全集》卷二《读书笔录》。

② 章太炎：《太炎文录初编》卷一《释戴》。

③ 戴震：《东原文集·答郑用牧书》。

④ 同上。

若知一之为真知也。”[①]他反对“先入为主”、“积非成是”、“私智穿凿”、“惑以终身”，也就是说反对自以为是、穿凿附会、信口解释、私智蔽人、贻误后学。

戴震的这些见解，在当时程朱理学作为官方哲学风行的时候，真是振聋发聩，拨云见日，醒人迷误的警世之言，也是对程朱理学的深刻批判。

戴震还说：

> 宋以前，孔孟自孔孟，老释自老释；谈老释者高妙其言，不依附孔孟。宋以来，孔孟之书尽失其解，儒者杂袭老释之言以解之。[②]

他还说：

> 呜呼，今之人其亦弗思矣！圣人之道，使天下无不达之情，求遂其欲而天下治。后儒不知情之至于纤微无憾是谓理，而其所谓理者，同于酷吏之所谓法。酷吏以法杀人，后儒以理杀人，浸浸乎舍法而论理，死矣，更无可救矣。[③]

他还说：

---

① 段玉裁：《经韵楼集·娱亲雅言序》引戴震语。

② 戴震：《孟子字义疏证·答彭进士允初书》，中华书局1961年版。

③ 戴震：《孟子字义疏证·与某书》。

> 圣人治天下，体民之情，遂民之欲，而王道备。……人死于法，犹有怜之者；死于理，其谁怜之！[①]

戴震的这些言论，深刻揭露了当时程朱理学的杀人本质，同时也是对当时社会的深刻揭露。

与曹雪芹同时的袁枚（1716—1797年，比曹雪芹晚生一年，晚死三十四年），不仅是一位著名的诗人，而且还是一位杰出的思想家。他公开反对程朱理学，对宋儒鼓吹孔孟的道统，把自己说成是孔孟道统的唯一继承者，袁枚予以无情的驳斥，他说：

> 道固自在，而未曾绝也。后儒沾沾于道外增一统字，以为今日在上，明日在下，交付若有形，收藏若有物，道甚公而忽私之，道甚广而忽狭之，陋矣！三代之时，道在上，而未必不在下；三代以后，道在下，而未必不在上。合乎道，则人人可以得之；离乎道，则人人可以失之。[②]

这就是说，道是客观的、公开的，不是私相授受之物。所以他又说：

> 昔秦烧诗书，汉谈黄老。非有施雠、伏生、申公、瑕丘之徒，负经而藏，则经不传；非有郑元（玄）、赵岐、杜子春之属，琐琐笺释，则经传不甚明，千百年后，虽有程朱奚

① 戴震：《孟子字义疏证·理》。
② 袁枚：《答雷翠亭祭酒书》。

能为？程朱生宋代，赖诸儒说经，都有成迹，才能参己见，成集解，安得一切抹煞，而谓孔孟之道，直接程朱也？[①]

在袁枚的时代，程朱理学，经康熙乾隆的大力提倡，康熙称赞朱熹对经传的注疏是“一句一字莫可更正者”，“孔孟之后，可谓有益于斯文，厥功伟矣”！说朱熹是“继千百年绝传之学”，并将朱熹的木牌升入大成殿配祀孔子。乾隆则称孔子是“日月经天，江河行地，五百年闻知之统，独衍心传”。这些话，无疑把程朱理学，特别是把朱熹作为孔孟以后唯一的道统化身，从而当时的程朱理学，也实际上成为封建专制统治的理论工具。袁枚的这些言论，是对程朱理学及其道统地位的尖锐驳斥。

袁枚还反对封建史学的正统观念，他说：

夫所谓正统者，不过曰有天下云耳。其有天下者，“天”与之，其正与否则人加之也。[②]

他竟然还大胆地提出把正统之说“一扫而空之”。[③]袁枚的这些言论，强烈地表现出一种反传统、反官方统治思想的叛逆精神。

袁枚对文学也主张摆脱封建的政治伦理说教，他反对“诗贵温柔不可说尽”的诗教，反对文学“必关系人伦日用”的纯

① 袁枚：《代潘学士答雷翠亭祭酒书》。
② 袁枚：《策秀才文五道》。
③ 袁枚：《随园随笔》卷四“古无正统之说”条。

实用观点。他说："宋儒硁硁然政事、文学、言语一绳捆束，驱而尽纳诸德行一门，此程朱之所以为小也。"[①]他认为不能把文学都纳入功利的范畴，不能用是否有实用来衡量文学艺术的价值，他说：

> 夫物相杂之谓文。布帛菽粟，文也；珠玉锦绣，亦文也；其他浓云震雷、奇木怪石，皆文也。足下必以适用为贵，将使天地之大，化工之巧，其专生布帛菽粟乎？抑能使有用之布帛菽粟贵于无用之珠玉锦绣乎？人之一身，耳目有用，须眉无用，足下其能存耳目而去须眉乎？是亦不达于理矣！[②]

他的这个比喻既生动而又切合实际，当然他这里并不是绝对排斥文学的社会功能，而是反对文学仅仅是实用的工具。

袁枚在诗歌上独主"性灵说"，人们称之为"性灵派"，他的诗歌主张随着他的诗歌创作和诗论（《随园诗话》）而产生了巨大的社会影响。他的"性灵说"的主张，是说"诗之为道，标举性灵，发抒怀抱"（《随园诗话》卷十二）。他认为"从三百篇至今日，诗之传者，都是性灵，不关堆垛"。（同上卷五）所以他的"性灵说"特别强调"先天真性情"，[③]"情以真而愈笃"。[④]袁枚的

---

① 袁枚：《答朱石君尚书书》。

② 袁枚：《答友人论文书》。

③ 袁枚：《再答李少鹤书》。

④ 袁枚：《答尹相国》。

这些文学主张，显然是受李贽、袁宏道、汤显祖等人的影响。

袁枚在他的《随园诗话》卷二里，还提到了曹寅、曹雪芹和《红楼梦》，他说：

> 康熙间，曹练（楝）亭为江宁织造，每出拥八驺，必携书一本，观玩不辍。人问："公何好学？"曰："非也。我非地方官而百姓见我必起立，我心不安，故藉此遮目耳。"素与江宁太守陈鹏年不相中，及陈获罪，乃密疏荐陈。人以此重之。
>
> 其子雪芹撰《红楼梦》一书，备记风月繁华之盛，中有所谓大观园者。即余之随园也。明我斋读而羡之，当时红楼中有某校书尤艳，我斋题云……（下略）

袁枚所记曹雪芹撰《红楼梦》，这是曹雪芹当时的记载，说明义有咏红诗，并引出二首，也是极重要的记录，特别是谈到曹寅与曹雪芹的关系，虽然差误了一代，把孙子当作了儿子，但明确这层关系，也是极具史料价值的。尽管现在明义的诗早已发现，曹雪芹与曹寅是祖孙关系也早弄清，但袁枚是曹雪芹同时人，那么袁枚所感受到的当时的社会思潮和他所抨击的社会问题，也应该是曹雪芹所能感受到的，而且也应该是《红楼梦》诞生的时代背景的一个侧面。

2001年5月17日于京东且住草堂

四、《红楼梦》时代的社会现实

（一）社会经济的恢复和发展

曹雪芹的时代，离开清朝入关，已将百年，原来遭战争破坏的社会经济，经过顺、康、雍三朝近百年的努力，到乾隆时期，社会经济已经恢复并超越了明后期最繁盛的时期。所以曹雪芹时代的社会现实之一，就是社会经济的恢复发展和繁荣。此时，无论是纺织业、矿业、陶瓷业、农业、交通运输等各方面，都有显著的进展。乾隆时期的程先甲在他写的《金陵赋》[①]里描写当时南京织缎业的情况说：

染人濯丝，麇至凫趋，（自注云：江宁缎机，以玄色著名，而染坊多近秦淮两岸，漂丝必于青溪、东水关、北铜管三水合流之间，其色乌亮，江潮上时染匠退休矣，见《机业琐记》。）机声轧轧，比户喧阗，万家篝火，世业相传，商贾云集，于此懋迁。（自注云：金陵贡缎、宁绸之名，甲于天下。开机者谓之帐房，亦曰缎号，代客买卖者曰缎行，机匠领织曰代料。兵燹前，亦有雇机匠于屋内者，今皆为放料焉，机房以南城东西偏为最夥，绒机则在孝陵街。）

① 据《桃溪客语及其他一种》（内含《金陵赋》），《丛书集成初编》，商务印书馆1939年12月初版，1960年补印。

这里不仅反映了金陵（南京）当时机织业的发展盛况，还反映了当时机织业、印染业、商业的各种分科。又陈作霖的《凤麓小志》[1]说当时南京贡缎的行销市场是：

北趋京师，东迸辽沈，西北走晋绛，逾大河，上秦雍甘凉，西抵巴蜀，西南之滇黔，南越五岭、湖湘、豫章、两浙、七闽，溯淮泗，道汝洛。冠服靴履，非贡缎，人或目笑之。

这段材料，不仅说明当时贡缎行销之广，而且还说明全国的交通和商业网络之畅通。

乾隆二年（1737年）清政府下令开矿禁，在全国出现了“开矿热”。《清史稿·食货志五·矿政》云：

乾隆二年谕：凡产铜山场，实有裨鼓铸，准报开采。其金银矿悉行封闭。先是五年，允鲁抚朱定元请，开章丘、淄川、泰安、新泰、莱芜、肥城、宁阳、藤、峄、泗水、兰山、郯城、费、莒、蒙阴、益都、临朐、博山、莱阳、海阳各州县煤矿。而藁城知县高崶请自备赀开峄、滕、费、淄、沂、平阴、泰安银、铜，铅矿则禁之。然贵州思安之天庆寺、镇远之中峰岭，陕西之哈布塔海哈拉山，甘肃之扎马图、敦煌、沙州南北

① 陈作霖：《凤麓小志》卷三《志事·记机主第七》。

山，伊犁之皮里沁山、古内、双树子，乌鲁木齐之迪化、奎腾河、呼图壁、玛纳斯、库尔喀喇乌苏、条金沟各金矿，贵州法都、平远、达摩山，云南三嘉、丽江之回龙、昭通之乐马各银矿相继开采。……

广东自康熙五十四年封禁矿山，至乾隆初年，英德、阳春、归善、永安、曲江、大埔、博罗等县。广州肇庆两府铜铅矿均行开采，百余年来，云、贵、两湖、两粤、四川、陕西、江西、直隶报开铜铅矿以百数十计，而云南铜矿尤甲各行省，盖鼓铸铅铜并重而铜尤重，秦、鄂、蜀、桂、黔、赣皆产铜而滇最饶。滇铜自康熙四十四年官为经理，嗣由官给工本。雍正初，岁出铜八九十万，不数年，且二三百万。岁供本路鼓铸及运湖广、江西仅百万有奇。乾隆初，岁发铜本银百万两，四五年间，岁出六七百万或八九百万，最多乃至千二三百万。户、工两局，暨江南、江西、浙江、福建、陕西、湖北、广东、广西、贵州九路，岁需九百余万，悉取给焉。

以上所叙，是关于金、银、铜、铅、煤矿的开采，嗣后煤、铁等矿的开采亦有迅速发展。乾隆三十一年云贵总督杨应琚奏称："滇省今年来矿厂日开，各处各小厂聚集砂丁人等不下数十万人，现在各省来滇者亦络绎不绝，其间江、楚等省流寓倍于滇省。"自乾隆二年开矿禁，到三十一年，仅云南一省就有矿工"不下数十万人"，则可见全国范围内矿业发展之大概了。

其他如陶瓷业、茶业、农业、木材业等等，也都有相应的发展。

由于商业的繁荣，渐次形成了商业性的行帮，当时最有势力的是两淮盐商，山西的票号商，徽州的盐业、典当业、茶业、木材业商等，总称徽商。还有因新兴矿业而暴富的矿商等等。

以上各行业生产的发展，其中尤其是矿业和丝织业的发展，以及各种商业性行帮的形成和林立，说明着这一时代的社会经济，确实有别于它以前的时代了。

（二）商业大都市的出现和富商们对奢侈生活的追求

曹雪芹时代的社会现实之二，就是在以上这种经济发展的基础上，全国出现了一批规模较大的商业都市，其中南京、苏州、扬州、汉口、广州、杭州、北京、天津等等，都是著名的商业城市，除了这种大城市以外，全国还出现了不少商业集镇，与各地的商业城市相组合，形成了全国性的商业网络，因为全国有许多大中型的商业城市出现，于是也就增加了一大批商业人口，其中有许多成为城市居民，也就是市民。

由于商业的繁荣、市民的剧增，社会风气也就随之变化。

有一批巨商，在经商致富后，就经营宅第，如昭梿《啸亭续录》卷二“本朝富民之多”条说：“京师如米贾祝氏，自明代起家，富逾王侯。其家屋宇至千余间，园亭瑰丽，人游十日，未竟其居。宛平查氏、盛氏，其富丽亦相仿。”“怀柔郝氏，膏腴万顷，喜施济贫乏，人呼为‘郝善人’。纯皇帝（乾隆）尝驻跸其家，进奉上方水陆珍错至百余品，其他王公近侍以及舆儓奴隶，皆供食馔，一日之餐，费至十余万。”以上数例，都是属北京及北京地区的，又《扬州画舫录》卷六记盐商之奢丽豪富说：

初，扬州盐务，竞尚奢丽，一婚嫁丧葬、堂室饮食、衣服舆马，动辄费数十万。有某姓者，每食，庖人备席十数类，临食时，夫妇并坐堂上，侍者抬席置于前，自茶面荤素等色，凡不食者摇其颐，侍者审色则更易其他类。或好马，蓄马数百，每马日费数十金，朝自内出城，暮自城外入，五花灿著，观者目眩。或好兰，自门以至于内室，置兰殆遍。或以木作裸体妇人，动以机关，置诸斋阁，往往座客为之惊避。其先以安麓村为最盛，其后起之家，更有足异者，有欲以万金一时费去者，门下客以金尽买金箔，载至金山塔上，向风扬之，顷刻而散，沿江草树之间，不可收复。又有三千金尽买苏州不倒翁，流于水中，波为之塞。有喜美者，自司阍以至灶婢，皆选十数龄清秀之辈。或反之而极，尽用奇丑者，自镜之以为不称，毁其面以酱敷之，暴于日中，有好大者，以铜为溺器，高五六尺，夜欲溺，起就之。一时争奇斗异，不可胜记。

《扬州画舫录》卷六还记载了扬州园林“卷石洞天”之胜：

“卷石洞天”在“城闉清梵”之后，即古郧园地，郧园以怪石老木为胜，今归洪氏。以旧制临水太湖石山，搜岩剔穴，为九狮形，置之水中。上点桥亭，题之曰“卷石洞天”，人呼之为小洪园。园自芍园便门过“群玉山房”长廊，入“薜萝水榭”。榭西循山路曲折入竹柏中，嵌黄石壁，高十余丈。中置屋数十间，斜折川风，碎摇溪月。东为“契秋阁”，西为“委宛山房”。房竟多竹，竹砌石岸，设小栏点太湖石。石隙老杏一株，横卧水上，夭矫屈曲，莫可名状。人谓北郊杏树，惟法净寺方丈内一株与此一株为两绝，其右建修竹丛桂之堂，堂后红楼抱山，气极苍莽。其下临水小屋三楹，额曰“丁溪”，旁设水马头。其后土山逶迤，庭宇萧疏，剪毛栽树，人家渐幽，额曰“射圃”，圃后即门。

“群玉山房”联云：“渔浦浪花摇素壁（司空曙），玉峰晴色上朱栏（李群玉）。”过此，构廊与河蜿蜒，入“薜萝水榭”。后壁万石嵌合，离奇夭矫，如乳如鼻，如腭如脐。石骨不见，尽衣萝薜。榭前三面临水，欹身可以汲流漱齿。联云：“云生硐户衣裳润（白居易），风带潮声枕簟凉（许浑）。”狮子九峰，中空外奇，玲珑磊块，手指攒撮，铁线疏剔，蜂房相比，蚁穴涌起，冻云合遝，波浪激冲；下水浅土，势若悬浮，横竖反侧，非人思议所及。树木森戟，既老且瘦。夕阳红半楼飞檐峻宇，斜出石隙。郊外假山，是为第一。

楼之佳者，以夕阳红半楼、夕阳双寺楼为最。桥之佳者，以九狮山石桥及春台旁砖桥、“春流画舫”中萧家桥、九峰园美人桥为最。低亚作梗，通水不通舟。

“薜萝水榭”之后，石路未平，或凸或凹，若踶若啮，蜿蜒隐见，绵亘数十丈。石路一折一层，至四五折。而碧梧翠柳，水木明瑟，中构小庐，极幽邃窈窕之趣。曰“契秋阁”，联云：“渚花张素锦（杜甫），月桂朗冲襟（骆宾王）。”过此又折入廊，廊西之折；折渐多，廊渐宽，前三间，后三间，中作小巷通之。覆脊如工字。廊竟又折，非楼非阁，罗幔绮窗，小有位次。过此又折入廊中，翠阁红亭，隐跃栏槛。忽一折入东南阁子，躐步凌梯，数级而上，额曰“委宛山房”。联云：“水石有余态（刘长卿），凫鹥亦好音（张九龄）。”阁旁一折再折，清韵丁丁，自竹中来。而折愈深，室愈小，到处粗可起居，所如顺适。启窗视之，月延四面，风招八方，近郭溪山，空明一片。游其间者，如蚁穿九曲珠，又如琉璃屏风，曲曲引人入胜也。

循“委宛山房”而出，渐入修竹丛桂之堂。联云：“老干已分蟾窟影（申时行），采竿应取锦江鱼（林云凤）。”

“卷石洞天”今扬州尚存，我曾进去参观过，扬州历经战乱，此应是劫后补建，当时未能细究，但也看到了多处山石是旧园的遗存。

在这种极力追求奢靡的风气下，富豪们还竞相追求洋货，以洋为贵，唯洋是尚。梁章钜（1775—1849年）《退庵随笔》卷七《政事》二引乾隆时人陈鳣（1753—1817年）的话说：

夫居处之雕镂，服御之文绣，器用之华美，古之所谓奢

> 也，今则视为平庸无奇，而以外洋之物是尚。如房屋舟舆，无不用玻璃，衣服帷幕，无不用呢羽，甚至食物器具曰洋铜、曰洋磁、曰洋漆、曰洋锦、曰洋布、曰洋青、曰洋红、曰洋貂、曰洋獭、曰洋纸、曰洋画、曰洋扇。遽数之，不能终其物。而南方诸省，则通行洋钱，大都自日本、流球、红毛、英吉利诸国来者，内地出其布帛菽粟——民间至不可少之物，与之交易。有识者方惜其为远方所欺，无如世风见异思迁，一人非之，不敌众人慕之。其始达官贵人尚之，浸假而至于仆隶舆台；浸假而至于倡优婢嫔。外洋奇巧之物日多，民间布帛菽粟日少，以致积储空虚，民穷财尽，可胜叹哉！……窃怪夫达官贵人，竞相夸靡，曾不虑其大为风俗之害。

以上所引各条，自豪华宅第园林，日用消费排场，以至于争奇斗异，竞尚洋货洋器等等，与《红楼梦》的描写，大体上都能合拍。由此可见，《红楼梦》之出现，并不是遗世独立的产物，而是有深厚的现实社会生活为基础的。

（三）城市繁荣掩盖下农村的贫困

曹雪芹时代的社会现实之三，就是与城市繁荣相对立的农村的贫困，康熙时期的思想家唐甄（1630—1704年，明崇祯三年到清康熙四十三年）在他的《潜书·存言》篇里说：

清兴，五十余年矣。四海之内，日益困穷，农空，工空，市空，仕空。谷贱而艰于食，布帛贱而艰于衣，舟转市集而货折赀，居官者去官而无以为家，是四空也。金钱，所以通有无也。中产之家，尝旬月不睹一金，不见缗钱。无以通之，故农民冻馁，百货皆死，丰年如凶。良贾无算；行于都市，列肆焜耀，冠服华膴。入其家室，朝则囱无烟，寒则蜎体不申。吴中之民，多鬻男女于远方；男之美者为优，恶者为奴，女之美者为妾，恶者为婢，遍满海内矣。困穷如是，虽年谷屡丰，而无生之乐。由是风俗日偷，礼义绝灭，小民攘利而不避刑，士大夫殉财而不知耻。谄媚慆淫，相习成风，道德不如优偶，文学不如博弈，人心陷溺，不知所底。此天下之大忧也。①

对于唐甄的这段话，后来章太炎评论说：

昔康熙中祀，名为家给人足，谀者直书，雷同无异词。独唐甄生其时，则曰："清兴，五十余年，四海之内，日益困穷。中产之家，尝旬月不睹一金，不见缗钱。无以通之，故农夫冻馁，丰年如凶。良贾行于都市，列肆焜耀，冠服华膴。入其家室，朝则囱无烟，寒则蜎体不伸。吴中之民，多鬻男女于远方，遍满海内。"（《潜书·存言篇》）由此言之，

① 唐甄：《潜书·存言》，中华书局1963年出版，第114页。

> 宽假之令，免赋之诏，皆未施行也，众谀之言，仰戴仁帝，以为圣明，虽直者犹倾之，惟甄发其覆蒙。[①]

从唐甄《潜书·存言》篇的文字，可知在康乾之世，虽称盛世，但实际上城市的繁荣，并不能掩盖农村的饥寒，这恰好说明了《红楼梦》里刘姥姥女婿王狗儿家以及众多的丫环仆妇家庭和与他们联结着的广大农村的实际情况。这种社会现实，正是《红楼梦》时代社会生活的最基本的一面——不过在书中是表现得较为隐蔽的一个侧面。

（四）八股科举制度毒害下的虚伪世风

曹雪芹时代的社会现实之四，就是清政府长期实行以八股取士的科举制度。这项制度，规定考试的题目以四书、五经的章句为限，而且规定《四书》和《诗》都用朱熹注，《易》主程《传》、朱子《本义》等等，还规定只准作者"代圣贤立言"，不准有自己的思想，文章的格式体例又严格规定是"八股"。这样从内容到形式，都死死地捆缚住了，其结果是把人们的思想紧紧地捆缚住了。科举制度，仅仅成为一种利禄之途，成为人们升官发财，追求富贵荣华的一条捷径，撞对了可以一朝发迹，富贵立致，撞不对就终身困于场屋，老死牖下。因此不少士子为了博取功名富贵，就不惜弄虚作

① 章太炎：《检论·哀清史》，此处章太炎所引文字，与《潜书》原文略有差异，故仍全引。

假，所以顾炎武《日知录·拟题》说：

> 今日科场之病，莫甚乎拟题。且以经文言之，初场试所习本经义四道，而本经之中，场屋可出之题不过数十。富家巨族延请名士馆于家塾，将此数十题各撰一篇，计篇酬价，令其子弟及僮奴之俊慧者记诵熟习。入场命题，十符八九，即以所记之文抄誊上卷，较之风檐结构，难易迥殊。《四书》亦然。发榜之后，此曹便为贵人，年少貌美者多得馆选，天下之士靡然从风，而本经亦可以不读矣。……因陋就寡，赴速邀时。昔人所须十年而成者，以一年毕之。昔人所待一年而习者，以一月毕之。成于抄袭，得于假倩。卒而问其所未读之经，有茫然不知为何书者。故愚以为八股之害等于焚书，而败坏人材，有甚于咸阳之郊所坑者，但四百六十余人也。[①]

《日知录集释》卷十七《生员额数》：

> 今以书坊所刻之义谓之时文。舍圣人之经典，先儒之注疏与前代之史不读，而读其所谓时文，时文之出，每科一变，五尺童子能诵数十篇，而小变其文，即可以取功名，而钝者至白首而不得遇。老成之士既以有用之岁月，销磨于场屋之中，而少年捷得之者又易视天下国家之事，以为人生之

① 顾炎武：《日知录集释》卷十六《拟题》，岳麓书社1994年版，第590页。

所以为功名者惟此而已。故败坏天下之人才，而至于士不成士，官不成官，兵不成兵，将不成将。夫然后寇贼奸宄得而乘之，敌国外侮得而胜之。苟以时文之功，用之于经史及当世之务，则必有聪明俊杰通达治体之士起于其间矣。故曰：废天下之生员，而用世之材出也。①

在本段引文之前，顾炎武还说道：

天下常以劳苦之人三，奉坐待衣食之人七，而今则遐陬下邑亦有生员百人，即未至扰官害民，而已为游手之徒，足称五蠹之一矣。

其中之劣恶者，一为诸生，即思把持上官，侵噬百姓，聚党成群，投牒呼噪。②

顾炎武对科举制度为害之深，可以说是作了最深切的揭露。与曹雪芹同时代的吴敬梓，借用《儒林外史》中的人物王冕的口说："这个法（指八股取士之法）却定的不好！将来读书人既有此一条荣身之路，把那文行出处都看得轻了。"（第一回）他又借书中马二先生的口说：

举业二字，是从古及今人人必要做的。就如孔子生在春

① 顾炎武：《日知录集释》卷十七《生员额数》，岳麓书社1994年版，第603、604页。
② 同上书，第601页。

> 秋时候，那时用“言扬行举”做官，故孔子只讲得个“言寡尤，行寡悔，禄在其中”，这便是孔子的举业。讲到战国时，以游说做官，所以孟子历说齐梁，这便是孟子的举业。到汉朝用“贤良方正”开科，所以公孙弘、董仲舒举贤良方正，这便是汉人的举业。到唐朝用诗赋取士，……所以唐人都会做几句诗，这便是唐人的举业。到宋朝又好了，都用的是些理学的人做官，所以程朱就讲理学，这便是宋人的举业。到本朝用文章取士，这是极好的法则。就是夫子在而今，也要念文章，做举业，断不讲那“言寡尤，行寡悔”的话。何也？就日日讲究“言寡尤，行寡悔”，哪个给你官做？

马二先生是热衷于宣扬科举的，在他的心目中，科举就是做官，做官就意味着飞黄腾达，就意味着发财。人们为了做官，更是为了发财，也就只有走这条仕途经济的路，因此就不惜用各种手段，弄虚作假，自然也就导致了官场的弄虚作假，也就是顾炎武所揭露的。由科场的这种弄虚作假，自然也导致了官场的弄虚作假，或者说由官场的弄虚作假，导致了科场的弄虚作假，总之是互为因果，沆瀣一气。再进而深入商界，深入社会，于是假名士、假道学、假斯文、假……总之，只要有利可图，一切都可以作假，一部《儒林外史》把科举八股之毒害人心、败坏世风写得淋漓尽致、入木三分。“范进中举”写八股之毒害人心、疯魔人心，竟至于令人发狂，虽是小说，却实际上是社会的真实。而其中最根本的问题，是整个社会风气都是弄虚作假，以假乱真，最后至真假不分，真即是假，假即是真。所以《红楼梦》里“假作真时真亦假”的联语，以及甄宝玉、贾宝玉的形象，实质上就是这种社会现象讽刺性的写照。

《儒林外史》里写了一个典型的假名士权勿用。此人隐居深山，被人称赞是“管、乐的经纶，程、朱的学问。此乃是当时第一等人”。（第十二回）“这人真有经天纬地之才，空古绝今之学，真乃处则不失为真儒，出则可以为王佐。”（第十一回）由于他用种种手段，制造假象，散布舆论，一时竟把人瞒过，致使杨执中把他看作是“真儒”，是“当时第一等人”。但他的这种弄虚作假，却瞒不过他的乡人，他的乡人说：

> 是他么？可笑的紧！……你不知道他的故事，我说与你听。他在山里住，祖代都是务农的人。到他父亲手里，挣起几个钱来，把他送在村学里读书。读到十七八岁，那乡里先生没良心，就作成他出来应考。落后他父亲死了，他是个不中用的货，又不会种田，又不会做生意，坐吃山崩，把些田地都弄的精光。足足考了三十多年，一回县考的复试也不曾取。他从来肚里也莫有通过，借在个土地庙里训了几个蒙童，每年应考，混着过也罢了；不想他又倒运：那年遇着湖州新市镇上盐店里一个伙计，姓杨的杨老头子来讨账，住在庙里，呆头呆脑，口里说甚么天文地理，经纶匡济的混话。他听见就像神附着的发了疯，从此不应考了，要做个高人。（第十二回）

这样一个假名士、假道学、假儒，是否完全是吴敬梓凭空虚构的呢？完全不是。据《儒林外史》的研究者们的共识，这个假名士、假道学权勿用，他的真人就是江阴的是镜。阮葵生在《茶余客话》卷八“是镜之诈伪”条说：

> 江阴是镜，诡诈诞妄人也。胸无点墨，好自矜饰，居之不疑。海宁陈相国为其所惑，高东轩相国亦信之。尹继余侍郎督学江左，因二公之言，造庐请谒，结布衣交。镜遂辟书院，招生徒，与当时守令往还，冠盖络绎。常州守黄静山永年，亦与过从。其后因嘱托公事，不复往。镜因书院静室中，供陈、高、尹、黄四木主——俗所谓“长生禄位”也。稍有识者，皆非笑之。辛未，雷翠庭先生督学至，广文以为言，先生贻书令其来见，以觇其学；镜不往，而令广文通意，欲先生造庐，如尹故事。先生笑曰：“吾固知贤士不可召见，但恐吾往见后，则四公木主之外，又增一人，故不为耳。”后数年，镜为乡人告讦，亡命，不知所终。镜居村，去市数里，有小路，逾沟而行，稍近数十步。镜平生必由正路过桥，不趋捷也。一日，自市归，途遇雨，行至沟旁，四顾无人，一跃而过。有童子匿桥下避雨，惊曰：“是先生亦跳沟耶？”镜饵以一钱，嘱以勿言。童子归，父诘钱所从来，争传“是先生跳沟”，声名大损。

一个胸无点墨的人，竟俨然装成一个真儒，一个道学家，一个怀有管、乐之才的人物，连当朝的相国都被骗过了，这不能不说是曹雪芹时代的一个极大的讽刺剧。也可以想见，当时这种假名士、假道学、假文人、以假乱真的社会风气多么严重，无怪曹雪芹要在他的《红楼梦》里大书特书了。

（五）康乾盛世下的贪官污吏

曹雪芹时代的社会现实之五，是官吏的贪渎。历史上著名的大贪污犯和珅，就是乾隆朝的宰相，一直到嘉庆四年正月初八，才被查抄。其贪污赃款数字，据薛福成《庸盦笔记》所载：

> 已估者二十六号，合算共计银二万二千三百八十九万五千一百六十两。……
>
> 夹墙藏金二万六千余两，私库藏金六千余两，地窟埋藏银百余万两，为十八罪。通州、蓟州均有当铺钱店，查计赀本不下十余万两，为十九罪。……余犹疑和珅定罪时，其家产尚未钞竣，此系后来陆续所钞之数。……乾隆中叶，最为天下全盛之时，不幸和珅入相，倚势弄权，贪婪罔忌，自督抚以至道府，往往布置私人，或畏其势焰，竞营献纳，以固其位，寖至败坏吏治，刻剥民生，酿成川楚教匪之变。[①]

① 薛福成：《庸盦笔记》卷三《查抄和珅住宅花园清单》。

薛福成这最后几行话，等于是画出了一张贪官污吏的网络图，这张网，遍布全国。这里再举一个大贪官，也即是这张网上的一员，此人名叫郑源璹。乾嘉时人姚元之（1776—1852年，乾隆四十一年至咸丰二年）的《竹叶亭杂记》卷二说：

郑方伯源璹之伏法也，或谓侍郎罗国俊劾之。余于史馆曾见弹章，衔名由内裁去，略曰：如湖南布政司郑源璹者，凡选授州县官到省，伊即谕以现有某人署理，暂不必去，俟有好缺以尔署之。有守候半年、十月者，资斧告匮，衣食不供。闻有缺出，该员请示，伊始面允，而委牌仍然不下。细询其故，需用多金，名为买缺，以缺之高下定价之低昂，大抵总在万金内外。该员财尽力穷，计无所出，则先晓谕州县书吏、衙役人等务即来省伺候。书役早知其故，即携重资而来，为之干办。及到任时，钱粮则必假手于户书，漕米则必假手于粮书，仓谷、采买、军需等项则必假手于仓书，听其率意滥取，加倍浮收。上下交通，除本分利。至于衙役以讼事入乡，先到原告家需索银两，谓之启发礼。次到被告家，不论有理无理，横行吓诈，家室惊骇，餍饱始得出门。由此而入族保、词证各宅，逐一搜求，均须开发。迨到案时，不即审结，铺堂、散班之费，莫可限量。盖名有所挟，积渐之势使然也。是以贼盗蜂起不敢申报，报则枉费银两，不为缉获，获即受贿放去，毫无裨益。谚云："被盗经官重被盗。"凡此，皆由署事官员贻害之所致也。盖不见机取利，则瓜代者又至矣。内有一二自好者，任其摆弄，不肯曲从。如长沙府属之湘乡县知县张博实授已七年，在任不满四月；湘潭县知县卫际可实授已五载，至今并未到任。大率好缺皆然，不胜枚举。巡抚姜晟近在同城，岂无闻见，祇以其纳贿和珅，莫可谁何，盖自守则有余，而振刷则不足也。且闻郑源璹在署，家属四百余人外，养戏班两班，争奇斗巧，昼夜不息。昨岁九月，因婚嫁将家眷一分送回，用大船十二只，旌旗耀彩，辉映河干。凡此靡费，皆民膏脂。是以楚南百姓富者贫，贫者益苦矣。①

这份材料，历叙郑源璹贪污索贿的种种手段，从“买缺”到衙役下乡的种种勒索，官场的黑暗，历历在目，而最终受害的还是老百姓，因为种种费用，最终还是加到老百姓的头上，特别是“被盗经官重被盗”，说明官与强盗本质上没有什么分别。郑源璹之所以敢如此横行，是因为有和珅这个靠山。

那末是否只是乾隆朝吏治如此的腐败黑暗，其他朝如康熙朝，素称盛世，是否要好些呢？翻检康熙朝的史书，情况也是一样，如康熙朝的大臣徐乾学、高士奇、李光地、王鸿绪等，也都是贪官。与徐乾学同朝的左副都御史许三礼疏劾徐乾学说：

……更奇者，乾学律身不严，教子无方，秽迹昭著，有案可据；尚敢肆口狂言，好讲忠孝大义，希图簧惑圣聪。不得不列款纠参，恳乞穷究：一、乾学于丁卯乡试、戊辰会试，

① 姚元之：《竹叶亭杂记》，中华书局1982年版，第52页。

在外招摇门生亲戚有名文士，各与关节，务期中试。有苏州府贡生何焯往来乾学门下，深悉其弊，特做会试墨卷序文，刊刻发卖，寓言讽刺。乾学闻知，即向书铺将序抽毁，刻板焚化，嘱托江苏巡抚访拿何焯，至今未结。一、乾学发本银十万两交盐商项景元，于扬州贸易，每月三分起利。本年七月间，令伊孙婿史姓、家人李潮押同景元于八月二十四日到京算账，共结本利一十六万余两。又布商程天石新领乾学本银十万两，现在大蒋家胡同开张当铺。其余银号、钱店、发本放债，违禁取利，怨声满道。一、乾学以门生李国亮为江苏按察使，代为料理。国亮差刘管家送银一万两，交乾学管家吴子彦、吴子章收。遇节送银四百两，小礼银四十两，生日送银一千两，吴子彦为张汧事发逃回，吴子彦胞弟子章收。伊弟元文入阁办事，国亮差刘管家送贺礼银五千两，交吴子章收缴。一、乾学认光棍徐紫贤、徐紫书二人为侄，通同扯牵，得赃累万。徐紫贤、徐紫书现造烂面胡同花园、房屋。书办之子，一朝富贵，胡为乎来，乾学之赃半出其手。一、乾学因弟拜相后，与亲家高士奇更加招摇，以致有“去了余秦桧，来了徐严嵩”，“乾学似庞涓，是他大长兄”之谣，又有“五方宝物归东海，万国金珠贡澹人”之对，京城三尺童子皆知。若乾学果能严绝苞苴，如此丑语何不加之他人，而独加之乾学耶？一、乾学遣弟徐宏基遍游各省抽丰，克剥民膏，独于河南磁州、彰德等处，久恋一载有余，放赌宿妓，良民受害，怨声载道。一、乾学买宪臣傅感丁在京房屋一所，价银六千余两，买学士孙在丰在京房屋一所，价银一千五百两，买慕天颜无锡县田一万顷，京城绳匠胡同与横街新造房屋甚多，不能枚举。苏州、太仓、昆山、吴县、长洲、常熟、吴江等州县俱系徐府房屋、田地。一、乾学子侄徐树屏、徐树声于甲子科夤缘中式，弊发黜革，行止有亏，莫此为甚。以上各款，百未尽一。乾学身受国恩，乃敢植桃李于一门，播腹心于九洲，横行聚敛，不顾枉直，顺之则生，逆之则死。势倾中外，权重当时，朝纲可紊，成例可灭。伏乞皇上立赐处分，国家幸甚，万民幸甚！①

徐乾学是康熙朝的名臣，但其贪污劣迹却如此昭著。再看左都御史郭琇疏劾高士奇说：

"……乃有植党营私、招摇撞骗，如原任少詹事高士奇、原任左都御史王鸿绪等，表里为奸，恣肆于光天化日之下，罪有可诛，罄竹难悉，试约略陈之：高士奇出身微贱，其始也徒步来京，觅馆为生。皇上因其字学颇工，不拘资格，擢补翰林，令入南书房供奉，不过使之考订文章，原未假之与闻政事。为士奇者，即当竭力奉公，以报君恩于万一。计不出此，而日思结纳谄附大臣，揽事招权，以图分肥。凡内外大小臣工，无不知有士奇之名。夫办事南书房者，先后岂

①《满汉名臣传》卷三《徐乾学列传》，黑龙江人民出版社1991年版，第1482、1483页。

止一人，而他人之声名总未著闻。何士奇一人办事而声名赫奕，乃至如此？是其罪之可诛者，一也。久之羽翼既多，遂自立门户，结王鸿绪为死党，科臣何楷为义兄弟，翰林陈元龙为叔侄，鸿绪胞兄王顼龄为子女姻亲，俱寄以腹心，在外招揽。凡督、抚、藩、臬、道、府、厅、县，以及在内之大小卿员，皆王鸿绪、何楷等为之居停哄骗，而夤缘照管者，馈至成千累万。即不属党护者，亦有常例，名之曰‘平安钱’。然而，人之肯为贿赂者，盖士奇供奉日久，势焰日张，人皆谓之曰‘门路真’，而士奇遂自忘乎其为撞骗，亦居之不疑，曰‘我之门路真’。是士奇等之奸贪坏法，全无顾忌，其罪之可诛者，二也。光棍俞子易在京肆横有年，惟恐事发，潜遁直隶天津、山东洛口地方，有虎房桥瓦房六十余间，价值八千金，馈送士奇，求托照拂。此外，顺城门外斜街并各处房屋，总令心腹出名置买，何楷代为收租。打磨场士奇之亲家陈元师、伙计陈季芳开张缎号，寄顿各处贿银，资本约至四十余万。又于本乡平湖县置田产千顷，大兴土木，修整花园杭州西溪，广置田宅苏、松、淮、扬。王鸿绪等与之合伙生理，又不下百余万。窃思以觅馆糊口之穷儒，而今忽为数百万之富翁，试问金从何来？无非取给于各官。然官从何来？非侵国帑即剥民膏。夫以国帑民膏而填无厌之溪壑，是士奇等真国之蠹而民之贼也，其罪之可诛者，三也。……更可骇者，王鸿绪、陈元龙鼎甲出身，亦俨然士林之翘楚，竟不顾清议，为人作垄断而不以为耻，且依媚大臣无所不至，即人之所不屑为者，亦甘心为之而不以为辱。苟图富贵，伤败各教，岂不玷朝班而羞当世之士哉？总之，高士奇、王鸿绪、陈元龙、何楷、王顼龄等豺狼其性，蛇蝎其心，鬼蜮其形。畏势者既观望而不敢言，趋利者复拥戴而不肯言。臣若不言，有负圣恩，臣罪滋大。故不避嫌怨，仰请皇上立赐罢谴，明正典刑，人心快甚，天下幸甚。”疏入，得旨：“高士奇、王鸿绪、何楷、陈元龙、王顼龄俱著休致回籍。”时解任尚书徐乾学管修书总裁事，左副都御史许三礼以士奇既奉旨回籍，乾学亦不应留京。疏劾乾学、士奇为子女姻亲，其招摇纳贿，相为表里，有“五方宝物归东海，万国金珠贡澹人”之谣。[①]

上引郭琇的劾文，不仅仅是揭出了高士奇大量的贪渎劣迹，而且又是揭出了以高士奇、王鸿绪为首的一张贪污网，有关徐乾学、高士奇等人贪渎的事迹，乾嘉时人姚元之的《竹叶亭杂记》还有记载，可见当时这些人的劣迹是颇为人知的。

根据以上这些事迹，再来看《红楼梦》。《红楼梦》里只写了一个小贪官贾雨村，还有王熙凤贪图三千两贿银，勾结长安节度使云光，拆散了张金哥与原任长安守备之子的婚姻，致使张金哥与长安守备之子双双自杀；还有大明宫掌宫内相戴权以一千二百两银子出卖“防护内廷紫禁道御前侍卫龙禁尉”的虚衔等等，比

---

①《满汉名臣传》卷三《高士奇列传》，黑龙江人民出版社1991年版，第1491—1492页。

起上面所引郑源璹、徐乾学、高士奇等人的贪贿来，真是小巫见大巫，简直算不了什么。但是从《红楼梦》本身来说，它能在这部以爱情故事为主来宣扬反程朱理学思想和全新的爱情理想、社会理想的书里，写上一笔这个“盛世”里的黑暗面，也就是很不容易了。

还有姚元之《竹叶亭杂记》卷二，反映当时下层官吏差役们虐害人民的真相说：

> 州县中差役之扰乡民，其术百端。同年程次坡御史条陈川省积弊，有“贼开花”等名目。言民间遇有窃案，呈报之后，差役将被窃邻近之家资财殷实而无顶带者，扳出指为窝户，拘押索钱。每报一案，牵连数家，名曰“贼开花”。乡曲无知，惧干法网，出钱七八千至十数千不等。胥役欲壑既盈，始释之，谓之“洗贼名”。一家被贼，即数家受累，如此数次，殷实者亦空矣。[①]

这则记载，有助于我们理解《葫芦僧乱判葫芦案》一事的社会内涵，可见当时赃官受贿，衙役如虎狼横行，黎民百姓不堪其害，官匪一家，“被盗经官重被盗”等这些社会现实都是真实的，所以贾雨村这个贪官的形象，也是当时官场贪污、吏胥横行、鱼肉百姓的社会现实的真实反映。

---

① 姚元之：《竹叶亭杂记》，中华书局1982年版，第56页。

（六）程朱理学毒害下悲惨的妇女命运

曹雪芹时代的社会现实之六，就是统治阶级大力提倡程朱理学，大力表彰妇女的节烈。清政府规定，凡守寡达30年以上的“节妇”，以及夫死殉夫的“烈妇”，未婚夫死而以死殉的“烈女”，都为之树立贞节牌坊，并免去其家赋役。这实质上是名利相结合的欺骗与诱惑，但老百姓哪经得起这种名利双攻的欺骗，自然就纷纷上当了。《儒林外史》里王玉辉女儿殉节是典型性很强的一个故事。故事说王玉辉的女儿决定绝食自杀殉夫，她的公婆都出来劝阻，王玉辉却说：

> “亲家，我仔细想来，我这小女要殉节的真切，倒也由着他行罢。自古心去意难留。”因向女儿道，“我儿，你既如此，这是青史上留名的事，我难道反拦阻你？你竟是这样做罢。我今日就回家去叫你母亲来和你作别。”……又过了三日，二更天气，几个火把，几个人来打门，报道：“三姑娘饿了八日，在今日午时去世了。”老孺人听见，哭死了过去，灌醒回来，大哭不止。王玉辉走到床面前说道：“你这老人家真正是个呆子！三女儿他而今已是成了仙了，你哭他怎的？他这死的好，只怕我将来不能像他这一个好题目死哩！”因仰天大笑道：“死的好！死的好！”大笑着，走出房门去了。
>
> 次日，余大先生知道，大惊，不胜惨然。即备了香楮三

牲，到灵前去拜奠。拜奠过，回衙门，立刻传书办备文书请旌烈妇。二先生帮着赶造文书，连夜详了出去。二先生又备了礼来祭奠。三学的人，听见老师如此隆重，也就纷纷来祭奠的，不计其数。过了两个月，上司批准下来，制主入祠，门首建坊。到了入祠那日，余大先生邀请知县，摆齐了执事，送烈女入祠。阖县绅衿，都穿着公服，步行了送。当日入祠安了位，知县祭、本学祭、余大先生祭、阖县乡绅祭、通学朋友祭、两家亲戚祭、两家本族祭，祭了一天，在明伦堂摆席。通学人要请了王先生来上坐，说他生这样好女儿，为伦纪生色。

以上所引，虽然是一段故事，但却都是以真实的历史生活为素材的，故事中的王玉辉，就是汪洽闻，他是徽州府歙县人，余大先生是金榘，曾做休宁县训导，歙县与休宁是紧邻。据金榘之子金兆燕所写《汪阆洲七十寿序》说：

乾隆戊辰（乾隆十三年，1748年）先君子作休邑司训，休邑与歙相邻比，有事谒郡守，则沿歙之西南乡以往。常携兆燕过槐塘，欲求阆洲订交而不可得；槐塘有汪洽闻者，古君子也。①

① 金兆燕：《棕亭古文钞》卷八。此据何泽翰著《〈儒林外史〉人物本事考略》，古典文学出版社1957年版，第116页。

可见金椝（余大先生）与汪洽闻是相闻知的，另金兆燕还有一首长诗《古诗为新安烈妇汪氏作》（新安即徽州），这首诗，无疑是以上这个故事的本事，诗中所描写的情节，与小说可以一一印证：

醴泉必有源，芝草必有根。荆山剖良璞，异光烛乾坤。我友汪洽闻，赋性朴且惇。养母能笃孝，孝名著一村。一男三女子，食贫朝复昏。训之以古诫，教之以敦伦。长女失所天，矢志不再嫁，幼女初适人，婉顺播姻娅；次女生最慧，早岁能诗书，手辑列女传，温惠与人殊。笄年归夫家，綦缟甘粝粗，举止必端正，邻女奉楷模，事夫未数载，夫病遂缠绵，女心日如焚！蓬发局且卷。南市谒医药，北市卜筳篿。归来坐床头，一灯昏不然。中夜四壁静，斗杓明高悬，女子跽中庭，涕泗独涟涟！愿天减儿算，必赐儿夫痊。执手问良人："有语嘱妾无？"良人瞪目视，拊枕但长吁！生死从此隔，勿复多悲歔。女子垂涕言："自我事君子，偕老本初愿，宁复殊生死？君今但先行，妾岂久留此！"晨鸡方三号，白日惨无光！阴风入庭户，簌簌吹衣裳。鬼伯何催促，不得少彷徨。女子泪洗面，车轮回九肠。三日为营奠，七日为营斋。北邙宅幽宫，千年不复开。踯躅里舍门，检点旧裙襦；绝粒卧空床，酸风冷微躯。阿爷向女言："汝志既坚决；所悲颓龄叟，顿使肝肠裂。"阿姊向妹言："尔我命何屯？昔为三株树，今为霜草根。幸无太自苦，少慰泉下人。"阿兄前致词："一言试告汝，守节与殉节，理一本自古。"女子启阿爷："儿已有成言；此言不可食，勿复强迁延。"瞑目遂长逝，奄奄赴黄泉。闻者为叹息，见者为悲酸。灼灼桃李花，繁霜萎春日。苦竹抱贞心，根断节不易。我闻新安郡，自古产大贤。理学炳千载，朁宗隆几筵。陵夷至靡极，道学空言筌。升堂为都讲，躬行或不然。安得此女子？慷慨殉所天。乃知本庭训，身教已有年。今人自教儿，但知圭组妍；萧娘与吕姥，往往遂比肩。试与言此女，安得不汗颜？①

虽然这首诗的作者并不是在批判这种吃人的礼教，但它却客观上证实了王玉辉女儿的惨剧，不是作者的杜撰，而是当时的社会现实。下面再举一则同类的惨剧，马荣祖《陈烈妇墓表》云：

烈妇周氏，江宁人。随其夫陈国材迁扬州，国材一夕暴卒，誓从死，举夫所授遗财授其族子某曰："明年寒食，好举一爵酹坟也。"父闻状，趣渡江，相对唏嘘不已。妇曰："爷听儿去，儿此去好，勿误儿。"每晨起，哭尽哀，端拱上食，夜则蒲伏棺旁。——先是，烈妇语人曰："死易耳；但不忍毁伤肢体。"连吞金环不死，遂不食。邻媪日数辈至，譬慰百端，卒不可夺。咸咋指叹息。二十日勺水不入口。烈妇素健，绝粒七日，犹坐语，已而委顿甚；乃伏枕。当是时，眸子陷入欲枯，光注灵柩不转，两手据荐席爬搔，草寸寸碎

① 金兆燕：《棕亭古文钞》卷八。此据何泽翰著《〈儒林外史〉人物本事考略》，古典文学出版社1957年版，第117页。

裂。死时年二十有六。雍正九年辛亥三月二十日也，距其夫死五十有一日。烈妇适陈甫半载，不逮事舅姑，无嗣子。决计一死，其审义至明，更历许时不回不激。其守义最力，闻者哀之。予既感其事，因遍讯在旁知状者，语悉合。摭实而表之，固郡人之志也。墓在郡北平山堂之西。其左为裔烈妇暨霍、池二烈女四冢，比立如鳞次。十余年间，后先相望也。[①]

上引王玉辉的女儿之死和此引周氏之死，都是自觉自愿的。没有任何强迫，这可见礼教的毒人之深，那些写诗的人、写墓表的人，也都是以赞叹的口气写的，并没有半点对封建礼教揭露批判之意。更有甚者，是康熙三十年杭州胡氏的惨剧。据《说铃·旷园杂志》卷下“守节自焚”条载：

湖州胡氏女，归杭州潘某。潘故长斋，既婚后，妇亦愿长斋。未几，潘以疾卒。妇谓徒死不如立节，遂弃衣饰，兼戒烟火，食日费一钱买腐蒸饭釜啖之，不知饥。家居敬事大士像，持梵呗外为女红，余钱辄输僧。一日谒灵峰寺僧命法名曰寂念。预置一龛寄他处。康熙辛未六月既望，移龛至，旋请师来举火，遂用香煎汤。浴毕，倩邻妇扶入龛，手拈香三炷。俄顷，火延龛顶，出五色烟，香气四达，男女送者数

① 马荣祖：《陈烈妇墓表》，载《扬州足征录》引《力本文集》卷九，此处引同前注。

百人，咸异之，时年四十有一。[①]

这个故事更令人骇异，一个人举火自焚，竟请和尚来点火，还有数百人围观，可见封建礼教已经把人的思想毒害到麻木不仁的地步。无怪当时的大思想家戴震要愤怒地指责程、朱理学是“忍而残杀之具”，“人死于法，犹有怜之者；死于理，其谁怜之！”戴震是休宁人，据《休宁志》记载，清代以前的节烈妇女仅有478人，而到乾嘉年间就猛增到2191人。[②]上述这种种现实，说明曹雪芹时代的妇女问题是社会的严重问题，这不是说以前的社会妇女问题不严重，而是说经康、雍、乾的大力推行程朱理学后，妇女死节的问题更加严重了。

这个妇女死节问题的更实质性的问题，是妇女的社会地位、妇女的人权、妇女的命运，乃至妇女的婚姻问题等等。曹雪芹在《红楼梦》里不仅仅是写了一个青春守寡的李纨，更重要的是写了大观园内和贾府的所有妇女的命运问题，所谓“千红一窟（哭），万艳同杯（悲）”。曹雪芹对妇女问题寄予如此深切的关注和同情，正是当时严重的社会妇女问题突出的反映。

（七）封建社会的病疮——娼优与娈童

曹雪芹时代的社会现实之七，是自明朝以来流行的男风，至

---

① 道光刊本《说铃·旷园杂志》卷下。

② 参见许苏民《戴震与中国文化》，贵州人民出版社2000年版，第27页。

康乾之世而变本加厉。明末清初的张岱，曾自称“好美婢，好娈童”[①]。同时的钱谦益、吴梅村、冒辟疆、李渔、陈维崧、查继佐，乾隆时期的和珅、袁枚、郑板桥等，也都有这样的癖好。赵翼《檐曝杂记》卷二“梨园色艺”条说：

京师梨园中有色艺者，士大夫往往与相狎。庚午、辛未间（按乾隆十五至十六年），庆成班有方俊官，颇韶靓，为吾乡庄本淳舍人所昵。本淳旋得大魁。后宝和班有李桂官者，亦波峭可喜。毕秋帆舍人狎之，亦得修撰。故方、李皆有状元夫人之目，余皆识之。二人故不俗，亦不徒以色艺称也。本淳殁后，方为之服期年之丧。而秋帆未第时颇窘，李且时周其乏。以是二人皆有声缙绅间。后李来谒余广州，已半老矣。余尝作《李郎曲》赠之。近年闻有蜀人魏三儿者，尤擅名，所至无不为之靡，王公、大人俱物色恐后。[②]

蒋士铨《忠雅堂诗集》卷八，有《戏旦》一诗，可以与上文对看：

朝为俳优暮狎客，行酒灯筵逞颜色。士夫嗜好诚未知，风气妖邪此为极。古之嬖幸今主宾，风流相尚如情亲。人前狎昵千万状，一客自持众客嗔。酒阑客散壶签促，笑伴官人花底宿。谁家称贷买珠衫，几处迷留僦金屋。蛣蜣转丸含异

---

① 张岱：《嫏嬛文集·自为墓志铭》。

② 赵翼：《檐曝杂记》卷二，中华书局1982年版，第37页。

香，燕莺蜂蝶争轻狂。金夫作俑愧形秽，儒雅效尤惭色庄。腼然相对生欢喜，江河日下将奚止？不道衣冠乐贵游，官妓居然是男子。[①]

崔旭《念堂诗话》卷一说：

近日诗家，袁、蒋、赵同称。心余性情颇正，其《戏旦》诗有“风气妖邪此为极”之句，痛骂都下恶风。即此便为扶持名教。

以上这几则记载，已可概见当时男风盛行的社会风气，又金埴《不下带编》卷六说：

康熙初间，海宁查孝廉伊璜继佐，家伶独胜，虽吴下弗逮也。娇童十辈，容并如姝，咸以“些”名。有“十些班”之目，小生曰“风些”，小旦曰“月些”，二乐色尤蕴妙绝伦，伊璜酷怜爱之，数以花舲载往大江南北诸胜区，与贵达名流歌宴赋诗以为娱，诸家文集多纪咏其事。至今南北勾栏部必有“风月生”、“风月旦”者，其名自查氏始也。……[②]

这是一则关于家乐的记载。又《金台残泪记》卷三《杂记》说：

---

① 蒋士铨：《忠雅堂诗集》卷八，上海古籍出版社1993年版，第707页。

② 金埴：《不下带编》卷六，中华书局1982年版，第116页。

《燕兰小谱》记京班旧多高腔，自魏长生来，始变梆子腔，尽为淫靡。……

乾隆末，魏长生车骑若列卿，出入和珅府第。……

魏长生于和珅有断袖之宠。《燕兰小谱》所咏“阿翁瞥见也魂消”是也。……[①]

又黄均宰《金壶遁墨》卷二“伶人”条说：

京师宴集，非优伶不欢，而甚鄙女妓。士有出入妓馆者，众皆讪之。结纳雏伶，征歌侑酒。则扬扬得意，自鸣于人，以为某郎负盛名，乃独厚我。[②]

以上这些材料，共同说明，在曹雪芹的时代，这种狎优蓄僮的风气是很严重的，但上举材料，都是属于优伶，至于娈童，则大都是自幼买来豢养的，纪晓岚《阅微草堂笔记》卷六说：

王兰洲，尝于舟次买一童，年十三四。甚秀雅，亦粗知字义。云父殁，家中落，与母兄投亲不遇，附舟南还。行李典卖尽，故鬻身为道路费。与之语，羞涩如新妇，固已怪之，比就寝，竟弛服横陈。王本买供使令，无他念，然宛转相就，亦意不自持。已而童伏枕暗泣，问：“汝不愿乎？”曰：“不

①《清代燕都梨园史料》，中国戏剧出版社1988年版，第250—251页。

②《笔记小说大观》合订本第十三册，广陵古籍刊印社1984年版，第182页。

> 愿。”问:“不愿何以先就我?”曰:“吾父在时,所蓄小奴数人,无不荐枕席。有初来愧拒者,辄加鞭箠。曰:‘思买汝何为?愦愦乃尔!’知奴事主人,分当如是,不如是则当捶楚,故不敢不自献也。”①

根据以上这些康、乾时期的社会实录,②来看曹雪芹的《红楼梦》,就容易理解书中所写的同类情节了,例如三十三回忠顺王府长史来索琪官(蒋玉菡)时说:

> 我们府里有一个做小旦的琪官,一向好好在府里,如今竟三五日不见回去,各处去找,又摸不着他的道路。因此各处访察,这一城内十停人倒有八停人都说,他近日和衔玉的那位令郎相与甚厚。……因此启明王爷,王爷亦云:“若是别的戏子呢,一百个也罢了。只是这琪官随机应答,谨慎老诚,甚合我老人家的心意,断断少不得此人……”③

这里所说的这个琪官,实际上是忠顺王府里的一个小旦,为什么忠顺王爷离不开他,为什么他与贾宝玉有那末多的缱绻情意,也就可以思过半了。又七十五回写贾珍、邢大舅夜赌的场面说:

---

① 纪昀:《阅微草堂笔记》卷六,《笔记小说大观》合订本第十册,第273页。

② 请参阅吴存存《清代士人狎优蓄童风气叙略》,载《中国文化》第15、16期合刊,并此致谢。

③ 据《脂砚斋重评石头记》庚辰本,人民文学出版社1957年版。下同。

> 此间伏侍的小厮，都是十五岁以下的孩子，若成了男子就到不了这里了。故尤氏方潜至窗外偷看，其中有两个十六七岁娈童，以备奉酒的，都打扮的粉妆玉琢。……薛蟠此时兴头了，便搂着一个娈童吃酒，又命将酒去敬傻大舅，傻大舅是输家，没心绪，吃了两碗便有些醉意，嗔着两个娈童只赶着赢家，不理输家了，因骂道："你们这起兔子，就是这样专洑上水，天天在一处，谁的恩你们不沾？"……众人见他带酒，忙说很是很是，果然他们的风俗不好，因喝命："快敬酒赔罪！"两个娈童都是演就的局套，忙都跪下奉酒说："我们这行人，师父教的，不论远近厚薄，只看一日有钱有势就亲敬，便是活佛神仙，一日没了钱势了，就不去理他。况且我们又年轻，又居这个行次，求舅大爷恕些，我们就过去了。"

这里所写的是娈童，与琪官又有区别。《红楼梦》里类似的情节还有，这里不再一一列举。这些情节，在《红楼梦》虽然是较小的情节，[①]但也是当时社会现实的真实反映，不是无源之水，无根之木。

* * *

以上是曹雪芹时代社会现实的几个方面，以往研究《红楼梦》，较多地注意研究曹雪芹的家世以及他的亲戚舅祖李煦等的家世，这是完全必要的，因为《红楼梦》的主要素材，取自曹家

---

① 按琪官一事，引起贾政打宝玉，所以事虽小，其作用却大。

的家世以及李煦等的家世。但是《红楼梦》的素材来源，并不仅仅是取材曹李两家，如果把我们的研究限制在曹李两家的家世上，那对《红楼梦》的研究是远远不够的，为此我把我的研究，扩大到曹雪芹时代的社会现实。但是曹雪芹时代的社会现实，有如大海，无边无际，究竟如何来选取自己的研究点呢？我考虑再三，决定选择与《红楼梦》有密切关系的一些社会现实来进行研究，所以才有上面七个方面的叙述。

当然，与《红楼梦》有关的社会现实，远不止这七个方面，这只是一个开头，我希望因为这个开头，能使《红楼梦》的研究更走向深远和广阔的境界，也才能证明《红楼梦》确是一部意旨遥深、宏博富丽的书，而决不仅仅是曹、李两家的家传故事。

2001年12月14日夜11时

五、论《红楼梦》的思想

关于论证《红楼梦》的思想问题，我认为必须首先考虑曹雪芹所处的时代特征。曹雪芹的时代，是18世纪初期（曹雪芹约生于1715年，清康熙五十四年）到18世纪中期（曹雪芹卒于1763年，清乾隆二十七年壬午除夕）。这时中国的外部世界已是欧洲文艺复兴结束后一个来世纪，又是英国工业革命进入高潮的时期；从内部世界来说，自明中后期以来的资本主义萌芽的经济因素，已经得到了恢复并得到了显著的发展；而从上层建筑来说，自明中后期一直到曹雪芹的时代，反正统（程朱理学）的思潮和主张民主、主张变革的思潮一直不断，而且见解越来越深刻，越来越鲜明。所以研究《红楼梦》的思想，我们必须考虑到曹雪芹是生活在这样一个历史环境之中，曹雪芹的思想，并不是天上掉下来的，也不是孤立的无源之水，无本之木，他实际上是当时众多进步思想家行列中的一员，而不是孤立的一个。

理解了以上这些前提后，还必须注意到《红楼梦》是一部小说，它的表达方式与思想家的表达方式很不一样，更何况他处在一连串的文字狱的恐怖气氛中，他的表达更需要曲折而不是直白。正因为如此，求之过深，则容易穿凿而失其本意，求之太浅，则容易忽略他涵有深意的语言，所以作者自己就担心到这一点，写下了“满纸荒唐言，一把辛酸泪；都云作者痴，谁解其中味”的诗句，他担心人们不能理解他在这许多荒唐言里蕴藏着的深意，不能解出其中之味。这些都是时代的烙印，我们只有谨慎地去索解它，直到真正“解味”为止，除此之外，没有第二种办法。

（一）《红楼梦》里的现实世界

《红楼梦》里的两个世界，是余英时先生的话，他是指《红楼梦》里的“大观园”居住着贾宝玉、林黛玉、薛宝钗等人，是一片干净土地，这是一个“世界”；“大观园”外的贾府以及贾府以外的天地，是一个污浊的天地，是另外一个世界。我现在借用他的这句话来表达另一种意思。我在1983年写的《千古文章未尽才》一文里曾说："《红楼梦》这部书，不仅是对二千年来的封建制度和封建社会（包括它的意识形态）的一个总批判，而且它还闪耀着新时代的一线曙光。它既是一曲行将没落的封建社会的挽歌，也是一首必将到来的新时代的晨曲。"[①]我在1994年"莱阳全国《红楼梦》学术研讨会"的开幕词里还说：

> 曹雪芹是有很深远的理想的，那末他的理想是什么呢？曹雪芹对人，对身边的被压迫、被损害的人充满着仁爱之情。在他笔下所揭示的人际关系，也是权势、相互利用、相互排斥甚而至于相互构陷。那末他的人的概念和人的理想究竟是怎样的呢？曹雪芹笔下最最动人、最最哀感顽艳、最最万劫不磨的，自然是贾宝玉与林黛玉的爱情及其毁灭。这一对爱情典型的深刻的描写，包含着曹雪芹种种的社会理想，其中最主要的是对人的理想，对爱情和青春的理想，对人的自我造就、自我完善的理想，对人的社会关系的理想。[②]

1997年，我在《1997北京国际〈红楼梦〉学术研讨会开幕词》里还说：

---

① 见拙著《夜雨集》，中国友谊出版公司1999年版，第102页。
② 同上书，第143页。

曹雪芹是一位超前的思想家，他的理想不属于他自己的时代。他的批判是属于他自己的时代的，他的理想却是属于未来的时代的。所以他只给贾宝玉、林黛玉以美好的理想而且让这个理想在他的时代彻底毁灭，这就表明他的理想是属于未来的世纪的。①

上面这些话的意思是说：在《红楼梦》里，揭露批判着一个现实世界，呼唤向往着一个理想世界。对现实世界的批判是具体的、真实的、深刻的，而对理想世界的呼唤则是朦胧的、原则的、概念的。

我现在来说说《红楼梦》里对现实世界的批判。曹雪芹对现实世界的批判，笔锋所向，无远勿届，上至封建朝廷及其后宫，下至市井世俗、和尚道士、三姑六婆。他借用小说人物贾宝玉的嘴，批判封建忠君思想说：

那些个须眉浊物，只知道文死谏，武死战，这二死是大丈夫死名死节，竟何如不死的好！必定有昏君他方谏，他只顾邀名，猛拼一死，将来弃君于何地？必定有刀兵他方战，猛拼一死，他只顾图汗马之名，将来弃国于何地？所以这皆非正死。

……

---

① 见拙著《夜雨集》，中国友谊出版公司1999年版，第149、150页。

还要知道，那朝廷是受命于天，他不圣不仁，那天地断不把这万机重任与他了。（三十六回）

上面这些话，不就是李卓吾说的“死而博死谏之名，则志士亦愿为之，况未必死而遂有巨福耶”，“夫忠、孝、节、义，世之所以死也，以有其名也”这两段话吗？李卓吾激烈直露的语言，曹雪芹却赋之以形象，而且是一个“似傻如狂”的少年形象。这些话，从正面看，似乎是在批判那些只知愚忠的“忠臣”，但从侧面看，连“昏君”、“不圣不仁”的字眼都出来了，这不是“机带双敲”拐着弯骂人吗？从这两句话来看，曹雪芹又比李卓吾骂得更痛快、更直截了，但这是一个“似傻如狂”的孩子说的，真是嬉笑怒骂皆成文章！然而在封建社会里，“忠君”思想，是封建皇帝最需要的，岂可加以批判。乾隆时宗室诗人爱新觉罗·永忠《延芬室集》有《因墨香得观〈红楼梦〉小说吊雪芹》诗三首，永忠的堂叔、乾隆的堂兄弟弘旿在这三首诗的书眉上批云：

此三章诗极妙，第《红楼梦》非传世小说，余闻之久矣，而终不欲一见，恐其中有碍语也。

弘旿听说《红楼梦》里有碍语，连看都不敢看。这说明当时文字狱的威胁和株连有多严重。那末，究竟哪些是《红楼梦》里的“碍语”呢？我看上面这类的话，应该就是“碍语”。它比起乾隆二十年胡中藻的“一把心肠论浊清”这句诗来，比起乾隆三十九年徐述夔的“明朝期振翮，一举去清都”这样的诗句来，总要厉害得多、直露得多罢？胡中藻的结局是蒙恩免胡中藻凌迟，即行处斩。一向欣赏胡中藻的诗，并和胡中藻有唱和之雅的满人鄂昌，被乾隆宣示为“满洲败类”，赐令自尽。徐述夔的结局是乱刀砍尸，抛于荒郊，首级砍下，悬挂示众（因徐述夔已死）。收藏徐述夔诗集的徐家后人徐食田、徐食书和为徐述夔诗集校字的徐首发、沈成濯等均判斩立决，后改为秋后处决。因为上面这三句诗，竟酿成如此杀身大祸，并株连无辜，这就怪不得弘旿对《红楼梦》连看都不敢看了。弘旿这段批语的可贵之处，在于它给我们留下了当时多少有点谈“红”色变的历史记录。

《红楼梦》第十七、十八回写元妃省亲，元妃到“贾母正室，欲行家礼，贾母等俱跪止不迭”。书中说：

> 贾妃满眼垂泪，方彼此上前厮见，一手搀贾母，一手搀王夫人，三个人满心里皆有许多话，只是俱说不出，只管呜咽对泣。邢夫人、李纨、王熙凤，迎、探、惜三姊妹等俱在旁围绕，垂泪无言。
>
> 半日，贾妃方忍悲强笑，安慰贾母、王夫人道：“当日既送我到那不得见人的去处，好容易今日回家，娘儿们一会，不说说笑笑，反倒哭起来，一会子我去了，又不知多早晚才来。”说到这句，不禁又哽咽起来。
>
> ……
>
> 贾政至帘外问安。贾妃垂帘行参等事，又隔帘含泪谓其

父曰："田舍之家，虽齑盐布帛，终能聚天伦之乐，今虽富贵已极，骨肉各方，然终无意趣。"

脂砚斋在"只管呜咽对泣"句下批云："《石头记》得力擅长，全是此等地方。"在"又哽咽起来"句下批云："追魂摄魄，《石头记》传神模影，全在此等地方，他书中不得有此见识。"一场泼天大喜事，临了却是一场"呜咽对泣"。这确是绝大的笔力，更是绝大的"见识"，他书中是"不得有此见识"的。试想九重深宫，人间天上，在曹雪芹的笔下，却像冰冷的牢狱，没有一丝一毫人间温情，令人一提起来就泪如雨下，这不就是"离散天下之子女，以奉我一人之淫乐"吗？那末，谁是制造这种人间悲剧的罪魁祸首呢？黄宗羲说："为天下之大害者，君而已矣！"思想家黄宗羲的语言，曹雪芹却以形象出之，这岂不更是对封建帝皇的揭露和批判吗？由此也可以看到，曹雪芹确是当时反正统思潮中的一支如椽之笔。

封建社会，是以家庭为其最基层的结构，所以儒家主张"齐家、治国、平天下"，可见"家"是封建社会的最小单位。《红楼梦》里写了两个封建贵族官僚大家庭宁国府和荣国府，他们原是同父母的一家，宁国府是长房，荣国府是二房，合起来仍是一家。曹雪芹在《红楼梦》里写了宁、荣二府，这是有深意的。二知道人《红楼梦说梦》说："太史公纪三十世家，曹雪芹只纪一世家。……然雪芹纪一世家，能包括百千世家。"二知道人算是说到根本上了，曹雪芹写一宁、荣世家，无异就是解剖了封建社会的一个活体细胞，通过这个细胞，就看到了整个封建社会，看到了这个社会的最终趋势。那末我们先来看一看宁国府。宁府现存最长一辈是贾敬，《红楼梦》第二回说：

当日宁国公与荣国公是一母同胞弟兄两个。宁公居长，生了四个儿子。宁公死后，贾代化袭了官，也养了两个儿子，……只剩了次子贾敬袭了官，如今一味好道，只爱烧丹炼汞，余者一概不在心上。幸而早年留下一子，名唤贾珍，因他父亲一心想作神仙，把官倒让他袭了。他父亲不肯回原籍来，只在都中城外和道士们胡羼。这位珍爷倒生了一个儿子，今年才十六岁，名叫贾蓉。如今敬老爹一概不管。这珍爷那里肯读书，只一味高乐不了，把宁国府竟翻了过来，也没有人敢来管他。

这就是宁国府的祖孙三代。贾敬后来是烧丹炼汞，吞金服砂，烧胀而殁。他一辈子除袭了官外，什么事也没有做。贾敬的下一代是贾珍，冷子兴说，他“那里肯读书，只一味高乐不了，把宁国府竟翻了过来”。那末，他是怎样高乐的呢？且听焦大的醉骂：

众小厮见他（焦大）太撒野了，只得上来几个，掀翻捆倒，拖往马圈里去。焦大越发连贾珍都说出来，乱嚷乱叫说：“我要往祠堂里哭太爷去。那里承望到如今生下这些畜生来！每日家偷狗戏鸡，爬灰的爬灰，养小叔子的养小叔子，我什么不知道？咱们‘胳膊折了往袖子里藏’！”

这是一个晴天霹雳，是一声天崩地塌的巨响，这声巨响，揭出了两件丑事。一是“爬灰的爬灰”，这是指贾珍与儿媳贾蓉之妻秦可卿通奸，这是乱伦的丑事。二是“养小叔子的养小叔子”，这书里没有明写，却来了一句“凤姐和贾蓉等也遥遥的闻得，便都装作没听见”。这是不写之写，是笔锋的辐射，听的人心里明白，看书的人心里也能感知，他的话里还藏有暧昧。这件事，就从宁府一直牵扯到了荣府。贾珍的第三件大事是书里说：“贾珍、贾蓉等素有聚麀之诮”。这又是一桩乱伦丑行，而且连贾琏也是明知其事的，这事从宁府又一次牵扯到了荣府。贾珍的第四件事是与贾蓉一起开夜赌，玩娈童。事见七十五回。以上就是宁国府三代人的实迹，无怪柳湘莲要说：“你们东府里除了那两个石头狮子干净，只怕连猫儿狗儿都不干净”了（六十六回）。这是作者有意对宁国府的总抹一笔。

现在再来看看荣国府。荣国府长房是贾赦，二房是贾政。先说长房贾赦。贾赦有两件事可以说，第一是四十六回，贾赦要讨鸳鸯作妾，鸳鸯在贾母面前断发明誓，誓不嫁人，贾母痛斥邢夫人，贾赦只好作罢，但仍用八百两银子买了一个十七岁的嫣红作妾。第二是四十八回贾赦勾结奸官贾雨村，诬陷石呆子拖欠官银，将石呆子珍藏的扇子统统抄没，然后作了官价送给贾赦，弄得石呆子坑家败业，生死不知。以上两件事，是贾赦一生的剧迹。贾赦之子是贾琏，贾琏可说的事有三件，一是二十一回借女儿出痘之机，与多姑娘私通，遂成相契。二是四十四回凤姐生日，贾琏与鲍二媳妇私通，被凤姐撞破撕打，反而惹怒贾琏拔剑大闹，后来被贾母制止，鲍二媳妇则上吊自杀身亡。三是六十四、六十五两回，贾琏听贾蓉的谄掇，偷娶尤二姐，终使尤二姐被凤姐谋害，吞金而死。再说二房贾政，贾政在《红楼梦》中完全是一个用封建主义的模子压出来的人物，此人一是迂腐，不知世务；二是无能，但封建主义的原则性、警惕性却很强，他竟要预先置宝玉于死地；三是他与贾雨村倒很投缘，四十八回平儿骂贾雨村说："都是那贾雨村什么风村，半路途中那里来的饿不死的野杂种！认识了不到十年，生了多少事出来！"平儿此骂，虽然是因贾赦打贾琏而引起的，但认识贾雨村，却是从贾政开始（由林如海推荐），这十年中生了多少事，文章虽未点明，但这是文章的激射法，声东击西，一击两鸣，这十年多少事，决不是单指贾赦。洪秋蕃评贾政说：

> 红楼妙处，又莫如讥讽得诗人之厚，褒贬有史笔之严。贾政不学无文，惟耽博弈，然状其为人，颇类迂拘之学究，严以教子，似承诗礼之名家，且携儿辈应酬，常赴诗坛文会，膺简命出使，居然视学衡文，固未尝诋其不文也。然而题联额于新园，吟髭捻断，拟破承为程式，只字无成，虽不诋其不文，终不予以能文也。[①]

①《红楼梦卷》第一册，中华书局1963年版，第242页。

许叶芬更明白地说：

> 贾政，庸人也，盖为言假正。当其盛时，詹光、程日兴居于外，赵姨、周姨居于内，不闻交一正人。及其败也，惟有搓手顿足，付之浩叹，不闻筹一要策。且其在官则任李十儿之播弄，居家则任凤姐之欺瞒，朝廷安贵有是无用之臣，家庭安贵有是无用之子？政之言正，政也负其名矣。而顾矫言无欲，以之垂示子弟也，是亦不可以已乎！[①]

贾政是贾府中唯一的“正面”人物，洪秋蕃、许叶芬都指出此人是“假正”，是假道学，假文人。虽然他们有些指摘涉及后四十回的事，但就前八十回曹雪芹原意来说，洪、许等人的见解，不为无据。应该注意到揭露社会的虚假面，揭露世风的庸俗虚伪，以假乱真，这是《红楼梦》非常重要的一面。贾政，就是按封建模子刻出来的样板，其虚伪不是一般常见的虚伪，而是本性的虚伪，骨子里头的虚伪。他的虚伪，不需要做作，不是装假，而是本质的虚伪，所以贾政，亦即是“假真”，亦即是“假”即是“真”，“真”即是“假”，太虚幻境“假作真时真亦假”的联语，首先是针对贾政的。因为他虚伪到骨子里，因为封建官场、世俗社会都是这一流人物，所以人们一时无法看出他的虚伪。难辨他的真假，对他来说，真假都是一样，真即是假，假即是真。既然

①《红楼梦卷》第一册，中华书局1963年版，第231页。

真假混一到这种高度，那末你何以能辨别出来呢？关于这一点，曹雪芹还是给我们留了一道缝隙的，一是看这个人整日相与为伍的没有一个学者、诗人、名士，而是詹光、程日兴之流，二是他的两个妾，一个是赵姨娘，一人是周姨娘，赵姨娘之令人作呕，已经无庸多说了，何况她还有一个密友、同盟马道婆。贾政竟能与赵姨娘生出一个贾环来，而且在七十五回赏中秋的时候，贾政居然能讲出一个舔老婆的脚的笑话来，则其人庸俗可鄙到何等的程度！则其人的品味又如何？曹雪芹不是已预设了答案了吗？读《红楼梦》而能识破贾政之为“假真”、“假正”，这是破了一道最难破的魔障，得了一分最难得的雪芹的真意。

贾政的下一代是贾宝玉，他被目为贾府的叛逆，不在贾府的思想正统之内，此处暂不叙他，其他贾环和贾兰，都还小，无与于家事，也不必叙。

此外，荣府中有三位女性，分掌着一定的内政，这就是贾母、王夫人和王熙凤。

贾母是宁、荣两府中唯一的最高长辈，是老祖宗，她是封建宗法的象征性人物，每到封建宗法的根本利益、封建宗法的原则发生危机时，都由她出来作最后的裁夺和调节。有时，封建家庭内部发生局部冲突时，也可由她以权威的身份作决断，前者如贾政打宝玉，竟要狠命地打死宝玉时，贾母便以雷霆万钧的压倒之势迫使贾政低头于她的权杖之下；也是从这种宗法利益的原则出发，贾母从最初无限疼爱林黛玉到后来渐渐冷却这种热情，五十七回因紫鹃一句戏言，说黛玉要回苏州去，竟吓得宝玉“死了大半个了”，等到宝玉醒过来时，贾母竟说：“林家的人都死绝了，没人来接她的。”贾母这句近似诅咒的语言，表明贾母对黛玉的疼爱热度，已经降到很低点了，贾母的这种感情升降，也是出于贾府的宗法利益的原则，因为她感到林黛玉与宝玉的婚姻，对贾府不利。后者如贾琏仗酒要杀王熙凤、贾赦要讨鸳鸯作妾，也都由贾母最终裁夺，予贾琏、贾赦以训戒了事。所以贾母在贾府，是封建宗法的象征，当然也是封建贵族官僚家庭享乐主义的象征。

王夫人的原则，基本上与贾母一样，可以说是贾母的补充。凡是她感到会危及宝玉的，就会提前设防，在这个原则下，她怒责金钏，致使金钏跳井自杀；她狠撵晴雯，致晴雯含冤而死；她在宝玉身边安上了密报，使宝玉的动静她可以随时掌握。她还导演了一场抄检大观园的闹剧，又因为司棋与表兄潘又安的爱情而把司棋逐出大观园，到后四十回司棋撞墙自杀。王夫人的这一切举动，都是一个目的，保护她的儿子宝玉这个封建宗法的维系者，也是她自身利益的维系者，所以当贾政毒打宝玉时，她就以死相拼地保护宝玉，但她保护的是宝玉的身体和生命，而不是宝玉的思想。

王熙凤是王夫人的内侄女，是荣国府的管家奶奶。王熙凤在荣府大权在握，为了牢牢把握这个权力，她千方百计讨贾母的欢喜，也讨王夫人的信任和满意。她千方百计地显示出珍宠贾宝玉，爱护贾宝玉，也是为了讨贾母、王夫人的欢心，以巩固她的地位和权力。除此之外，她就独断专行、无所顾忌、心狠手辣、瞒上欺下。第一，她毒设相思局，趁着贾瑞的邪念发作，她一步步引他上钩，终至将他害死。贾瑞之死是他自取其咎，但凤姐一开始就不是加以严正训教，而是故意设计引诱，令他不能自拔，所以贾瑞之死，从贾瑞来说是自作自受，从凤姐来说，是蓄意构陷。第二，她弄权铁槛寺，勾结老尼，再勾结长安节度使云光，拆散了张金哥的婚姻，致使金哥和长安守备之子双双自杀，她却“坐享了三千两”银子。第三，她设计诱骗尤二姐，使尤二姐进她的牢笼，然后百般凌辱虐待，逼使尤二姐吞金自杀。另一方面，她又使人买通尤二姐订婚之夫张华，出来状告贾琏，又攀出贾蓉，然后凤姐大闹宁国府，讹诈贾蓉五百两银子。转身又命旺儿将张华处死灭口，幸亏旺儿觉得“人命关天，非同儿戏”，让张华走了完事，对凤姐只说张华已被截路人打死，就此了结。第四，她扣发丫环小姐的月钱，私放高利贷。第五，她利用职权卖空缺。王夫人房中的金钏死了，空出缺来，众人都想谋取，许多仆人都向凤姐送礼，凤姐的主意是他们“‘送什么来，我就收什么，横竖我有主意。’凤姐儿安下这个心，所以自管迁延着，等那些人把东西送足了，然后乘空方回王夫人”（三十六回）。第六，她不仅拆散张金哥的婚姻，还包办婚姻，她的狗腿子来旺的儿子“酗酒赌博，而且容颜丑陋”，却要娶王夫人房里的丫环彩霞，彩霞不愿意，凤姐却先向彩霞之母来说媒。“那彩霞之母满心纵不愿意，见凤姐亲自和她说，何等体面，便心不由意的满口应了出去。”（七十二回）第七，她还有焦大醉骂中辐射到的那件暧昧事，其实说暧昧也并不暧昧，曹雪芹的笔下凤姐毒设相思局害贾瑞，却让贾蓉、贾蔷去捉贾瑞，第六回贾蓉向凤姐借玻璃炕屏，王熙凤与他风言风语，眉来眼去。贾蓉去了又叫回来，回来后又低头不语，然后又说："晚饭后你来再说罢！"这种种传神的描摹，读者早已心领神会了！

凤姐的绰号叫"凤辣子"，"辣"字的意思是褒是贬，还可两解，听贾琏小厮的话就明白了，兴儿对凤姐有一个评价，他说："提起我们奶奶来，心里歹毒，口里尖快。""奶奶（指尤二姐）千万不要去。我告诉奶奶，一辈子别见他（凤姐）才好。嘴甜心苦，两面三刀；上头一脸笑，脚下使绊子，明是一盆火，暗是一把刀，都占全了。"（六十五回）凤姐自己也有几句表白，她说："你（指铁槛寺的老尼）是素日知道我的，从来不信什么是阴司地狱报应的，凭是什么事，我说要行就行。"（十五回）这两段话，才是说出了一个真正的王熙凤。

以上，就是宁、荣二府主要人物的介绍。从上述这些人的实迹来看，偌大一个封建贵族官僚大家庭，确是没有一个务正业的，正如冷子兴说的："如今生齿日繁，事务日盛，主仆上下，安富尊荣者尽多，运筹谋画者无一，其日用排场费用，又不能将就省俭，如今外面的架子虽未甚倒，内囊却也尽上来了，这还是小事。更有一件大事：谁知这样钟鸣鼎食之家，翰墨诗书之族，如今的儿孙，竟一代不如一代了！"（第二回）冷子兴的这段话，恰好是宁荣二府的一个总结，而且是相当精要的总结，"如今的儿孙，竟一代不如一代了"这句话，是最精彩的一句话，是个警句。

维护这样一个封建大家庭是靠什么呢？一是靠封建制度赋予的特权，朝廷的俸禄和大地主阶级向农奴的剥削，宁国府乌进孝送来的大批实物和现银，就是此种剥削的真实记录。二是靠封建的上层建筑：封建礼法和封建伦理道德的维系。“宁国府除夕祭宗祠”，就是这种封建宗法关系的象征。

奇怪的是这样一个巍巍然的封建大家庭，作者一路写来，读者只觉得如长江大河，滔滔汩汩，日夜流泻不息，全书中这么多的人物，都是贾府的忠实分子，包括醉骂的焦大，也是忠于贾府的，作者并没有另设一个或两个批判者来对这个封建大家庭执行批判，其一切批判的效果，都是从作者卓越的叙事中自生的，他用生活本身来说明这个封建大家庭已经腐朽得不能再有一点生机了。

所以，《红楼梦》的现实世界，在曹雪芹的笔下，又是一个被暴露的世界，被批判的世界。

然而，在曹雪芹的笔下，这个正在没落的世界，却依然是春花秋月，依然是华堂灯火，依然是言笑晏晏，依然是一个人间天上的世界。还是戚蓼生说得好，他说：

> 观其蕴于心而抒于手也，注彼而写此，目送而手挥，似谲而正，似则而淫，如《春秋》之有微词，史家之多曲笔。试一一读而释之：写闺房则极其雍肃也，而艳冶已满纸矣；状阀阅则极其丰整也，而式微已盈睫矣；写宝玉之淫而痴也，则多情善悟，不减历下琅琊；写黛玉之妒而尖也，而

> 笃爱深怜，不啻桑娥石女。他如摹绘玉钗金屋，刻画芗泽罗襦，靡靡焉几令读者心荡神怡矣，而欲求其一字一句之粗鄙猥亵，不可得也。盖声止一声，手止一手，而淫佚贞静，悲戚欢愉，不啻双管之齐下也！

这段话，可以借用来作为对《红楼梦》里这个现实世界的总述。曹雪芹笔下《红楼梦》里的现实世界就是在春花秋月、花团锦簇、豪华阔绰的掩盖下逐渐走向自身消亡的。

（二）《红楼梦》里的理想世界

《红楼梦》里的现实世界是具体的、形象的、实在的，而《红楼梦》里的理想世界，却是抽象的、理念的、虚的。因为《红楼梦》里的理想世界，只存在在贾宝玉和林黛玉的头脑里、观念里、希望里，而且他们俩的这个观念和希望，也只是原则的、模糊的，并不是具体的、明晰的，所以也可以说，一部《红楼梦》里所具体描写的，除了梦境以外，都可以看作是现实世界，而且连梦也是真实的实在的，包含在现实世界里的，只有梦里的情景，才是虚的、缥缈的。而《红楼梦》里的理想世界却只存在于贾宝玉、林黛玉的头脑里。

我提出这个问题，并不意味着要区别究竟是哪一部分重要的问题，我认为现实世界是产生理想世界的根据和土壤，而理想世界是现实世界的发展，如果贾宝玉、林黛玉不熟悉这个现实世界，不洞察并厌恶、扬弃这个现实世界，那末就不可能产生理想世界。所以从辩证法的原则来看，这现实世界与理想世界是互为依存的。因此《红楼梦》里的两个世界，并不因为虚实而分轻重，不过《红楼梦》里的现实世界是从现在式向过去式转化的世界，而《红楼梦》里的理想世界，却是从未来式向现在式转化的世界。

重要的是曹雪芹能从这个腐朽的世界里，看到它的新的不可抑制的生机，从暗夜中看到了一线黎明。贾宝玉、林黛玉这两个形象，就是从腐朽转化出来的神奇。

《红楼梦》里理想世界的内涵，第一是贾宝玉、林黛玉所走的人生道路。现现成成地摆在贾宝玉面前的人生道路，至少有两条：一条是“仕途经济”，即走科举考试，八股取士，然后做官的道路，也就是贾雨村所走的这条路。这是明、清两代读书人共同所走的道路（明清以前不考八股），也是贾府上下，贾政、贾母、王夫人，包括薛宝钗、史湘云等人所希望他走的道路。这条道路，贾宝玉如果肯走的话，那是一帆风顺的康庄大道，是富贵绵绵、福禄齐全的黄金之路。另一条路是贾赦、贾珍乃至贾琏所走的路，袭着祖宗的恩荫，守着祖宗的家业，享着富贵清福，过着骄奢淫逸的生活。这也是现现成成的生活道路，不费一点力气现成地就顺流而成了。可是贾宝玉对这两条现成的生活道路却一概不取。不仅不取，而且对前一条道路还深恶痛绝。七十三回说：

> 更有时文八股一道，因平素深恶此道，原非圣贤之制撰，焉能阐发圣贤之微奥，不过作后人饵名钓禄之阶。虽贯

> 政当日起身时选了百十篇命他读的，不过偶因见其中或一二股内，或承起之中，有作的或精致、或流荡、或游戏、或悲感，稍能动性者，偶一读之，不过供一时之兴趣。究竟何曾成篇潜心玩索。

三十六回说：

> 那宝玉本就懒与士大夫诸男人接谈，又最厌峨冠礼服贺吊往还等事，今日得了这句话（指贾母吩咐不让宝玉出去会客应酬等），越发得了意，不但将亲戚朋友一概杜绝了，而且连家庭中晨昏定省益发都随他的便了……却每每甘心为诸丫鬟充役，竟也得十分闲消日月。或如宝钗辈有时见机导劝，反生起气来，只说："好好的一个清净洁白女儿，也学的钓名沽誉，入了国贼禄鬼之流。这总是前人无故生事，立言竖辞，原为导后世的须眉浊物。不想我生不幸，亦且琼闺绣阁中亦染此风，真真有负天地钟灵毓秀之德！"因此祸延古人，除四书外，竟将别的书焚了。众人见他如此疯颠，也都不向他说这些正经话了。独有林黛玉自幼不曾劝他去立身扬名等语，所以深敬黛玉。

上面这些话，可见宝玉对"仕途经济"是何等的决绝，他说八股科举，不过是"后人饵名钓禄之阶"，说宝钗等劝他留心"仕途经济"是"也学的钓名沽誉，入了国贼禄鬼之流"。贾宝玉对八股科举的评论，真是一针见血，它的批判精神，与明末的李卓吾、清初的顾炎武以及同时代的戴震、吴敬梓等人的批判精神是完全一致的。

贾宝玉一方面强烈反对“仕途经济”的人生道路，同时也反对贾赦、贾珍、贾琏等走的另一条路。贾宝玉虽然与他们同属贾府，共同在一起生活，但是对他们这些人的生活道路，却不屑一顾，从来没有涉足过，也从来没有与他们一起活动的纪录，以上这些人的生活道路，对贾宝玉来说简直是风马牛不相及，所以在《红楼梦》里根本就没有贾宝玉的这类情节。

但是，在那个时代，“仕途经济”是人人必走的道路，不走这条路，那末，重一点说就是背叛，轻一点说，就是不肖。《红楼梦》第三回咏贾宝玉的两首《西江月》就是由此而来的，词云：

> 无故寻愁觅恨，有时似傻如狂。纵然生得好皮囊，腹内原来草莽。　潦倒不通世务，愚顽怕读文章。行为偏僻性乖张，那管世人诽谤！

> 富贵不知乐业，贫穷难耐凄凉。可怜辜负好韶光，于国于家无望。　天下无能第一，古今不肖无双。寄言纨绔与膏粱：莫效此儿形状！

这两首词，完全是嘲讽口气，作者是站在封建正统的立场上来评论贾宝玉这个特殊人物的，在正统者（例如贾政）的眼里，贾宝玉的人生道路，完全“于国于家无望”，是“古今不肖无双”，是“行为偏僻性乖张”，是要遭“世人诽谤”的，其实何止诽谤，在贾政看来，贾宝玉走的完全是一条叛逆的道路，“明日酿到他弑君杀父”的地步的！

但是，如果换一个角度来读这两首词，也会感到这两首词大部分都是说的实话，并没有无中生有的诬蔑。这种情况，说明什么问题呢？它正好说明了同一事物或人物，在不同人的眼里，会是完全不同的看法。例如，贾宝玉这个人物，在正统派的眼光里是离经叛道，是叛逆，但在革新派的眼光里，却是先进，是进步。贾宝玉所处的社会环境，当时还是沉沉的暗夜，虽然暗夜终将过去，但毕竟还有一段路程，而黎明虽有朕兆，毕竟还要较长的时间才能到来，所以贾宝玉所走的这条人生道路，只能是在暗中摸索，只能是处处荆棘。

那末，贾宝玉所走的这条人生道路，究竟是什么样的人生道路呢？回答是：他走的是自由人生的道路。他一不走“仕途经济”的道路，二不走世袭恩荫的道路，三不受封建礼法、封建正统思想的拘缚，他反对八股时文，也不相信程朱对儒家经典的训释，他说：“除《四书》外，杜撰的太多，偏只我是杜撰不成？”（第三回），这句看来是随便说说的话，却蕴藏着一则与曹雪芹同时代的思想家戴震的故事，戴震幼年读朱熹注释的《大学章句》时，发出了一连串的疑问，使塾师无言以对。段玉裁《戴东原先生年谱》说：

授《大学章句》，至“右经一章”以下，问塾师：“此何

> 以知为孔子之言而曾子述之？又何以知为曾子之意而门人记之？”师应之曰：“此朱文公所说。”即问：“朱文公何时人？”曰：“宋朝人。”“孔子、曾子何时人？”曰：“周朝人。”“周朝、宋朝相距几时矣？”曰：“几二千年矣。”“然则朱文公何以知其然？”师无以应，曰：“此非常儿也。”[①]

戴震的这一连串问话，不明明是说朱熹的《四书集注》（其中包括《大学章句》）是杜撰吗？比戴震略早一点的康熙年间的颜元，就提出过“须破一分程朱，方入一分孔孟”，这同样是指斥程朱曲解孔孟。所以贾宝玉的这段话，正隐括着上面这段故事，而与颜元的思想，也是相通的。贾宝玉说：“除《四书》外，杜撰的太多。”这里的《四书》当然是指《四书》的本文，而不包括朱熹的注释，这不分明是拐着弯说朱熹是杜撰吗？更妙的是下面一句“偏只我是杜撰不成”，真是童言不忌！把朱熹等人对孔孟的注疏而且是经过“钦定”的正统学说，一下说成是谁都可以“杜撰”的无足轻重的东西了！试想在文字狱恐怖弥漫的年代，曹雪芹是多大的胆子啊！《红楼梦》真正的思想，就是这样严密地包裹着的，无怪曹雪芹会担心“谁解其中味”了！而《红楼梦》里的贾宝玉，正是这样摆脱了当时种种传统思想的捆缚，才走向自己的思想自由、人生自由的自由人生之路的。所以贾宝玉的自由人生之路，是一条坚决反传统的路，同时又是一条向往自由自

---

① 段玉裁：《戴东原先生年谱》，《戴震集》，上海古籍出版社1980年版，第454页。

在、无拘无束的人生之路。

《红楼梦》理想世界的第二个内涵，是恋爱自由、婚姻自由。

曹雪芹通过对贾宝玉、林黛玉生死爱情的描写，充分表达了他的爱情观和婚姻观。宝、黛爱情比起以往文学作品中的爱情来，无论是思想性或文学性，都是一个极大的质的飞跃。

宝、黛爱情的特点之一，是完完全全的自由恋爱，是接近现代社会的自由恋爱，贾宝玉与林黛玉，自开始见面到耳鬓厮磨，逐渐产生爱情，完全是自由选择的，而且这种选择并不是开始于初见面，而是渐进的、萌发式的，因此，这种爱情的发生，连贾母、王夫人等都不知道，更没有什么外力的促成。所以它与传统的封建婚姻方式，什么“父母之命，媒妁之言”、“门当户对”，一见倾心，后花园私订终身之类的模式，完全是相排斥的。

宝、黛爱情的特点之二，是有一个相当曲折复杂而漫长的恋爱过程，也就是相互的认识和理解的过程，读《红楼梦》，很难确指哪一天以前贾、林是两小无猜的孩提世界，哪一天、哪一情节开始，是进入恋爱状态了，不像《西厢记》，一见倾心，事情简单而明了，《红楼梦》就细腻自然多了。细心地读《红楼梦》，留心观察宝、黛的爱情过程，你会发现，这种爱情是自然地慢慢地从心头滋生的，也许连他们自己都不知道爱情已经在他们各自的心头滋生了，正是这样，这种爱情的描写，就要作者有极深的生活洞察力，甚至是自身的经历。也正是由于这样，《红楼梦》里宝、黛爱情的漫长过程，有着丰富的爱情心理描写，这是《红楼梦》大大超越以往的小说而使它在世界文学名著中居于先进的地位。

例如第二十八回这段文字：

> 刚洗了脸出来，要往贾母那里请安去，只见林黛玉顶头来了。宝玉赶上去笑道："我的东西叫你拣，你怎么不拣？"林黛玉昨日所恼宝玉的心事早又丢开，又顾今日的事了，因说道："我没这么大福禁受，比不得宝姑娘，什么金什么玉的，我们不过是草木之人！"宝玉听她提出"金玉"二字来，不免心动疑猜，便说道："除了别人说什么金什么玉，我心里要有这个想头，天诛地灭，万世不得人身！"林黛玉听他这话，便知他心里动了疑，忙又笑道："好没意思，白白的说什么誓？管你什么金什么玉的呢！"宝玉道："我心里的事也难对你说，日后自然明白。除了老太太、老爷、太太这三个人，第四个就是妹妹了。要有第五个人，我也说个誓。"林黛玉道："你也不用说誓，我很知道你心里有'妹妹'，但只是见了'姐姐'，就把'妹妹'忘了。"宝玉道："那是你多心，我再不的。"

这时，宝黛的爱情，互相都在试探阶段，虽然宝玉说出了"除了老太太、老爷、太太这三个人，第四个就是妹妹了"这样的话，但实际上仍在相互探索、相互了解之中，所以黛玉说："我很知道你心里有'妹妹'，但只是见了'姐姐'，就把'妹妹'忘了。"所以下文才有"再看看宝钗形容，只见脸若银盆，眼似水杏，唇不点而红，眉不画而翠，比林黛玉另具一种妩媚风流，不觉就呆了”的一段描写。再如二十九回的这段文字：

> 原来那宝玉自幼生成有一种下流痴病，况从幼时和黛玉耳鬓厮磨，心情相对；及如今稍明时事，又看了那些邪书僻传，凡远亲近友之家所见的那些闺英闱秀，皆未有稍及林黛玉者，所以早存了一段心事，只不好说出来，故每每或喜或怒，变尽法子暗中试探。那林黛玉偏生也是个有些痴病的，也每用假情试探。因你也将真心真意瞒了起来，只用假意，我也将真心真意瞒了起来，只用假意。如此两假相逢，终有一真。其间琐琐碎碎，难保不有口角之争。
>
> 即如此刻，宝玉的心内想的是：“别人不知我的心，还有可恕，难道你就不想我的心里眼里只有你！你不能为我烦恼，反来以这话奚落堵我。可见我心里一时一刻白有你，你竟心里没我。”心里这意思，只是口里说不出来。那林黛玉心里想着：“你心里自然有我，虽有‘金玉相对’之说，你岂是重这邪说不重我的。我便时常提这‘金玉’，你只管了然自若无闻的，方见得是待我重，而毫无此心了。如何我只一提‘金玉’的事，你就着急，可知你心里时时有‘金玉’，见我一提，你又怕我多心，故意着急，安心哄我。”
>
> 看来两个人原本是一个心，但都多生了枝叶，反弄成两个心了。那宝玉心中又想着：“我不管怎么样都好，只要你随意，我便立刻因你死了也情愿。你知也罢，不知也罢，只由我的心，可见你方和我近，不和我远。”那林黛玉心里又想着：“你

只管你，你好我自好，你何必为我而自失。殊不知你失我自失。可见是你不叫我近你，有意叫我远你了。”如此看来，却都是求近之心，反弄成疏远之意。如此之话，皆他二人素习所存私心，也难备述。

这段文字，写出了宝、黛两人虽“早存一段心事，只不好说出来”，因而仍是互相试探摸索，又互怜互怨互爱的复杂心理，这时双方心里各自早已萌发了爱慕对方的爱情，比上回又深化了一大步，故有“你心里自然有我”这一大段双方的内心独白，但是还没有能相互表白，以上这种心理状态，仍是属于宝黛爱情的前期阶段。下面再看看三十二回这段文字：

林黛玉听了这话，不觉又喜又惊，又悲又叹。所喜者，果然自己眼力不错，素日认他是个知己，果然是个知己。所惊者，他在人前一片私心称扬于我，其亲热厚密，竟不避嫌疑。所叹者，你既为我之知己，自然我亦可为你之知己矣；既你我为知己，则又何必有金玉之论哉；既有金玉之论，亦该你我有之，则又何必来一宝钗哉！所悲者，父母早逝，虽有铭心刻骨之言，无人为我主张。况近日每觉神思恍惚，病已渐成，医者更云气弱血亏，恐致劳怯之症。你我虽为知己，但恐自不能久待；你纵为我知己，奈我薄命何！想到此间，不禁滚下泪来。待进去相见，自觉无味，便一面拭泪，一面抽身回去了。

这里宝玉忙忙的穿了衣裳出来，忽见林黛玉在前面慢慢的走着，似有拭泪之状，便忙赶上来，笑道："妹妹往那里去？怎么又哭了？又是谁得罪了你？"林黛玉回头见是宝玉，便勉强笑道："好好的，我何曾哭了。"宝玉笑道："你瞧瞧，眼睛上的泪珠儿未干，还撒谎呢。"一面说，一面禁不住抬起手来替她拭泪。林黛玉忙向后退了几步，说道："你又要死了！作什么这么动手动脚的！"宝玉笑道："说话忘了情，不觉的动了手，也就顾不的死活。"林黛玉道："你死了倒不值什么，只是丢下了什么金，又是什么麒麟，可怎么样呢？"一句话又把宝玉说急了，赶上来问道："你还说这话，到底是咒我还是气我呢？"林黛玉见问，方想起前日的事来，遂自悔自己又说造次了，忙笑道："你别着急，我原说错了。这有什么的，筋都暴起来，急的一脸汗。"一面说，一面禁不住近前伸手替他拭面上的汗。

宝玉瞅了半天，方说道"你放心"三个字。林黛玉听了，怔了半天，方说道："我有什么不放心的？我不明白这话。你倒说说怎么放心不放心？"宝玉叹了一口气，问道："你果不明白这话？难道我素日在你身上的心都用错了？连你的意思若体贴不着，就难怪你天天为我生气了。"林黛玉道："果然我不明白放心不放心的话。"宝玉点头叹道："好妹妹，你别哄我。果然不明白这话，不但我素日之意白用了，且连你素日待我之意也都辜负了。你皆因总是不放心的原故，才弄了一身病。但凡宽慰些，这病也不得一日重似一日。"

林黛玉听了这话，如轰雷掣电，细细思之，竟比自己肺腑中掏出来的还觉恳切，竟有万句言语，满心要说，只是半个字也不能吐，却怔怔的望着他。此时宝玉心中也有万句言语，不知从那一句上说起，却也怔怔的望着黛玉。两个人怔了半天，林黛玉只咳了一声，两眼不觉滚下泪来，回身便要走。宝玉忙上前拉住，说道："好妹妹，且略站住，我说一句话再走。"林黛玉一面拭泪，一面将手推开，说道："有什么可说的。你的话我早知道了！"口里说着，却头也不回竟去了。

宝玉站着，只管发起呆来。原来方才出来慌忙，不曾带得扇子。袭人怕他热，忙拿了扇子赶来送与他，忽抬头见了林黛玉和他站着，一时黛玉走了，他还站着不动，因而赶上来说道："你也不带了扇子去，亏我看见，赶了送来。"宝玉出了神，见袭人和他说话，并未看出是何人来，便一把拉住，说道："好妹妹，我的这心事，从来也不敢说，今儿我大胆说出来，死也甘心！我为你也弄了一身的病在这里，又不敢告诉人，只好掩着。只等你的病好了，只怕我的病才得好呢。睡里梦里也忘不了你！"袭人听了这话，吓得魄消魂散，只叫"神天菩萨，坑死我了！"便推他道："这是那里的话！敢是中了邪？还不快去？"宝玉一时醒过来，方知是袭人送扇子来，羞得满面紫胀，夺了扇子，便忙忙的抽身跑了。

这段文字，比前推进了一大步，也是宝、黛爱情决定性的一段情节。黛玉因听到宝玉在众人面前夸她不劝他走“仕途经济”的人生道路而引为知己，林黛玉感到贾宝玉说她的话，要她放心，“竟比自己肺腑中掏出来的还觉恳切”，这样双方爱情的互感，已经达到十分相知、相爱的程度，特别是宝玉误对袭人说的那段话，真是掏尽肺腑之言，而宝、黛爱情，通过这一段特殊方式的对话，已经到了万劫不磨的地步了。但是双方各自的心里虽都各自明白，然在形式上仍只能存之心头而不可能直接表白，这是这个时代的历史特征。再如三十六回这段文字：

> 这里宝钗只刚做了两三个花瓣，忽见宝玉在梦中喊骂说：“和尚道士的话如何信得？什么是金玉姻缘，我偏说是木石姻缘！”薛宝钗听了这话，不觉怔了。

这段心理独白，又采取了更深入一步的方式，让宝玉在梦里竟直喊出来，他要的是“木石姻缘”而不是“金玉姻缘”，这进一步写出了宝黛爱情的魂牵梦萦境界，而且这话直接冲着宝钗说出来，更具有思想冲突性。再看看第五十七回的这两段文字：

> （宝玉）一面说，一面咬牙切齿的，又说道：“我只愿这会子立刻我死了，把心迸出来你们瞧见了，然后连皮带骨一概都化成一股灰——灰还有形迹，不如再化一股烟——烟还可凝聚，人还看见，须得一阵大乱风吹的四面八方都登时散了，这才好！”一面说，一面又滚下泪来。

这段话是紫鹃说宝玉已定了亲，故意试宝玉的，惹得宝玉咬牙切齿地说恨不得“把心迸出来你们瞧见了”，话已经说到如此痛切的程度，宝、黛的爱情当然已经是金石盟心、万世不渝了！而下面紫鹃的这段话，等于是宝、黛爱情的一个归结，爱情在双方之间已经没有任何阻隔了，已经是充分地心心相印了，所以紫鹃就劝黛玉赶快用法定的形式把它确定下来，但无父无母的孤女林黛玉，处在封建时代，有谁能来为她作主呢！

紫鹃停了半晌，自言自语的说道：“一动不如一静。我们这里就算好人家，别的都容易，最难得的是从小儿一处长大，脾气情性都彼此知道的了。”黛玉啐道：“你这几天还不乏，趁这会子不歇一歇，还嚼什么蛆。”紫鹃笑道：“倒不是白嚼蛆，我倒是一片真心为姑娘。替你愁了这几年了，无父母无兄弟，谁是知疼着热的人？趁早儿老太太还明白硬朗的时节，作定了大事要紧。俗语说，‘老健春寒秋后热’，倘或老太太一时有个好歹，那时虽也完事，只怕耽误了时光，还不得趁心如意呢。公子王孙虽多，那一个不是三房五妾，今儿朝东，明儿朝西？要一个天仙来，也不过三夜五夕，也丢在脖子后头了，甚至于为妾为丫头反目成仇的。若娘家有人有势的还好些，若是姑娘这样的人，有老太太一日还好一日，若没了老太太，也只是凭人去欺负了。所以说，拿主意要紧。姑娘是个明白人，岂不闻俗语说：‘万两黄金容易得，知心一个也难求’。”

> 黛玉听了，便说道："这丫头今儿不疯了？怎么去了几日，忽然变了一个人。我明儿必回老太太退回去，我不敢要你了。"紫鹃笑道："我说的是好话，不过叫你心里留神，并没叫你去为非作歹，何苦回老太太，叫我吃了亏，又有何好处？"说着，竟自睡了。
>
> 黛玉听了这话，口内虽如此说，心内未尝不伤感，待他睡了，便直泣了一夜，至天明方打了一个盹儿。次日勉强盥漱了，吃了些燕窝粥，便有贾母等亲来看视了，又嘱咐了许多话。

以上这些文字，真实地描写了宝、黛恋爱漫长而曲折的过程，深刻地描摹了他们的爱情心理状态，这些描写，使《红楼梦》超前地呈现了近现代文学的风貌，更是中国古典小说中爱情心理描写的独特篇章，这样复杂而细腻真实的心理状态，是宝、黛恋爱所处的特殊环境和特定时代的反映。而宝、黛相互之间忠贞纯洁的爱情，遂为文学上的不朽典型。

宝、黛爱情特点之三，是他们俩的相爱，不仅仅是外貌，更重要的是思想的一致和人生道路的一致。在贾宝玉的周围，并不是只有林黛玉一个少女，他还面对着薛宝钗和史湘云。尤其是薛宝钗，不仅长得"妩媚风流"，还有金锁与他相配。特别是宝玉对宝钗，确曾动过艳羡之心，二十八回当宝钗褪下臂上的红麝串时，"宝玉在旁看着雪白一段酥臂，不觉动了羡慕之心"，宝玉确曾有过一段拿不定主意的时候的，究竟最后是如何拿定主意的呢？三十二回有一段文字回答了这个问题：

湘云笑道："还是这个情性不改。如今大了，你就不愿读书去考举人进士的，也该常常的会会这些为官做宰的人们，谈谈讲讲些仕途经济的学问，也好将来应酬世务，日后也有个朋友。没见你成年家只在我们队里搅些什么！"宝玉听了道："姑娘请别的姊妹屋里坐坐，我这里仔细污了你知经济学问的。"袭人道："云姑娘快别说这话。上回也是宝姑娘也说过一回，他也不管人脸上过的去过不去，他就咳了一声，拿起脚来走了。这里宝姑娘的话也没说完，见他走了，登时羞的脸通红，说又不是，不说又不是，幸而是宝姑娘，那要是林姑娘，不知又闹到怎么样，哭的怎么样呢。提起这个话来，真真的宝姑娘叫人敬重，自己讪了一会子去了。我倒过不去，只当他恼了。谁知过后还是照旧一样，真真有涵养，心地宽大。谁知这一个反倒同他生分了。那林姑娘见你赌气不理他，你得赔多少不是呢。"宝玉道："林姑娘从来说过这些混帐话不曾？若他也说过这些混帐话，我早和他生分了。"

这里回答得清清楚楚，宝玉之所以喜欢黛玉，是因为黛玉理解他，黛玉所持的人生道路与宝玉完全一样，黛玉从来不说"仕途经济"的话。林黛玉的《葬花吟》说："愿奴胁下生双翼，随花飞到天尽头。天尽头，何处有香丘？"这种对现实世界的厌弃，与宝玉所说的"等我化成一股轻烟，风一吹便散了的时候，你们也管不得我，我也顾不得你们了。那时凭我去，我也凭你们爱那里去就去了”是同一思路。所以，宝、黛爱情，是宝、黛思想的结合，人生道路的结合，文化涵养、生活情趣的结合等等。而其中，思想的结合、人生道路的结合、自由个性的结合，是他们生死爱情的灵魂。

《红楼梦》理想世界的第三个内涵，是关于妇女的命运问题。

《红楼梦》一开头就说：

> 但书中所记何事何人？自又云："今风尘碌碌，一事无成，忽念及当日所有之女子，一一细考较去，觉其行止见识，皆出于我之上。何我堂堂须眉，诚不若彼裙钗哉？实愧则有余，悔又无益之大无可如何之日也！……我之罪固不免，然闺阁中本自历历有人，万不可因我之不肖，自护己短，一并使其泯灭也。"

《红楼梦》第五回"此茶名曰'千红一窟'"。此句旁脂批云："隐'哭'字"，意即是"千红一哭"，下文"此酒乃是百花之蕊，万木之汁，加以麟髓之醅、凤乳之麹酿成，因名为'万艳同杯'。"此句旁脂批云："与'千红一窟'一对，隐'悲'字"。意即是"万艳同悲"。这两句话合起来，意即是：为"千红万艳"（普天下的女子）同悲一哭。曹雪芹在一开头就表明自己的书是为普天下的女子同悲一哭，这说明《红楼梦》的作者，确是怀着极大的悲哀来关怀妇女的命运，来为普天下妇女同声一哭的。曹雪芹的这一思想，与宝、黛的爱情悲剧，非但没有丝毫冲突，而且更显得宝、黛爱情悲剧的历史深度。试看《红楼梦》里所有的青年女子有哪一个得到了真正的幸福，有哪一个得到了异性的真正的爱护痛惜？书中唯一能够心心相印，息息相通，结成生死爱情的，只有宝、黛两人，但这样一对美好的婚姻，也只能是以悲剧结束。曹雪芹通过宝、黛的爱情，充分表达了他的恋爱观，这就是宝、黛各自心里默语的那番知心话，但这些话，毕竟还较文雅，还不够直白。曹雪芹又通过尤三姐的口说：

> 终身大事，一生至一死，非同儿戏。我如今改过守分，只要我拣一个素日可心如意的人方跟他去。若凭你们拣择，虽是富比石崇，才过子建，貌比潘安的，我心里进不去，也白过了一世。（六十五回）

这“终身大事，一生至一死，非同儿戏”，“我心里进不去，也白过了一世”。说得多么直白明了啊！这标明着一个人的自我觉醒，对自身价值的极端珍惜。特别是后两句话，说明婚姻的结合，不仅仅是“性”的结合，更重要的是心灵的结合、意志的结合、思想情感的结合。尤三姐的话，实际上是把宝、黛两人的千言万语直白化了。所以，曹雪芹笔下宝、黛的恋爱、爱情和婚姻，还有尤三姐的单方面的想法，却再也不是《西厢记》、《牡丹亭》时代的恋爱、爱情和婚姻了，它表明了人觉醒以后的爱情观、人生观。但是，曹雪芹是一个先行者，他的思想是超前的思想，而它的时代还沉浸在中世纪式的封建黑暗之中。因此《红楼梦》里的女性，只能忍受封建黑暗的煎熬，哪怕元春贵为皇妃，何尝享受过一丝一毫的爱情。只不过是关在笼子里供人玩弄的金丝鸟而已。至于尤三姐，虽然她自己已有这样的觉醒，但她不知道，爱情是双方的，不是单方面的，柳湘莲尽管长得漂亮，但却没有尤三姐的这份觉醒，所以终究成为悲剧。这一情节更加说明了曹雪芹所理想的爱情，已经是近现代式的爱情，已经是懂得人的自我价值的爱情。站在曹雪芹的高度来看他眼中的妇女命运，当然只能是“千红一窟（哭）”、“万艳同杯（悲）”了！

曹雪芹笔下不仅仅是同情妇女们“千红一哭”、“万艳同悲”的命运，他还大声疾呼地说出了“女儿是水作的骨肉，男人是泥作的骨肉，我见了女儿，我便清爽，见了男子，便觉浊臭逼人”（第二回）、“凡山川日月之精秀，只钟于女儿，须眉男子不过是些渣滓浊沫而已”、“把一切男子都看成混沌浊物，可有可无”（二十回）这样惊天动地的话来。自从社会从母系社会转变成父系社会后，几千年来，妇女的地位一直从属于男子，虽然各个时期也有个别的杰出妇女产生，作出了杰出贡献，甚至还当了皇帝，但妇女的社会地位却一直没有能改变，特别是程、朱理学风行以后，“饿死事小，失节事大”便成为妇女头上一把无形的杀人刀。戴震说“后儒以理杀人”是千古名言，这个“以理杀人”，妇女受其害尤甚，尤其是曹雪芹的时代。《永宪录》卷一载康熙六十一年“督学浙江翰林院侍讲马豫题旌遂安监生方引禩妻毛氏贞烈”条云：

> 氏适引禩，结褵五日夫亡，登楼坠地、吞金皆不死。迨扶柩而南，爰立后嗣，守节十载，夫柩既葬，绝粒九日卒。
>
> 按康熙六年，准民妇三十岁以前守节至五十岁以后照例旌表。十四年，准节妇已经核实在部者虽病故亦得旌表。二十九年，停夫亡死节旌表。五十五年，正红旗护军六格聘瓦色之女，夫故，往夫家守节三年，以身殉。礼臣请旨，诏照例旌表。迨雍正九年，又准守节合例。已亡故者概得补旌，乾隆初，更准青年守节未至五十亡故者并予旌表。每年八月汇题。[①]

又《闽杂记》卷八载："福州旧俗，以家有烈女贞妇为荣，愚民遂有搭台死节之事。女有不愿，家人或诟骂辱之，甚至有鞭挞使从者。"[②]封建礼教的毒害，政府的提倡鼓励，妇女们便被陷于水深火热之中，曹雪芹在他的呕心沥血的著作中，一开头就提出"闺阁中本自历历有人"，提出"女儿是水作的骨肉，男人是泥作的骨肉"这是对当时社会的批判和鞭挞，因为当时的社会是男权社会，制造这种害人的理论的、执行这种害人的政策的都是男人，试看贾府里所有的男人，除贾宝玉是贾府的叛逆外，有哪一个男人是干净的，贾宝玉处在这样一个现实家庭环境中，（实际上是作者曹雪芹观察他的现实社会），怎么会不感到男人是污浊的呢？而妇女一直处在被压迫的地位，当然是清白无辜的了。但

---

①《永宪录》，中华书局1997年版，第32页。

② 转引自许苏民《戴震与中国文化》，贵州人民出版社2000年版，第27页。

是贾宝玉还说，女人一嫁了男人，染了男人气味，也就变坏了，这也是事实，因为女人出嫁了，帮着男人一起干那些事了，也帮着掌握一定的权力了，于是她就再也不是干净的了。

最关键的是贾宝玉提出女儿比男子好，见了女儿便清爽，见了男子便觉浊臭逼人，“须眉男子不过是些渣滓浊沫”。这样就把男尊女卑的社会传统，彻底翻了个个儿，变成女尊男卑了。这是曹雪芹针对当时残酷迫害妇女的现实而提出来的男女平等的强烈呼声，这一呼声，具有深刻的历史意义和透露着历史转型的某些信息。

《红楼梦》理想世界的第四个内涵，是贾宝玉人际关系的平等思想，仁爱思想。

贾宝玉的自由人生道路，一是不愿意受封建礼法和世俗人情的拘束，二是也不愿意用封建礼法和世俗人情去拘束人。《红楼梦》第二十回说：

> 宝钗素知他家规矩，凡作兄弟的，都怕哥哥。却不知那宝玉是不要人怕他的。他想着：“弟兄们一并都有父母教训，何必我多事，反生疏了。况且我是正出，他是庶出，饶这样还有人背后谈论，还禁得辖治他了。”……弟兄之间不过尽其大概的情理就罢了，并不想自己是丈夫，须要为子弟之表率。是以贾环等都不怕他，却怕贾母，才让他三分。

第九回又说：

宝玉终是不安本分之人，竟一味的随心所欲，因此又发了癖性，又特向秦钟悄说道："咱们俩个人一样的年纪，况又是同窗，以后不必论叔侄，只论弟兄朋友就是了。"

这是说贾宝玉不愿意以兄长的身份或叔辈的身份去拘管辈分比他低的人，也就是说，他不愿遵守这封建伦理道德规范。

《红楼梦》第六十六回说：

成天家疯疯癫癫的，说的话人也不懂，干的事人也不知。外头人人看着好清俊模样儿，心里自然是聪明的，谁知是外清而内浊，见了人，一句话也没有。所有的好处，虽没上过学，倒难为他认得几个字。每日也不习文，也不学武，又怕见人，只爱在丫头群里闹。再者也没刚柔，有时见了我们，喜欢时没上没下，大家乱顽一阵；不喜欢各自走了，他也不理人。我们坐着卧着，见了他也不理，他也不责备。因此没人怕他，只管随便，都过的去。

这是说贾宝玉对待下人，也不摆主人架子，"喜欢时没上没下，大家乱顽一阵"，在贾宝玉这里，封建等级制度的主仆界限，主人的尊严，奴婢的卑微身份全没有了，一概是平等相待。

《红楼梦》第六十回又说：

"我且告诉你句话：宝玉常说，将来这屋里的人，无论家里外头的，一应我们这些人，他都要回太太全放出去，与本人父母自便呢。你只说这一件可好不好？”他娘听说，喜的忙问：“这话果真？”春燕道：“谁可扯这谎做什么？”婆子听了，便念佛不绝。

这是说，贾宝玉对待奴仆，不仅没有主仆的等级界限，而且还要把他们统统放出去“与本人父母自便”。这就是说要释放奴仆，给他们人身自主和自由。

第五十八回芳官的干娘克扣芳官的钱，又不给洗头的“花露油并些鸡卵、香皂、头绳之类”东西，芳官不服，芳官干娘还骂她：

袭人道：“一个巴掌拍不响，老的也太不公些，小的也太可恶些。”宝玉道：“怨不得芳官。自古说：‘物不平则鸣。’他少亲失眷的，在这里没人照看，赚了他的钱，又作践他，如何怪得。”

……

宝玉恨的用拄杖敲着门槛子说道：“这些老婆子都是些铁心石头肠子，也是件大奇的事。不能照看，反倒折挫，天长地久，如何是好！”

贾宝玉不但不以主子身份欺压下人，还为被欺压的奴仆抱不平，同情他们的反抗，说“物不平则鸣”，还骂这些克扣别人钱的老婆子是“铁心石头肠子”，这又进一步写出了贾宝玉对人的仁爱之心。鲁迅说贾宝玉“爱博而心劳”，这是最为精要的评语。第四十一回栊翠庵妙玉请黛玉、宝钗喝茶，用名贵的茶杯，并用自己常用的绿玉斗斟茶与宝玉喝，宝玉未解妙玉的深意，也不识此绿玉斗乃是奇珍，反说：“常言‘世法平等’，他两个就用那样古玩奇珍，我就是个俗器了。”“世法平等”是佛家语，出自《金刚经》：“是法平等，无有高下。”谢灵运注云：“人无贵贱，法无好丑，荡然平等，菩提（觉、悟）义也。”李文会注云：“上至诸佛，下至蝼蚁，皆有佛性，无所分别，故一切法皆平等，岂有高下也。”[①]按此句《金刚经》本义，就是人人平等的意思，这里曹雪芹借用佛语，让贾宝玉以一句戏言，说出了一个具有人的觉醒、奴婢解放意义的思想。

上面所举的由贾宝玉所展示出来的这一系列关于人的思想，在他所处的现实世界里，是不可能存在的，这只能是属于理想世界，属于未来。

（三）释《红楼梦》里的真假、有无、虚实、梦幻

1. 真与假

《红楼梦》第五回“太虚幻境”的石牌坊两边有一副对子：

① 影印永乐内府本《金刚经集注》，上海古籍出版社1984年版，第240页。

假作真时真亦假
无为有处有还无

这里有两组概念。一组是“假与真，真与假”的概念，另一组是“无与有，有与无”的概念。这两组概念，在《红楼梦》的研究中，似乎还没有得到确解、深解。但这却是解读《红楼梦》至关重要的事，我现在试着作一次尝试性的解释。

先说“假作真时真亦假”的问题。

我理解这句话，似含有多层的意思：

第一层意思是指本书的创作。曹雪芹创作《石头记》，是采取写实与虚构结合的写作方式，其写实的部分，多采自己家庭和亲戚家庭的历史，但也有采自当时的社会现实，而其思想的针对性，则主要是针对当时的社会现实和社会思潮。当时由于社会环境，不可能无所顾忌地全面暴露，所以作者在本书一开头就说：

> 作者自云：因曾历过一番梦幻之后，故将真事隐去，而借“通灵”之说，撰此《石头记》一书也。故曰“甄士隐”云云。
>
> ……
>
> 虽我未学，下笔无文，又何妨用假语村言，敷演出一段故事来，亦可使闺阁昭传，复可悦世之目，破人愁闷，不亦宜乎？故曰“贾雨村”云云。

“真事隐”、“假语存”就是他当时采用的一种写作手法。当然并不是所有真事都隐没了，有些真事，仍旧照样被他写在书里的，不过，一般的读者无法区分而已，但熟悉曹雪芹生活的脂砚斋却一眼就看出，故往往予以批出，如：“盖此等事作者曾经，批者曾经，实系一写往事，非特造出，故弄新笔。”（庚辰本七十四回）“况此亦此（是）予旧日目睹亲问（闻），作者身历之现成文字，非搜造而成者。”（庚辰本七十七回）连作者自己也说：“亦不过实录其事，又非假拟妄称。”可见“真事隐”、“假语存”只是他的基本方法，而不是绝对方法。

第二层意思是指书中江南的甄府和都中的贾府。虽然一是甄（真），一是贾（假），但其含义却并不是说甄府是真的，贾府是假的，而是甄、贾互补的，它们的关系，不是真伪的关系，而是分合的关系，是一而二,二而一的关系。所以先有江南甄府的抄家，随即也就有后来贾府的抄家（曹雪芹未及写这一部分，但已多次暗示了）。所以读《红楼梦》应该知道，应该把甄府和贾府的事合起来看，不要被表面的甄（真）、贾（假）弄迷糊了。

第三层意思是指甄宝玉与贾宝玉。是写思想的合而分的问题。按曹雪芹的原意，是要写出甄（真）宝玉实则是假宝玉，而贾（假）宝玉却是真正的真宝玉。《红楼梦》第二回贾雨村介绍甄宝玉说：

这一个学生，虽是启蒙，却比一个举业的还劳神。说起来更可笑，他说：“必得两个女儿伴着我读书，我方能认得字，心里也明白；不然我自己心里糊涂。”又常对跟他的小厮们说：“这女儿两个字，极尊贵、极清净的，比那阿弥陀佛、元始天尊的这两个宝号还更尊荣无对的呢！你们这浊口臭舌，万不可唐突了这两个字要紧。但凡要说时，必须先用清水香茶漱了口才可，设若失错，便要凿牙穿腮等事。”其暴虐浮躁，顽劣憨痴，种种异常。只一放了学，进去见了那些女儿们，其温厚和平，聪敏文雅，竟又变了一个。因此，他令尊也曾下死笞楚过几次，无奈竟不能改。每打的吃疼不过时，他便“姐姐”“妹妹”乱叫起来。后来听得里面女儿们拿他取笑：“因何打急了只管叫姐妹做甚？莫不是求姐妹去说情讨饶？你岂不愧些！”他回答的最妙。他说：“急疼之时，只叫‘姐姐’‘妹妹’字样，或可解疼也未可知，因叫了一声，便果觉不疼了，遂得了秘法：每疼痛之极，便连叫姐妹起来了。”你说可笑不可笑？

这里的甄宝玉，与贾宝玉可以说是完全一样，没有什么区别。再看五十六回贾宝玉与甄宝玉梦中相会的一段：

宝玉心中便又疑惑起来：若说必无，然亦似有；若说必有，又并无目睹。心中闷了，回至房中榻上默默盘算，不觉就忽忽的睡去，不觉竟到了一座花园之内。宝玉诧异道：“除了我们大观园，更又有这一个园子？”

正疑惑间，从那边来了几个女儿，都是丫鬟。宝玉又诧异道："除了鸳鸯、袭人、平儿之外，也竟还有这一干人？"只见那些丫鬟笑道："宝玉怎么跑到这里来了？"宝玉只当是说他自己，忙来陪笑说道："因我偶步到此，不知是那位世交的花园，好姐姐们，带我逛逛。"众丫鬟都笑道："原来不是咱家的宝玉。他生的倒也还干净，嘴儿也倒乖觉。"

宝玉听了，忙道："姐姐们，这里也更还有个宝玉？"丫鬟们忙道："宝玉二字，我们是奉老太太、太太之命，为保佑他延寿消灾的。我叫他，他听见喜欢。你是那里远方来的臭小厮，也乱叫起他来。仔细你的臭肉，打不烂你的。"又一个丫鬟笑道："咱们快走罢，别叫宝玉看见，又说同这臭小厮说了话，把咱熏臭了。"说着一径去了。

宝玉纳闷道："从来没有人如此涂毒我，他们如何更这样？真亦有我这样一个人不成？"一面想，一面顺步早到了一所院内。宝玉又诧异道："除了怡红院，也更还有这么一个院落。"忽上了台矶，进入屋内，只见榻上有一个人卧着，那边有几个女孩儿做针线，也有嘻笑顽耍的。只见榻上那个少年叹了一声。一个丫鬟笑问道："宝玉，你不睡又叹什么？想必为你妹妹病了，你又胡愁乱恨呢。"

宝玉听说，心下也便吃惊。只见榻上少年说道："我听见老太太说，长安都中也有个宝玉，和我一样的性情，我只不信。我才作了一个梦，竟梦中到了都中一个花园里头，遇见几个姐姐，都叫我臭小厮，不理我。好容易找到他房里头，偏他睡觉，空有皮囊，真性不知那去了。"宝玉听说，忙说道："我因找宝玉来到这里。原来你就是宝玉？"榻上的忙下来拉住："原来你就是宝玉？这可不是梦里了。"宝玉道："这如何是梦？真而又真了。"一语未了，只见人来说："老爷叫宝玉。"唬得二人皆慌了。一个宝玉就走，一个宝玉便忙叫："宝玉快回来，快回来！"

这一段描写，两个宝玉似乎仍还没有分开，长安都中的宝玉"空有皮囊，真性不知那去了"，是因为贾宝玉的真性到金陵来找甄宝玉了，并不是没有真性。所以在前八十回曹雪芹的原稿里，甄贾宝玉还没有区分，基本上还是一人，这当然不是曹雪芹的完整的构思。现在先看后四十回的情节。后部一一五回，两个宝玉见面了交谈后，贾宝玉向宝钗说：

"相貌倒还是一样的。只是言谈间看起来并不知道什么，不过也是个禄蠹。"宝钗道："你又编派人家了。怎么就见得也是个禄蠹呢？"宝玉道："他说了半天，并没个明心见性之谈，不过说些什么文章经济，又说什么为忠为孝，这样人可不是个禄蠹么！只可惜他也生了这样一个相貌。我想来，有了他，我竟要连我这个相貌都不要了。"

到这时，贾宝玉与甄宝玉开始分开了。贾宝玉依旧是原来反对仕途经济的贾宝玉，甄宝玉却热衷于仕途经济，于是两人的人生道路判然有别了。甄宝玉走仕途经济的人生道路，虽然是后四十回的续作，但我个人认为是符合曹雪芹原意的。曹雪芹就是要写出人的最初都是葆有童心的，后来受了当权者正统的教育，受了世俗社会的熏染，就失去了童心、真心，变成了“假人”了。李卓吾说：《六经》、《语》、《孟》，“道学之口实，假人之渊薮也”。甄宝玉就是受了熏染，走“仕途经济”的道路，入了国贼禄鬼之列。这样名义上的甄（真）宝玉，实质上已变成“假宝玉”，名义上的贾（假）宝玉，实质上却是“真宝玉”。这样才能切合联语“假作真时真亦假”的意思。再说在一部书里写两个一模一样的人物，也就更不可思议了。

第四层意思，我认为是指贾政。

贾政是一个从封建模子里刻出来的人物，他早已没有了真性情，用李卓吾的意思来说，就是被《四书》、《五经》熏染得完全失去了童心，同时也是被封建社会的官场习俗、社会恶习，污染得完全失去了童心，也即是失去了真心，所以经封建文化、封建教育、封建官场、封建社会培育出来的人，都是些假人。贾政在《红楼梦》里，看来好像是个正派人、正面人，但他却从根本上就是没有真性情的人，是个十足的假人，因此，他是“假正”。而这个贾政，他的本质就是假，因此“假”才是他的“真”，而他的“真”，也即是“假”。所以贾政是“假正”和“假真”两层意思的合体。所以揭去贾政外部的包装，才能认识他“假正”、“假真”的本体和实质。所以“假作真时真亦假”这句联语，更深一层的谜底是说贾政，是说贾政的的确确是“真即是假，假即是真”，对他来说，真假都是一回事，一个样！

第五层意思，是讽世的意思。曹雪芹针对当时社会弄虚作假的普遍风气：假名士、假道学、假诗人之类的骗子到处招摇撞骗。一如曹雪芹同时人吴敬梓《儒林外史》所写的那样，社会上真假不分，以假作真，对于这些惯于弄虚作假，以假乱真的人来说，他们可以把假的说成是真的，把真的说成是假的，把没有的说成有的，把有的说成是没有的，真是颠倒是非、混淆黑白，对于这种人来说，真是“假作真时真亦假，无为有处有还无”，所以曹雪芹用这两句话来概括他们的行径，给予他们以辛辣的讽刺。

2. 有与无

再说“无为有处有还无”这个问题。

这也有两层意思。一层是曹雪芹针对自己的家庭和亲戚李煦的家庭的。这两个封建贵族大家庭，在雍正上台后，先是李煦被抄家，李煦七十三岁的老人，被流放东北打牲乌拉，最后冻饿而死。李煦的家产被抄没，家人被标价发卖，整个一个封建贵族官僚大家庭，转眼间化为乌有。曹雪芹自己的家，雍正五年底到六年初，也遭到了同样彻底覆灭的命运。他们两家同样都从“有”转化为“无”。而有些官僚则因抄家有功或别的功劳，立刻加官晋爵。隋赫德因抄曹家有功，雍正就将曹家的“所有田产、房屋、人口等项”全部赏给隋赫德，隋赫德便成为“无还有”。一方面是倾家荡产，家破人亡，而另一方面是升官发财，飞黄腾达，这就是“无为有处有还无”的本意，这是一层意思，也是这句联语的主要所指。《红楼梦》第一回末的《好了歌》和甄士隐作的《好了歌解》，就是对这种“有还无”、“无为有”的作者自己家庭命运的感叹。还有一层意思是指当时普遍的社会现实。黄印《锡金识小录》说：“雍正间汇追旧欠，奉行不善，凡系旧家大抵皆破。”可见当时这种突然的升沉变化还是很多的，所以这个“有还无”和“无为有”也是指当时普遍的社会现实。因此，《红楼梦》里所描写的这个封建贵族官僚家庭的败落，具有特定历史时期的典型意义！

3. 虚与实

《红楼梦》里还有一个“太虚幻境”，究竟应该如何来认识它的意义？从写作的角度看，是为了虚构这样一个情节以预示书中人物的结果，对读者起提示作用，同时也达到吸引读者阅读本书的兴趣，这一点是比较容易理解的。但除此以外，从思想方面来说，我认为它暗示读者“虚中有实，实中有虚”。太虚幻境当然是虚的，它叫就叫幻境，当然不是实境。但这个幻境里预示的这些人物及其结果，却都是实的，并不是虚无的不存在的。所以是虚中有实。但是另一方面，这些眼前实有的人物，包括宁、荣二公的贾府，到头来一场浩劫，也都化为乌有，这又是实成为虚。所以我认为这个“太虚幻境”，从思想意义上来看，它是提醒读者，眼前现实存在的实的，它转眼就会成为不存在的虚的！

4. “梦”与“幻”

《红楼梦》第一回的回目，就是“甄士隐梦幻识通灵”。正文一开头即说：

作者自云：因曾历过一番梦幻之后，故将真事隐去，而借“通灵”之说，撰此《石头记》一书也。故曰“甄士隐”云云。

以下又说：

自欲将已往所赖天恩祖德、锦衣纨袴之时，饫甘餍肥之日，背父兄教育之恩，负师友规训之德，以至今日一技无成、半生潦倒之罪，编述一集，以告天下人。……

……

此回中凡用“梦”用“幻”等字，是提醒阅者眼目，亦是此书立意本旨。

……

那红尘中有却有些乐事，但不能永远依恃；况又有“美中不足，好事多魔”八个字紧相连属，瞬息间则又乐极悲生，人非物换，究竟是到头一梦，万境归空。

……

原来就是无材补天，幻形入世，蒙茫茫大士、渺渺真人携入红尘，历尽离合悲欢，炎凉世态的一段故事。后面又有一首偈云：

无材可去补苍天，枉入红尘若许年。

此系身前身后事，倩谁记去作奇传？

诗后便是此石坠落之乡，投胎之处，亲自经历的一段陈迹故事。

……

其中大旨谈情，亦不过实录其事。

以上摘录的这些话，都在《红楼梦》第一回开卷第一页到第七页。《红楼梦》第一回共十九页，可见这些话都是集中在开头部分说的。仔细研读上面这些话，其主要意思有四点：一是说作者曾经历过一番梦幻；红尘中究竟是到头一梦，万境归空。这就是说，他所经历的现实生活（红尘），是万境归空的一场梦。二是说，他所记的事，是将真事隐去，借通灵玉的故事，撰此《石头记》一书。这就是说，作者将真事隐去了，通灵玉的故事是假借的，也即是编撰的。三是说作者把自己半生潦倒的身世，亲自经历的一段陈迹故事，编成了这部传奇故事。四是说他背叛了父兄的教育之恩。

以上四点，是作者在上引这些文字里反复向读者交待的。说得虽然前后参差，忽隐忽现，但归纳起来，确是以上四点意思。作者在开头写的“满纸荒唐言，一把辛酸泪。都云作者痴，谁解其中味？”也是这个意思。“满纸荒唐言”，也就是“假语村言”；“一把辛酸泪”，也就是作者说的“乐极悲生，人非物换”，这就是他自身经历的“离合悲欢，炎凉世态”的种种事实。最后一句是怕人们看不懂他在这部书里所深藏的真意。

作者还特别提醒：“此回中凡用‘梦’用‘幻’等字，是提醒阅者眼目，亦是此书立意本旨。”那末，作者究竟如何“提醒阅者眼目”的呢？却查无下文。但仔细阅读这开头的文字，就会恍然大悟。实际上，作者就是说，他过去的生活经历，等于是一场梦境。所以，他对过去的“锦衣纨袴之时，饫甘餍肥之日”的繁华生活（而现在已经完全失去了的东西）当作是“一番梦幻”，而现在写下来的虽然是“假语村言”，但都是真实的自身经过的“身前身后”事，是“亲自经历的一段陈迹故事”，是“实录其事”。这样，我们就明白了作者的真实用意。原来作者是用“梦”用“幻”等字来指过去经历过而现在已经失去了的豪华生活。而通灵故事，只是他的杜撰，是正面文章也是表面文章；在这些杜撰故事的背后，却隐藏着作者辛酸的亲身经历，这才是真实的历史，但这却是背面文章，作者虽时时有所透露，却无法把它写出来。

所以，初读《红楼梦》，觉得《红楼梦》里用“梦”用“幻”的地方很多，一开始就会令人摸不着头脑。实际上是作者处在他的特殊的时代，文字狱的恐怖一直笼罩着，不得不用这些隐隐约约、闪闪烁烁的文字，来躲过文字狱的灾难。事实上，《红楼梦》一开头，又是“梦”，又是“幻”，又是“茫茫大士”、“渺渺真人”，又是“空空道人”，又是“太虚幻境”，又是“警幻仙子”，确实令人有点眼花缭乱，如读神话一样，但实际上这些都是作者的苦心设计。而作者的真实用意，不过是说梦幻是指过去的事，通灵故事不过是假语村言，在这些假语村言里，却蕴藏着作者大苦大悲的辛酸历史，读者千万要体察作者的苦心和深心，不要辜负了作者的一片深意！

按"梦幻人生"，本是传统文学中常用的一个比喻。自从庄子在《齐物论》里提出梦蝶的故事以后，"人生如梦"的思想就不断地在文学史中出现，李白有"浮生若梦"的名句，杜甫也有"乍见翻疑梦"，"夜阑更秉烛，相对如梦寐"的诗句。宋赵令畤《侯鲭录》载："东坡老人在昌化（按：今海南岛儋州中和镇），尝负大瓢行歌田亩间，所歌者，盖《哨遍》也。馌妇年七十，云：'内翰昔日富贵，一场春梦！'坡然之。里人呼此媪为'春梦婆'。"再有如《枕中记》、《南柯太守传》等，也是富贵一梦，瞬息繁华的意思。所以，曹雪芹借用"梦"、"幻"等字，来说明"昔日富贵，一场春梦"，并最后定此书名为《红楼梦》，都是出于这一用意。他还特意点明用"梦"、"幻"等字，"是提醒阅者眼目，亦是此书立意本旨。"所谓"本旨"者，其实就是说，虽然是说"梦"说"幻"，其实是说人生也。作者在篇首就反反复复，三致意焉，可见他确是希望读者不要真的把此书当作"梦"来看，而要知道这"满纸荒唐言"里，都是作者的"一把辛酸泪"！

还有一点，《红楼梦》里所有虚设的虚无飘渺的人物，作者在名字上就加以标明了。如警幻仙姑、空空道人、茫茫大士、渺渺真人、绛珠仙子、神瑛侍者等，这些人的名字，都有虚幻、神、仙之类的字眼，标明这是虚设的人物，与小说中的真实人物有别。

初读《红楼梦》，容易被这些梦幻、虚无、神仙的名字和情节所迷惑，但当你发现了这些"秘密"以后，也就容易加以区别和把握了。

（四）《红楼梦》的思想

1. 特定的时代

要了解《红楼梦》的思想，首先要了解《红楼梦》作者曹雪芹的时代。曹雪芹的时代，是18世纪初期到中期，康熙五十四年（1715年），（约）到乾隆二十七年（1763年）除夕。这时的外部世界已是英国工业革命的高潮，而中国自身自明中后期发展起来的资本主义萌芽性质的新的经济因素，经过清顺、康、雍三朝的休养生息，政策的调整，到乾隆时期，已经取得了较大的发展，而且自明朝以来，西洋的传教士不断来华，他们不仅仅是传教，对中国来说，更重要的是沟通了外部世界，带来了西洋的科学和现代技术，这正是中国当时最需要的。所以我们必须认识到，当时的中国，并不是封闭的完全与世界隔绝的，西洋的科学技术能传进来，西洋的工业革命的信息当然也能传进来。而且，中国自身的资本主义萌芽的经济因素已经有了较前更多的发展，已经出现了一批较大的商业城市，纺织业、陶瓷业、矿业、盐业、茶业、木材业、交通运输业也有了相应的发展，全国的商业网络也逐渐形成，特别是在以上的经济基础上，城市居民、商民快速地增长。以上这一切，都会影响到社会的意识形态，尽管正统的思想仍占绝对的统治地位，但反正统和非正统的思潮，非但禁而不绝，却愈见扩大。以上这些情况说明，曹雪芹的时代，中国的封建社会，由于长时期以来资本主义萌芽性质的经济因素的增长发展，当时的社会，已经在缓慢地开始转型，再也不是中世纪式的单纯的固封的封建社会了。以上这些新的历史情况说明，中国古老的封建社会，它已经进入了较以前不同的一个具有新的历史特点的时期了。

以上这种时代的特色，我认为是我们考察《红楼梦》思想必须充分认识的一个前提。

2. 新的思想

前面已经分析到，《红楼梦》理想世界的四个方面的内涵，这就是，一、以反封建正统为前提的贾宝玉所走的自由人生的道路。这是一条历史上从未有过的崭新的人生道路，它具有特殊的历史意义。二、贾宝玉、林黛玉共同以无限忠贞纯洁的爱情和宝贵的生命为代价来追求、争取的恋爱自由，婚姻自主的权利，这是亘古未有的一种充满着反封建的斗争精神的全新观念，这是人类自我完善的最为重大而艰难的一步，但也是伟大的一步。三、是贾宝玉“女儿是水作的骨肉，男子是泥作的骨肉”这种重女轻男的强烈的呼声，这是男女平等的矫枉过正的呼声，这对几千年来的男权社会是一次最强级的地震，但它却是人类发展的前景，是必然要到达的前景。四、是贾宝玉所提出来的人际关系的无等级的、平等的、仁爱的、真诚无私的原则。

从以上四个方面来看《红楼梦》的思想，它决不可能是属于封建的民主思想，而只能是属于资本主义萌芽性质的经济因素的意识形态。因为最明显的是，上述四个方面的思想对封建社会、封建秩序不仅是不利而且完全是破坏性的，而对于资本主义萌芽性质的经济因素，则完全是有利的。由于《红楼梦》的思想是属于资本主义萌芽性质的新的民主思想，因此《红楼梦》是一部具有鲜明的历史进步性的伟大古典名著。在曹雪芹的时代，曹雪芹是属于反传统思潮的、反程朱理学的进步思想家行列里的重要一员，他是文学上的一个世界巨人。

3. 新的冲突

第三十三回贾宝玉挨打，是封建正统思想与反封建正统思想的一次激烈的思想冲突，这一情节，是作者为了点明本书的思想而特意安排的，不是单纯地为了故事热闹或为冲突而冲突。贾政下死劲的要把宝玉打死，其原因是为了杜绝贾宝玉将来闹到“弑君杀父”的地步，这就点明了冲突的思想性质。所以，三十三回是画龙点睛的一回，如果光有前面所举的《红楼梦》理想世界的四个方面的思想内涵，而没有三十三回这一特殊情节，那末，《红楼梦》的思想性质虽然仍然探索得到，但就不会有现在这样鲜明、明朗。所以《红楼梦》的三十三回，在全书中具有特殊重要的作用。

4. 新的形象

因为《红楼梦》的思想是全新的，不属于封建思想体系的，相反，却是它的叛逆。在表达这样一种全新的思想的时候，应该采取什么形式，也即是赋予这一思想以什么形象，这是摆在曹雪芹面前最大的一个难题。很明显，原有的张君瑞形象和柳梦梅形象都不能适用。读者请试想一想，能让张君瑞来说“女儿是水作的骨肉”或者“男子都是须眉浊物”这样的话吗？一想到这里，就会令人啼笑皆非。因为张君瑞这样形象的思想内涵，它倒确是属于封建的民主思想的范畴的，所以他纵然在一定条件、一定范围内冲破了封建礼防，取得了一定的自由，但当他的目的达到之时，也就是他的自由思想熄灭之时，崔莺莺也是一样，因为他们的目的仅止于此。而贾宝玉却只认“木石前盟”，其他一概不管。特别是贾宝玉的思想容量，张君瑞是无法作比的，贾宝玉的思想已经是近现代的思想，而张君瑞完全是封建暗夜的历史时期的思想。所以贾宝玉这样的形象，在传统的形象里是找不到答案的，只能赋予他全新的形象，而曹雪芹也确是创造了一个全新的贾宝玉的形象。这个形象亦大亦小，不大不小；这个形象，聪明绝顶亦憨顽绝顶；这个形象，“似谲而正，似则而淫”；这个形象“非庄非谐，亦庄亦谐”。总之，这是亘古未有之形象，亦是空前绝后之形象，这个形象，只能用来作为贾宝玉思想的载体，别人一丝一毫也沾不上。所以这是文学史上唯一的独特的全新的形象，它之所以新，完全是因为它的思想新，而不是离开了思想而单从形象上故作新奇。

5. 新的评论

因为贾宝玉、林黛玉的形象是全新的，以往从未有过的，所以也就带来了对这两个形象的全新的评论，这是新的艺术在推动和促进人们新的理论认识。庚辰本第十九回脂砚斋对贾宝玉、林黛玉有两段评，其一云：

按此书中写一宝玉，其宝玉之为人是我辈于书中见而知有此人，实未目曾亲睹者。又写宝玉之发言，每每令人不解。宝玉之生性，件件令人可笑，不独于世上亲见这样的人不曾，即阅今古所有之小说奇传中，亦未见这样的文字，于颦儿处更为甚，其囫囵不解之中实可解，可解之中，又说不出理路。合目思之，却如真见一宝玉，真闻此言者，移之第二人万不可，亦不成文字矣。予阅《石头记》中至奇至妙之文，令（全）在宝玉、颦儿至痴至呆囫囵不解之语中。其诗词雅谜酒令奇衣奇食奇玩等类，固他书中未能，然在此书中评之，犹为二着。[①]

其二云（批在“没的我们这种浊物倒生在这里”句下）：

这皆宝玉意中心中确实之念，非前勉强之词。所以谓今古未（有）之一人耳。听其囫囵不解之言，察其幽微感触之心，审其痴妄委婉之意，皆今古未见之人。亦是未见之文字。说不得贤，说不得愚，说不得不肖，说不得善，说不得恶，说不得正大光明，说不得混账恶赖，说不得聪明才俊，说不得庸俗平（平），说不得好色好淫，说不得情痴情种。恰恰只有一颦儿可对，令他人徒加评论，总未摸着他二人是何等脱胎，何等骨肉。余阅此书，亦爱其文字

①《脂砚斋重评石头记》（庚辰本），人民文学出版社1975年版，第406页。

耳，实亦不能评出此二人终是何等人物。后观情榜曰："宝玉情不情，黛玉情情。"此二评自在评痴之上。亦属囫囵不解，妙甚。[①]

请看脂砚斋这两段评，写得何等有鉴赏力，两篇评合起来，实际上是一篇最早的典型论，至少是包含了鲜明的典型论思想的。可是曹雪芹和脂砚斋的时代，早出马克思、恩格斯一个来世纪。这难道不能说是文艺评论上的一大创新吗？

合以上新的时代、新的思想、新的冲突、新的形象、新的评论诸端来看，说《红楼梦》的思想是反映资本主义萌芽性质的经济因素的新的民主思想，它是与纯封建时代的文艺截然有别的一种具有鲜明的新思想的文艺，理由难道还不够充分吗？

（五）作者的立场

《红楼梦》第一回开头的"作者自云"里，有这样两句话："背父兄教育之恩，负师友规谈之德。"这是非常值得注意的两句话。曹雪芹的师友究竟是指哪些人？目前还无法弄清楚，"友"还可以找出几个，"师"就实在无从说起了。但是曹雪芹的祖父一辈和父亲一辈都还是很清楚的。祖父是曹寅，叔祖父是曹宣。如果雪芹是曹頫的儿子的话，那曹宣就是亲祖父，曹寅就是继祖

①《脂砚斋重评石头记》（庚辰本），人民文学出版社1975年版，第417页。

父，但现在还很难论定，所以暂定曹寅为祖父，曹宣为叔祖父。新发现的《曹玺传》说：

> 寅，字子清，号荔轩。七岁能辨四声，长，偕弟子猷讲性命之学……
>
> ……
>
> 頫字昂友，好古嗜学，绍闻衣德，识者以为曹氏世有其人云。
>
> ——康熙六十年刊《上元县志·曹玺传》

子猷，是曹寅的弟弟曹宣（荃）。“性命之学”是指程朱理学。这就是说，曹寅和曹宣都讲究程朱理学。而曹頫呢？依传中所说（见引文），也应是继承曹寅、曹宣的家学的。特别是在曹寅《楝亭诗别集》卷四里的这首诗：

辛卯三月二十六日闻珍儿殇，书此忍恸，
兼示四侄寄西轩诸友三首其二

> 予仲多遗息，成材在四三。承家望犹子，努力作奇男。经义谈何易，程朱理必探。殷勤慰衰朽，素发满朝簪。

曹寅这首诗说得非常明白，希望自己的子侄辈（曹頫是四侄，过继给曹寅）能够认真学习、继承程朱理学，以慰他的衰朽之年。

前面已经说过，康乾之世，是程朱理学作为正统学术思想风行的时代，曹寅他们信奉程朱理学是必然的。信奉程朱理学，也等于信奉忠顺于康熙皇帝。可是到了曹雪芹，却完全不是那末回事了。曹雪芹在《红楼梦》里，通过贾宝玉却大反程朱理学，说程朱理学是杜撰，甚至把四书以外的书都烧了。这不言而喻，把程朱理学的书也都烧了。不仅如此，《红楼梦》的思想主旨之一，就是反程朱理学，这对于当时的正统思想来说，是大胆的叛逆，而对于他的父祖来说，也是不折不扣的背叛。曹寅本来希望他的子侄能继承他的家学——程朱理学来慰他的衰朽残年的，哪想到竟出来一个孙子，大反他的家学传统，幸而曹寅早已不在世上，否则不知将何以堪！

由此，再来读一读上引的“背父兄教育之恩，负师友规谈之德”这两句话，不能不让人相信，曹雪芹讲的完全是真话、实话，他确是背叛了父祖辈的家学传统。也由此可以确知，曹雪芹的反封建正统思想、反程朱理学、反“仕途经济”，包括反自己家庭的思想传统等等，都是一种自觉的清醒的行为，不是主观动机以外的客观效果。

因此，我们可以说，曹雪芹的立场，是自觉的反封建正统思想、反封建政治道路、反封建礼法等等，总之，是反封建社会的一切现存秩序，向往着他理想中的自由人生之路！

这就是曹雪芹的立场！

余　论

这篇文章，断断续续写了两年多一点时间，主要是经常被临时的事打断，后来又患病住院，就被迫只好完全停下来了。之后，又去赶写别的文章了，所以思路经常被打乱，文章前后也偶有重复。但考虑到文章篇幅长，有些内容的复述也是必要的，否则全要翻看前面，反倒增加麻烦，所以就没有再作删削。

写完这篇文章后的感觉，是觉得最好能抛开一切其他的事，让我专门读几年书，这样也许可以深入一些，否则总觉得有点草草。我深感《红楼梦》研究是一门大学问，研究者的知识越多越好。可惜我已心有余而力不足，我不可能再得到从头学起的机会了，看着前辈学人和并辈的俊彦，真感到自己深深的不足。何况当代新的学问层出不穷，古代的简牍不断出土，敦煌的大批文献从海外归来，可以从头细读，西部大开发声中流沙遗址遗物不断出现，真有满眼是宝、目不暇给之感。我对《红楼梦》作了家世、抄本、思想三方面的初步研究，都是粗浅的尝试而已。

我们有幸能从“文革”过来，又逢这样的大好时代，可做的学问实在太多了，我希望天假余年，让我再边学边干，再多获一点知识。清代的戴震认为，读书人做学问，寻求客观真理就是目的，更没有其他的目的。他还主张要“解蔽”，不以古人蔽我，不以我蔽后人，更不能自蔽，这是何等的胸怀啊！面对着先哲，岂敢稍有自蔽，岂敢不更加奋勉哉！

2002年元月2日夜12时于京东且住草堂

《红楼梦》的社会理想

——1994年莱阳全国《红楼梦》学术研讨会开幕词

各位领导、各位来宾、各位代表，
同志们、朋友们：

1994莱阳全国《红楼梦》学术研讨会现在隆重地开幕了！

自从1988年在芜湖召开第六次全国性会议以来，至今已相隔了六年，这样长时间的间隔，并没有别的原因，只是因为学会没有经费，无法举办。本次承莱阳市委、市政府、山东大众日报社、山东报业协会外事委员会大力支持才得以顺利地召开，我谨代表全体与会人员向以上各单位表示衷心的感谢！特别是莱阳市委和莱阳市人民政府，对大会从组织到经济都给予了具体的落实和安排，保证了大会的筹备工作和大会全部议程得以从容进行，为此，我再次代表大家对他们表示深切的感谢！

莱阳是一个美丽的地方，我那年暮春经过莱阳，正值梨花初落，槐花盛开，只觉得满路花香，沁人欲醉。莱阳又是一个历史悠久，文化古老的地方。她的东、南、北三面都是大海，西通青州而达邹鲁之邦，在她的北面有古老的莱子国，在她的西面，有举世闻名的北魏郑文公上下碑，郑文公碑至今为中外书法界所宗。中国红学会的第七次全国会议能在莱阳召开，令人感到非常理想、非常高兴。尤其是本次会议除学术研讨外，还要进行换届的选举，这在中国红学发展史上是一次具有重大意义的会议，她必将连同莱阳这个美好的地方一起载入史册！

红学一直在前进中，尤其是“文革”以后的这20年，红学已经成为一门世界性的显学，不仅中国人自己不断地在研讨，海外的学者们也在不断地研讨；不仅用华语华文在进行研讨，而且还有完全用外语外文的研讨，前些年在德国就举行过一次完全用德语德文研讨的会议。

红学也一直在不平静之中。不平静并不是坏事，而且多半是好事。红学有发展，当然会不平静，红学有争论，当然更会不平静，但争论是发展的前奏或继续，这当然是好事。只有一种不平静，我认为是与红学的前进背道而驰的，那就是一种非学术和非道德的喧闹。前些时候，南京的欧阳健诬称刘铨福伪造脂本和妄论程甲本是最早最真的《红楼梦》本子，以及北京的杨向奎篡改曹雪芹的家世，剥夺曹雪芹对《红楼梦》的著作权和妄称《红楼梦》的原始作者是丰润曹渊就是这种例子。他们的文章，尽管报刊上大肆宣传和吹捧(两者宣传的热度几乎相等)，但除了说假话以外，没有什么真正的研究成果。丰润发现曹鼎望、曹铪的墓志铭和墓碑看来是真的，但利用与《红楼梦》和曹雪芹毫不相关的真东西来歪曲篡改曹雪芹的家世和剥夺曹雪芹对《红楼梦》的著作权，难道能算作学术和算作道德吗?有些人，利用“百家争鸣”这个正确方针，来为弄虚作假打掩护，他们居然把说假话、编假材料也作为“百家”中的一家，党风、学风、文风被某些人在某些范围里已破坏得够严重的了，难道这还不值得与之抗争，不值得起来仗义执言吗!

对于种种歪论，我们不能退让，我们要为真理而争，要为扫除谬论而争，要为广大的青年读者，为广大的读者群不受蒙蔽而争!孟子说："吾岂好辩也哉?吾不得已也!"我相信学术真理是在论辩中放射出自己的光芒的，希望大家不要掩蔽自己所涵藏的真理之光而一任邪说横行!我相信这一点将是中国红学会第七次全国会议的主要内容之一。

红学需要深化，正是我们今后主要努力的方向。关于《红楼梦》的时代、曹雪芹的家世和《红楼梦》的版本这几个方面，近20年来已经有了较多的成果，正是这些成果，使得欧阳健、杨向奎等人不能得其逞；也正是这些成果，说明《红楼梦》研究的资料研究工作已足以使《红楼梦》进入深化研究了。深化研究，主要是指对《红楼梦》本身的思想、艺术内涵进行深入的研究。有不少同志在这方面已经作出了不少成绩，这是非常可贵的。但《红楼梦》是大海，它本身的博大精深，可以让你永远往深里去探索而不会穷尽。

曹雪芹是有很深远的理想的，那末他的理想是什么呢?

曹雪芹对人，对身边的被压迫、被损害的人充满着仁爱之情。在他笔下所揭示的人际关系是：权势、相互利用、相互排斥甚而至于相互构陷。那末他的人的概念和人的理想究竟是怎样的呢?

曹雪芹笔下最最动人、最最哀感顽艳、最最万劫不磨的，自然是贾宝玉与林黛玉的爱情及其毁灭。这一对爱情典型的深刻的描写，包含着曹雪芹种种的社会理想，其中最主要的是对人的理想，对爱情和青春的理想，对人的自我造就、自我完善的理想，对人的社会关系的理想。研究曹雪芹通过《红楼梦》所展示出来的以上种种理想，我相信我们的《红楼梦》研究必将大大地前进和深化。

《红楼梦》是伟大的中华民族的传统文化、传统思想精华的结晶。自远古神话、《诗经》以来的文学传统、思想传统、作家传统等等，都被卓越地融汇到这部不朽巨著并加以天才地升华了!我认为由《红楼梦》所揭示的中华传统文化的继承和创新，仍然能给予我们以启示，它也许是我们从文化上反顾过去，展望未来的一面可以借鉴的镜子!

《红楼梦》是洋洋大海，可以无尽地探索；

《红楼梦》是巍巍昆仑，她深藏着奥秘，吸引和鼓舞你向她深入!

今年6月，我参加中国台湾1994年《红楼梦》研讨会，曾题诗云：

故国红楼到海边，论红何止一千年。
人书俱老天难老，更有佳章待后贤。

历史是一个过程，人们永远在过程中间。我相信更多的更好的《红楼梦》的研究文章和研究著作将会层出不穷，到那时，反顾种种，必将别有会心!

——然而，我们现在的任务，是继续前进!

1994年8月23日于莱阳旅次

曹雪芹是超前的思想家

——1997年北京国际《红楼梦》学术研讨会开幕词

各位领导、各位嘉宾、各位红学的老朋友、新朋友，

女士们、先生们、朋友们：

你们好!

1997年北京国际《红楼梦》学术研讨会现在开幕了，我谨代表大会的主办单位和大会的秘书处向大家致以衷心的谢意，谢谢海内外远道和近道来的朋友。

北京是曹雪芹的故家所在地，是曹家飞黄腾达发迹的地方，更是曹家百年望族败落的地方，特别还是曹雪芹写作《红楼梦》和最后埋骨的地方。

而且它还是“红学”产生和发展的地方。

所以在北京召开《红楼梦》的国际研讨会是“红学”朋友们的共同愿望，也是最为理想的地点。

本届会议，是由中国红学会、中国艺术研究院、辽阳市人民政府共同主办的，经费是由辽阳市人民政府承担的。会议是由大会筹委会筹划、中国红学会秘书处经办的。所以我也代表本次大会与会的同志向以上各单位及有关的同志表示深切的谢意!

当我们在这庄严的人民大会堂开会的时候，本世纪已只剩三年，一个充满着风云变幻的20世纪即将过去了。这个世纪也是红学产生和发展的世纪。

当我们在这里开会的时候，距离曹雪芹的逝世，乾隆二十七

年壬午除夕，已经234年；距离《红楼梦》的写成，则已有约243年左右了。[①]缅怀往哲，不胜历史沧桑之感。

从宏观的角度看，历史永远是前进的，不仅是从曹雪芹的时代到现在，历史已经前进了很多，就是从红学产生到现在，历史也已经有了惊人的发展了。前不久，大英帝国的米字旗从香港落下，中华人民共和国的五星红旗从香港升起，这就是历史前进的最明显的标志。

红学从它的产生到现在，虽不足百年，但也已经取得了巨大的进展。这个进展是经过所有的红学研究者、爱好者，包括海外“红友”们的共同努力而取得的。

红学有争论，这是正常的，争论是学术发展的动力，除了说假话、造假材料我们反对外，我们欢迎正常的争论，欢迎有历史证据的争论。红学要发展，就必须争论。

以往研究《红楼梦》，较多地侧重于曹雪芹对封建时代的批判。曹雪芹对封建时代的批判是深刻的、全面而广阔的，因而这种侧重也是必要的、自然的。

但曹雪芹是一位超前的思想家，他的理想不属于他自己的时代。他的批判是属于他自己的时代的，他的理想却是属于未来的时代的。所以他只给贾宝玉、林黛玉以美好的理想而且让这个理想在他的时代彻底毁灭，这就表明他的理想是属于未来的世纪的。

---

① 暂以甲戌本的纪年起算。甲戌是清乾隆十九年，公元1754年。

曹雪芹在《红楼梦》里是寄托着很美好的理想的，而且这个理想还将经过若干世纪才能逐步实现。

现在新的世纪即将来临了，曹雪芹对未来的理想，也应该引起红学家们的高度重视了。

站在世纪之交，让我们对《红楼梦》的作者曹雪芹，和他的亲密合作者脂砚斋表示无限的敬仰和追念!让我们对百年以来的红学家（包括嘉道以来出色的《红楼梦》评点家），特别是1992年扬州国际红学会议以来去世的红学家表示深切的悼念!

历史的长河继续在前进，红学也在继续发展，希望红学的学风、学德、学品也继续提高。“著书要作千载想，争论切莫假大空。”前者是我们的努力，后者是我们的戒惧。

历史是客观的、冷静的、进取的，让我们充满信心，携起手来，进入21世纪，为红学的新发展而努力!

祝同志们身体健康，万事如意!

谢谢大家。

1997年7月6日草于北京

千古文章未尽才

——为纪念曹雪芹逝世220周年而作

伟大的天才作家曹雪芹离开人间已经220周年了。[①]在这两个多的世纪中，他的名字从不为世人所知，到渐为世人所知，到举世皆知其名，皆读其书，这是一个多么艰难和曲折的过程啊！杜甫说："千秋万岁名，寂寞身后事。"这两句诗，仿佛是预为曹雪芹写的。然而，实际上翻开中国的历史，有几个伟大的作家能摆脱这个命运的规律呢？

曹雪芹是天才的作家，但不是天上掉下来的作家。曹雪芹这样天才作家的出现，是有它深刻的社会历史原因的。

天才的诞生

曹雪芹经历了康、雍、乾三个时代，他的家庭的历史，则更经历了从明末到清初顺、康、雍、乾整整一个大变革时代。

---

① 曹雪芹的卒年主要有三种说法：一、壬午除夕。乾隆二十七年，公元1763年2月12日。二、癸未除夕。乾隆二十八年，公元1764年2月1日。三、甲申春。乾隆二十九年，公元1764年春。（1983年8月原注）

按：1992年夏天，张家湾重新公布了"文革"（1968年）中出土的"曹雪芹墓石"，上有"壬午"的纪年。经专家鉴定，认为墓石是可靠的。关于雪芹的卒年，原有甲戌本脂评"壬午除夕，芹为泪尽而逝"的批语，还有夕葵书屋本与上述相同的批语，现在又得到墓石上"壬午"的纪年，一事而得三证，因此雪芹卒年已可定为"壬午除夕"即乾隆二十七年，公元1763年2月12日。

清朝是在明代的极端腐朽的社会基础上建立起来的。清皇朝的建立，固然荡涤了明皇朝的一些污垢，但是这一场变革，是让当时的人民付出了惨重的代价的，而且清皇朝在确立以后，还差不多经历了整整40年的时间，战争才基本上结束，社会才趋于稳定。

清政权的建立和稳定，不过是改朝换代，社会的性质没有任何改变，依旧是封建的生产关系。封建社会的基本矛盾，农民和地主阶级的矛盾不仅依然存在，而且日益尖锐，日趋激化。尽管这样，封建地主阶级并没有放慢他们掠夺兼并土地的步伐，因此劳动人民只能呻吟于地主的残酷剥削之下，直到最后走向反抗。

不过，进入了一个新的历史时期的清王朝，毕竟有它不同于以往的历史特点。这就是从明中叶发展起来的萌芽状态的资本主义生产关系继续有所发展，市民阶层有所扩展，市民运动日益高涨。马克思、恩格斯在《共产党宣言》里曾经说过："从这个市民等级中发展出最初的资产阶级分子。"他们还说："资本主义的经济结构是从封建社会的经济结构中产生的，后者的解体使前者的要素得到解放。"①市民阶层的形成和壮大，市民运动的不断发生和发展，无异是封建社会固有的矛盾之外，又增添了一对具有崭新意义的矛盾，这是封建社会内部的一种具有新的历史意义的变化。它表明封建制度已经到了末期，已经面临着"解体"的历史命运。必将取代它的一种新的生产关系（资本主义生产关系）

①《马克思恩格斯全集》第23卷，第296页。

虽然还在萌芽状态，它的力量还很微弱，但毕竟已经出现在地平线上，它预示着与这种新的生产关系相适应的一种新的社会制度，必将取代封建制度。“忽喇喇似大厦倾，昏惨惨似灯将尽”，这两句曲文就像是曹雪芹为封建制度的历史命运所作的伟大的“预言”。

已经建立并巩固起来的清朝统治阶级的政权，实际上它内部的矛盾和斗争，却始终没有停止过，有时还异常地尖锐激烈。斗争集中在皇权的继承问题上。这种斗争，在崇德八年（1643年）皇太极暴死顺治继位时，在顺治初年摄政王多尔衮辅政时，在康熙初年玄烨清除辅政大臣鳌拜时，在康熙废立太子的问题上，在康熙末年雍正继位时，都格外激烈。曹家的败落，与康、雍时期的政权争夺的斗争，是有着密切关系的。而曹家的败落，却直接决定着伟大作家曹雪芹的命运，决定着《红楼梦》这部书的诞生。

清初的统治者，为了巩固他们所建立起来的政权，曾大力提倡儒家思想以及程朱理学。康熙自己对《四书》不仅“日日读书”，而且还“字字成诵”，他推崇朱熹是儒家“集大成而继千百年绝传之学，开愚蒙而立亿万世一定之规”的人物。乾隆上台以后曾九次到曲阜去“朝圣”，鼓吹孔子“日月经天，江河行地，五百年闻知之统，独衍心传，七十子悦服之诚，长垂师表”。在封建统治者的大力提倡下，出现了一批理学名儒和名臣，如张履祥、陆世仪、陆陇其、李光地、魏象枢、魏裔介、熊赐履、张伯行、朱用纯（即《治家格言》的作者朱柏庐）等等，都是康熙时代的理学名家。张履祥曾说：“三代以上，折衷于孔孟，三代以下，折衷于程朱。”又说：“朱子于天下古今事理无不精究而详说之，三代以下，群言淆乱，折衷于朱子而可矣。”（《备忘录》卷一）陆陇其则说：“吾辈今日学问，只是遵朱子，朱子之意即圣人之意，非朱子之意，即非圣人之意。”（《松阳讲义》卷一）熊赐履也说：“孔子集列圣之大成，朱子集诸儒之大成，此古今之通论，非一人之私言也。”又说：“夫朱子之道，乃尧、舜、禹、汤、文、武、周、孔、颜、曾、思、孟、周、程之道也。”（《学统》卷九）他攻击王学（阳明）说：“邪焰之炽，烈于猛火，蔓延流毒，猝难灭熄，百余年来，瞿昙陋习，中人心髓，东鲁之书，悉化而为西竺之典，名为孔氏六经，实则禅家六籍矣。”（同上）从这些言论中，我们可以感到当时孔孟之道和程朱理学的势力多么大！这一情况实际上也并不难于理解，因为站在这些人后面的，就是当时的最高统治阶级，他们的“占统治地位的精神力量”，不过是当时“占统治地位的物质力量”的表现而已。①

然而从明代后期发展起来的反理学的斗争，到了清代康、雍、乾时期，非但没有停止，相反却愈见炽烈，当着作为官方哲学的程朱理学在大肆泛滥的时候，却涌现出了一批具有初步民主主义思想和激烈反对程朱理学的思想家，其中较为著名的有黄宗羲（1610—1695年）、顾炎武（1613—1682年）、王夫之（1619—1692年）、唐甄（1630—1704年）、戴震（1723—1777年）等人。他们尖锐反对封建皇权，指斥封建皇帝，说“天下之人怨恶其君，视

①《德意志意识形态》,《马克思恩格斯选集》第一卷。

之如寇仇，名之为独夫”，说封建皇帝“敲剥天下之骨髓，离散天下之子女，以奉我一人之淫乐”，揭露封建君主的专制制度是“天下之大害”（黄宗羲）。“自秦以来，凡为帝王者皆贼也”（唐甄）。他们批判理学家提出的“去欲存理”的反动说教，指出了“欲即天之理”（王夫之）。他们揭露理学的本质是在“以理杀人”（戴震）。揭露当时的社会现实已经是“四海之内，日益困穷，农空、工空、市空、仕空。……是四空也”。老百姓都卖男鬻女，“无生之乐”（唐甄）。总之，他们从各个不同的角度，对封建皇权、程朱理学、科举制度、民生问题、妇女问题、土地问题等等，都提出了尖锐的批判，他们明确地提出了“工商皆本”（黄宗羲）的主张。[①]很明显，这些进步思想家提出的这许多问题，都带有鲜明的时代的特点，实质上这些思想，正是当时资本主义萌芽的生产关系在不同程度上的反映，是当时新兴起来的市民阶层的愿望要求在意识形态领域里的表现。从思想的传统来说，上述这些人的思想，在不同程度上大都是受到了明代后期王学左派反理学的勇士——李卓吾的影响，是这一斗争在新的条件下的继续。[②]

清代统治者为了镇压民族反抗，强化思想统治，除了正面提倡孔孟之道和程朱理学外，还大搞文字狱，用血腥镇压的恐怖手段以钳制知识分子和广大人民的反抗意识，所以在顺、康、雍、

① 参见黄宗羲《明夷待访录·财计三》。原文是：“世儒不察，以工商为末，妄议抑之，夫工固圣王之所欲来，商又使其愿出于途者，盖皆本也。”

② 以上这些思想家，都各有自己的特点，他们的思想也并非都一致，其中王夫之对李卓吾还有尖锐的批判。这里是就其反传统的理学而说的。

乾四朝，迭兴大狱。顺治十四年（1657年）有科场案，因考试舞弊兴起大狱，顺天、江南等地的主考和分房考官被杀被流者甚多。康熙二年（1663年）又有庄廷鑨的“明史案”，此狱共死七十余人。康熙五十年（1711年），又有戴名世的“南山集案”，此案被杀者百余人，流徙者数百人。雍正三年（1725年）有汪景祺案，汪因著《读书堂西征随笔》，中有“讥讪圣祖仁皇帝（康熙），大逆不道”，立处斩。雍正四年（1726年）有查嗣庭案，查因出试题“维民所止”被指为“维、止”乃“雍正”二字去头，嗣庭瘐死后仍被戮尸，亲属或杀或流。雍正七年（1729年）又有曾静案，曾静用吕留良遗著，著《知新录》一书，发表反清思想，揭露雍正夺位的阴谋，并遣人劝说川陕总督岳钟琪反清，为岳告发，遂兴大狱。雍正亲自传旨审问，吕留良被戮尸，其子毅中被杀，子孙发宁古塔为奴。曾静、张熙（即说岳钟琪者）被释用以宣传清廷旨意。雍正并编撰《大义觉迷录》一书颁发全国，以图消除曾静、吕留良反清思想的影响。但到乾隆时，又收回《大义觉迷录》，杀曾静、张熙。此外，还有同年的谢济世案、陆生楠案，雍正八年（1730年）的徐骏诗案。到了乾隆时期，则有杭世骏案（乾隆八年）、胡中藻案（乾隆二十年）。[①]撤毁钱谦益诗

① 谢济世注《大学》，雍正认为谢是用《大学》内见贤而不能举两节指斥人君用人之道，以泄其怨望诽谤之私，令其终身服苦役。陆生楠著《通鉴论》，雍正斥其借古讽今，以泄其对朝廷不满，时陆已革职遣戍，即交军前正法。徐骏以其诗集中有“清风不识字，何故乱翻书”等句，其所出试题又有“乾三爻不象龙说”。乾隆认为这是攻击他不配当皇帝，诗句是攻击清朝，被弃市。杭世骏因时务策论中有“意见不可先设，畛域大可太分，满洲才贤虽多，较之汉人，仅十之三四……何内满而外汉也”等激切之言被革职。

文集（乾隆三十四年）、新昌举人王锡侯因撰《字贯》未避康熙、雍正的讳论斩等案（乾隆四十二年）。后两案虽在雪芹身后，但也足见所谓“乾隆盛世”文网之酷烈。

清代统治者在推行这种恐怖屠杀政策以镇压知识分子的同时，又开“博学鸿词科”，专门笼络当时有影响的明遗民和著名的学者文人，以达到巩固政权和强化思想统治的目的。

伟大作家曹雪芹就是诞生和生活在这样一个大的历史时代里的，[①]也可以说，曹雪芹就是由这样的一个特定的历史时代所孕育成长的，因此他的生活、思想和创作，不可能不受这个时代环境的影响，或者是讴歌赞颂这个时代，或者是对这个黑暗王国进行无情的揭露和批判，但不论采取哪一种立场，总归离不开这个时代的影响，总归只能是这个时代的产物。这就是我们在研究天才作家曹雪芹诞生的社会条件时所不可逾越的一个基本立足点，因为曹雪芹只能是他们自己的时代的宠儿，他不可能属于任何别的时代。[②]

当然，这样一位天才作家的成长，更离不开他自己家庭的哺育。曹雪芹的家史，很值得研究者们注意的，我认为孕育曹雪芹的，不仅仅是曹雪芹时代的曹家，而且还有曹雪芹出生前的曹家的历史。研究曹雪芹而讳言曹家的家世，好像曹家的家世对曹雪

① 曹雪芹的生年和卒年都很难确定，生年我倾向于认为生于康熙五十四年乙未（1715年），卒年我赞成壬午说，即乾隆二十七年壬午（1763年）除夕，活了虚龄48岁。

② 这里叙述的是一个大的历史时期，因为曹雪芹总是不可避免地要受这个大的历史环境的影响。

芹没有产生过影响，好像曹雪芹真是天上掉下来的一块石头，好像《红楼梦》纯粹是曹雪芹的头脑里的产物，不需要社会生活作为他的创作素材的，因此与他家庭（包括家庭的历史）和他个人的经历无关。其实，这种忌讳是不必要的，对于研究曹雪芹和《红楼梦》是没有什么好处的。

曹雪芹的家史确实是很“复杂”的。据近年来的研究，曹家的祖籍是辽阳，①曹家在明末原是明朝驻守辽阳的下级军官，始祖曹世选曾任沈阳卫的某种官职，高祖曹振彦大约在天命六年（1621年，明天启元年）归附后金，在佟养性属下任“教官”，以后又改隶多尔衮属下，任“旗鼓牛录章京”（佐领），他的身份是包衣。崇祯十七年（1644年）又随多尔衮在山海关参加对农民军李自成的决战，随即随多尔衮入关进京。曹振彦在清代开国的战争中是立过战功的。进关以后还曾参加过平定山西姜瓖的叛乱，旋即任山西吉州知州，过了二年又升任阳和府知府，②这以后大概就改任文职官了。曹振彦的儿子即曹雪芹的曾祖曹玺，曾任宫廷侍卫，平姜瓖之乱时，曹玺也曾到山西参加战斗。曹玺的妻子即曹寅的母亲孙氏，在康熙幼年曾被选为康熙的乳母，因此进一步加深了曹家与宫廷的关系。曹寅幼年曾任康熙的伴读，青年时期，又任宫廷侍卫。康熙即位以后，曹玺即出任江宁织造。康熙

① 请参阅拙著《曹雪芹家世新考》（增订本），文化艺术出版社1997年版。

② 请参阅张书才同志《曹振彦档案史料的新发现》及中国第一历史档案馆《新发现的一件曹振彦的奏本》，均见1980年《红楼梦学刊》第3辑。

二十三年曹玺死后，又简拔曹寅继任织造之职。[①]曹家一门先后继任江宁织造竟达60多年，从曹玺到曹寅这两代，大大提高了曹家在当时政权中的实际的政治地位，成为康熙的亲信。特别是在曹寅的时代，凭借着他家与康熙的特殊关系，也凭借着他的才干和文采，得到了康熙的特殊信任。曹寅本身是一个颇有修养的文人，他的诗、词、文章、戏曲、书法都有较高的水平。由于这个原因，他得以与江南的许多著名文人（其中包括着一部分明朝的遗民）亲密往来，因此在曹寅的周围聚集着一批颇有声望的诗人、画家、学者。曹家的这个相当规模的文学家庭是在曹寅手里建立并完成的，曹寅亲手缔造的这个文学家庭和官僚家庭，客观上对后来曹雪芹的文学才华的培养起着一定的作用。我们看一看现在还保存在北京图书馆的曹寅藏书书目的原件，就可以知道他藏书范围之广和收藏之精（这个书目还只是他的藏书的一部分），尤其是他主持刊刻的书籍，由于校雠的精审，刻工的优美，款式的疏落大方，世称为“康板”，可见其为士林珍视的程度。从曹寅的藏书来看曹雪芹知识学问之宏博，虽然我们不能说曹雪芹的知识和文才是从曹寅的藏书中培养出来的，但至少不能排除这个家庭对他的某种程度的积极作用，只可惜曹家败落以前，曹雪芹的年纪太小。

由于曹寅阔绰的日用排场和应酬挥霍，其中尤其是康熙的南巡，大大加重了曹寅的亏空，使得这个封建官僚大家庭日日如坐在冰山之上，一种无可挽救的没落心理一直笼罩在曹寅全家的心

---

① 请参阅拙文《曹雪芹家世史料的新发现》，见拙著《梦边集》，陕西人民出版社1982年版。

头，曹寅常爱讲的“树倒猢狲散”这句禅语，就是这个封建官僚大家庭必然没落的预感，是他们的一种心理反应。曹寅临终时无可奈何地“哀鸣”，给人以十分深刻的印象，[①]它预示着大家庭已接近“家业凋零”、“金银散尽”，“终有个家亡人散各奔腾”了。终于在雍正五年十二月到雍正六年正月，曹頫被先后奉旨革职查抄了。[②]抄家的原因，据最近发现的档案说是由于驿站骚扰案，[③]是否还有其他的隐蔽的原因，不得而知。抄家以后仅知道曹頫是被枷号，其“京城家产人口及江省家产人口，俱奉旨赏给隋赫德。后因隋赫德见曹寅之妻孀妇无力，不能度日，将赏伊之家产人口内，于京城崇文门外蒜市口地方房十七间半、家仆三对，给与曹寅之妻孀妇度命”[④]。至于其他人等下落如何，杳无消息。[⑤]但其情景总不能不是悲惨的结局，否则为什么一无他们的踪迹？如果看一看曹家的亲戚，康熙要求曹（寅）、李（煦）、孙（文成）三家视同一体的李煦，抄家后本人以73岁的暮年，被发遣到打牲乌拉，后来饥冻疲惫而死。其他家中人口，交崇文门标价发卖，此情此景，其惨可知。曹家其他人口是否也是如此，史无明文，不

---

①《苏州织造李煦奏请代管盐差一年以盐余偿曹寅亏欠折》，见《关于江宁织造曹家档案史料》，中华书局1975年版，第99页。“哀鸣”二字，是李煦奏折里的原话。

② 见《关于江宁织造曹家档案史料》。

③《新发现的有关曹雪芹家世的档案》，中国第一历史档案馆。见《历史档案》1983年第1期。

④ 见《刑部为知照曹頫获罪抄没缘由业经转行事致内务府移会》（雍正七年七月二十九日），见《历史档案》1983年第1期。

⑤ 请参阅张书才同志的《新发现的曹頫获罪档案史料考析》一文，见《历史档案》1983年第2期。

得而知，但于此也可仿佛一二。特别是曹家那些妇女，尤其是那些少女，不知是何结局，更无从模拟。但是曹雪芹一而再、再而三地念念不忘“当日所有之女子”，恐怕也不是无因的。

在我看来，曹家的飞黄腾达，宾客盈门，牙签玉轴，烟海缥缈，固然是对曹雪芹的培养，而曹家的大树飘零，沦为贫民，流于市井，从另一个角度来看，这也是一种“培养”。《孟子》说：“天将降大任于斯人也，必先苦其心志，劳其筋骨，饿其体肤，空乏其身，行拂乱其所为，所以动心忍性，增益其所不能。”[①]这是孟子的人才观，在他看来，吃点苦头，甚至吃点大苦头，也是人才成长的重要因素。我认为这个观点是从历史的实践中总结出来的，在旧社会虽不能说人才培养惟此一途，但它却无疑是极为重要的一个方面。因此，曹雪芹这个天才的成长，在某种意义上来说，又是这个特殊的家庭促成的。所以，我们说，这个震古烁今的天才不仅是属于他的时代的，还应该是属于他的家庭的。当然，从思想来说，曹雪芹是这个家庭的叛逆，而不是这个封建官僚家庭的继承人，这一点应该是不言而喻的。

然而，以上这些，还不是曹雪芹这个天才出现的全部社会原因，否则在那样的一个时代里和那样的一个家庭里，曹家抄家时还有“家人大小男女一百十四口”[②]，为什么只出现一个曹雪芹而没有涌现出一批曹雪芹？

①《孟子·告子下》。

② 见《江宁织造隋赫德奏细查曹頫房地产及家人情形折》，载《关于江宁织造曹家档案史料》，中华书局1975年版，第187页。

由此可知这个天才的成长，还有一个十分重要的方面，这就是他个人的禀赋和个人的勤奋，可惜关于曹雪芹的传记资料留下来的太少了，以至于我们竟然无从具体了解。但是一部《红楼梦》不正是了解曹雪芹的最好依据么？

曹雪芹是死于乾隆二十七年壬午（1763年）除夕的，如果曹雪芹是活了四十八岁（虚岁，因旧时都以虚岁计算），那末，他应该生于康熙五十四年乙未（1715年）。今传有最早纪年的《石头记》抄本是“甲戌本”[①]，上写“至脂砚斋甲戌抄阅再评，仍用《石头记》”。“甲戌”是乾隆十九年（1754年），雪芹此时为虚岁40岁。按《石头记》第一回说：“后因曹雪芹于悼红轩中披阅十载，增删五次，纂成目录，分出章回。”则这个“披阅十载”的时间，当然应该从乾隆十九年再上溯十年，即乾隆九年，那时曹雪芹虚岁为三十岁。大体说来，曹雪芹开始写作《石头记》的时间，可能在乾隆九年即曹雪芹三十岁以前，即从二十五六岁到二十七八岁之间，曹雪芹以这样的青年时期（按孔夫子的说法也还没有到“而立”之年）就开始写此巨著，到40岁前已经完成了八十回，[②]这充分说明了他的思想的先进敏锐，他的学识的渊博而又多才多艺，他的知识的广泛

---

① 甲戌是乾隆十九年。这个纪年是原本上的纪年，现传的甲戌本已是过录本，不是乾隆十九年的原抄本。这个过录本原由胡适收藏，现存美国，这个本子笔者曾仔细验看过，虽不是乾隆十九年的原本，但确是一个珍贵的乾隆抄本。

② 按今传的“甲戌本”只有十六回，胡适因而说乾隆十九年的时候，曹雪芹只写了此十六回，而且是跳着写的。胡适的这个说法是完全不能成立的，已经有不少同志加以驳正，这里不再重复。

和精深以及他惊人勤奋的写作毅力，说明了曹雪芹这个天才确实是出于勤奋。有的同志惋惜曹雪芹没有得到先进思想和理论的指引，我以为这是一种误解。实际上曹雪芹正是站在当时的先进思想家的行列里的。从《红楼梦》里所表达的一系列反封建的具有初期民主主义的思想来看，难道还能怀疑曹雪芹思想的先进性吗？曹雪芹是在吸收了传统先进思想和传统文化的精神的基础上，才自我造就成为天才式的人物的。实际上曹雪芹的天才，是在个人的勤奋学习和社会给予他的重重苦难中磨炼出来的。不能忘记当他家庭败落的时候，他还只有十三岁（如按生于雍正二年说，则抄家时他还只有虚龄四岁），他在十三岁以前，曾度过“繁华”的岁月，但十三岁以后，他就沉沦在生活的苦海中了，社会或者说“天道”对于他，好像分外的苛刻，不让他多一点“称心”的“岁月”（曹寅有“称心岁月荒唐过”的诗句）。所以这样一位天才的成长，就他个人方面来说，主要是他自我奋斗成功的。完整地来说，是时代、家庭和个人三方面的条件的统一，才促使这样一位天才的成长。

这样一位天才的陨落，确实是值得人们惋惜的。但是，惋惜什么呢？毫无疑问，令人千载以还永远惋惜的是他的书没有写完，是他的才华没有用尽，而不是惋惜他没有得到先进思想和理论的指引。乾隆二十七年除夕曹雪芹的突然逝世，就像太空中一颗巨星的陨落，人们这才感到大地失去了光明，自己失去了知音。他实在凋谢得太早了，连五十岁都还没有到，真正是“千古文章未尽才”！

《红楼梦》的思想性质

曹雪芹遗留给我们的，是一部未完成的不朽巨著。是一首封建制度和封建贵族世家的丧歌。是一幅交织着人生的痛苦和欢乐、忧愁和哀伤、繁华和零落、正直和邪恶、爱情和淫欲以及权势者的专横和卑贱者的呻吟的现世相。是一曲青春、爱情和理想的颂歌。

曹雪芹以他的如椽之笔，为末世的封建社会描绘了一幅精确而生动的图画。曹雪芹对这个社会，从它的社会制度到全部上层建筑作了一次深刻的总批判，从而宣判了社会和它的制度已经临近死亡的历史命运。从这个批判中，表现了他对美好事物和美好理想的讴歌、眷恋和执著的追求。

《红楼梦》是一首无韵的《离骚》，也是一部“说”家之绝唱。自从《红楼梦》问世以后，中国的古典小说再也没有超越它的作品出现了。《红楼梦》是一部“前不见古人，后不见来者”的千古绝唱！

不能离开曹雪芹的时代对曹雪芹提出过高的要求。曹雪芹生活在两次农民大起义的高潮中间，他的生年上距李自成的大顺政权（1644年建于北京）七十来年，他的卒年下距太平天国（1853年建于南京）八十多年，他正好生活在一个封建统治政权相对稳定的时期。他离开1911年孙中山领导的旧民主主义革命则更远，相隔了一个半世纪。曹雪芹时代的中国，真是一个封建的黑暗王国。政治上封建专制政权的统治，思想上孔孟之道和程朱理学的禁锢，在文化政策上又大狱迭兴，动辄抄家论斩和流配发卖，面对着这样的现实，曹雪芹不得不为自己的作品涂上一层神秘的保护色，不得不借用一些猜谜式的情节和语言以掩盖自己的思想，但是这样做了以后，必然会给作品带来一些误解，所以曹雪芹又不由得感慨深沉地写下了那首“满纸荒唐言，一把辛酸泪。都云作者痴，谁解其中味”的诗来，向读者稍稍透露一些他的内心的隐曲。

曹雪芹对封建社会的批判，显示了他非凡的思想才能和战斗的勇气，显示了他的卓越的艺术才华。古老的18世纪的中国封建社会的风习，在曹雪芹的笔下，一一现出它的原形：封建皇帝是如何专横；宫廷生活是如何痛苦；封建衙门如何贪赃枉法；贵族官僚大家庭的生活是如何奢侈浪费；他们是如何残酷地无餍足地剥削农民；他们表面上是如何地诗礼簪缨，暗地里又是如何地荒淫无耻，这些贵族官僚子弟的精神是如何地空虚和堕落，以至于使人明显地看出这个阶级已经后继无人；在这个封建贵族大家庭的内部：父子、兄弟、妯娌、姐妹、姑嫂、叔伯、夫妇、妻妾之间，是如何地充满着不可调和的矛盾；而这个家庭里的总管、庄头、管家以及各房的丫鬟仆妇、书僮小厮和各色执事人等，又是如何地各依主子、各仗势力。特别重要的是作家写出了贯穿于这个贵族大家庭的上下主仆之间的一个共同心理、共同情绪是：盛筵将散、好景不长的预感。作者在故事刚开头，就让秦可卿托梦给王熙凤，提出了“常言‘月满则亏，水满则溢’；又道是‘登高必跌重’。如今我们家赫赫扬扬，已将百载，一日倘或乐极悲生，若应了那句‘树倒猢狲散’的俗语，岂不虚称了一世的诗书旧族了！”（十三回）接着作者在第二十三回里，又让丫鬟红玉说：“俗语说得好：‘千里搭长棚，没有个不散的筵席。’谁守谁一辈子呢，不过三年五载，各人干各人的去了，那时谁还管谁呢。”到了第七十四回，作者又让探春说：“你们别忙，自然连你们抄的日子有呢！你们今日早起不曾议论甄家，自己家里好好的抄家，果然今日真抄了。咱们也渐渐的来了。可知这样大族人家，若从外头杀来，一时是杀不死的，这是古人曾说的‘百足之虫，死而不僵’，必须先从家里自杀自灭起来，才能一败涂地！”凤姐和可卿的一段谈话，代表这个大家族里的当权者的隐忧；探春的话，是这个家族的下一代的思想反映；而红玉的说话，则是反映了这个家庭的下层奴仆的心理。就是这样，作者深刻地揭示出了弥漫于这个家庭的主仆上下之间的这种没落情绪和没落心理。这是一种世纪末的心理，是当时的社会心理在作者笔下的反映，它不仅仅是这个封建大家族一家人的心理状态。

有人统计，《红楼梦》全书写了975人。我粗略地计算一下，书中主子和半主子约有80人左右（包括薛姨妈、史湘云等人在内）。这些人都是这个家庭的可靠成员，其中找不到一个敌对的人物，曹雪芹也没有另外创造出几个“批判者”的形象，来专门为读者揭发批判这个封建官僚家庭，从而宣布它的必然灭亡的命运。曹雪芹就是通过这些主子和半主子自身的具体行动，让读者明确地感到这个封建贵族官僚大家庭已经不配有更好的命运，等待着他们的只有没落的结局。曹雪芹给予读者的印象是那末深刻生动，那样地有说服力。他让读者最突出地感觉到的是这个家族的腐败和腐朽。作者在一开头就让冷子兴介绍说："如今生齿日繁，事务日盛，主仆上下，安富尊荣者尽多，运筹谋画者无一，其日用排场费用，又不能将就省俭，如今外面的架子虽未甚倒，内囊却也尽上来了。这还是小事。更有一件大事：谁知这样钟鸣鼎食之家，翰墨诗书之族，如今的儿孙，竟一代不如一代了！"寥寥数语，不是把贾府里腐败和腐朽的面貌活画出来了吗？再看看贾府里的主要的成员。贾政是一个用封建政治和封建礼教的模子压制出来的人物，除了一套僵死的官样文章外，其余一概不知。贾赦一味只想讨小老婆，其余一概不管。贾敬则一心想成仙，干脆住到庙里去了，终于服丹胀死。贾珍、贾琏、贾蓉则更是整天偷鸡摸狗，荒淫无耻到行同禽兽。在这个男权社会里，贾府的这几个主要男子腐败不堪到如此地步，那末这个家庭还能有什么希望呢！妇女中的王熙凤是有才干的，但也同样是行为放荡、贪赃弄权、放高利贷，她根本不顾大家族的利益，只求满足个人的私欲。探春、薛宝钗虽然是有识之士，但"生于末世运偏消"，也挽回不了既倒的狂澜。至于贾母、王夫人、邢夫人等，都是各种不同类型的腐朽了的人物，他们袭祖宗之余荫，享现成的清福，有时寻欢作乐，有时发发威风。这个封建大家庭里的男男女女的生活，长年累月，就是如此而已：死气沉沉，用各种新鲜的方式来消遣时光，消磨生命，生活有如一潭死水，没有一丝半毫的新鲜气息和生的活力！这一切都显示出这个封建贵族官僚家庭的末世的征兆。无怪乎脂砚斋在冷子兴演说荣国府的一回要连批："记清此句，可知书中之荣府已是末世了。""作者之意，原只写末世。此已贾府之末世了。"腐败和腐朽是没落的前奏，一个封建官僚家庭里的主要人物已腐败和腐朽到如此程度，等待他们的除了没落以外，难道还会有别的命运吗？曹雪芹就是这样用逼真的描写，用人物自己的具体行动，给你揭示出一种不可挽回、无法遏止的历史趋势和生活流向，使你感到这个贵族大家庭的没落之势，已经如东流逝水，无可奈何了！

这样一个充满着腐败和霉烂气息的官僚家庭里，曹雪芹也塑造了几个有清醒的头脑，或有新的思想，对现实抱有强烈的反感，洋溢着那个时代的时代精神的人物，其中最主要的就是贾宝玉和林黛玉。他们是这个封建大家庭的孽子贰臣，是这个家庭的叛逆，是从这个腐朽的封建大家庭中分化出来的异端分子。事物总是依着辩证的规律发展的，物极必反，腐败到了极点，反抗的力量也就必然从中产生了。曹雪芹在实践中使自己的认识符合了朴素的辩证法。

贾宝玉和林黛玉，对这个封建大家庭和封建社会的一切，都抱着揶揄嘲弄和蔑视的态度。林黛玉把"圣上亲赐"给北静王，北静王又转赠给贾宝玉的一串鹡鸰香串珠，竟任性地说"什么臭男人拿过的！我不要他。"遂掷而不取。（十六回）贾宝玉则坚决反对"仕途经济"，不愿意走统治阶级规定的政治道路，他骂热衷于"仕途经济"的人叫"国贼禄鬼"。他反对科举制度和八股文，对八股文"平素深恶"，说这"原非圣贤之制撰，焉能阐发圣贤之微奥，不过作后人饵名钓禄之阶"（七十三回）。他说：

“除了‘四书’外，杜撰的太多。”（三回）“只除‘明明德’外无书，都是前人自己不能解圣人之书，便另出己意混编纂出来的。”（十九回）他甚至“除‘四书’外，竟将别的书焚了”（三十六回）。他反对忠君思想，说：“那些个须眉浊物，只知道文死谏，武死战，这二死是大丈夫死名死节。竟何如不死的好！必定有昏君他方谏，他只顾邀名，猛拚一死，将来弃君于何地！必定有刀兵他方战，猛拚一死，他只顾图汗马之名，将来弃国于何地！所以这皆非正死。”“那武将不过仗血气之勇，疏谋少略，他自己无能，送了性命，这难道也是不得已！那文官更不可比武官了，他念两句书汙在心里，若朝廷少有疵瑕，他就胡谈乱劝，只顾他邀忠烈之名，浊气一涌，即时拚死，这难道也是不得已！”（三十六回）贾宝玉还反对封建等级制度，主张“世法平等”，他对待下人“也没刚柔”、“没上没下”（六十六回），全没有一点主子的架子，倒“甘心为诸丫鬟充役”（三十六回），并且还说要把他们“全放出去，与本人父母自便”（六十回）。他还支持芳官反抗她的干娘克扣月钱，说：“怨不得芳官。自古说，‘物不平则鸣’。他少亲失眷的，在这里没人照看，赚了他的钱，又作践他，如何怪得。”（五十八回）对待家庭里的下一辈，他根本不愿贾环对他有敬畏之心，他要秦钟对他“以后不必论叔侄，只论弟兄朋友就是了”（九回）。在婚姻问题上，他反对封建的由父母包办的“金玉良缘”，主张婚姻自由，他坚持与林黛玉的“木石前盟”。在睡梦中也喊骂说：“和尚道士的话如何信得？什么是金玉姻缘，我偏说是木石姻缘！”（三十六回）贾宝玉与林黛玉的爱情在全书中居于十分重要的地位，作者巧妙地把这个封建贵族大家庭的没落过程和这两个人的爱情成长过程紧密地结合了起来，人们清楚地感到这个封建大家庭是何等的腐朽，它已经没有一丝一毫的生机，而这一对青年男女的爱情，以及由这种爱情表现出来的一种新的反封建传统的思想和精神、道德、意志，却是何等地具有不可摧毁的生命力！尽管他们的爱情的理想被垂死的封建礼法和封建势力扼杀了，但是作者通过他们所宣布的思想原则（婚姻自由）和道德原则（相互之间真挚的爱和执著地永不屈服的追求），却闪耀着近代思想的光辉。

贾宝玉和林黛玉，他们的叛逆思想和叛逆行为，充分体现了那个时代思想界的先进思想和斗争精神。可以说，他们是一对洋溢着18世纪中期的时代精神的典型。他们在意识形态领域里，起到了启蒙的作用。

还应该指出的是，天才作家曹雪芹笔下的这部《红楼梦》的故事和他塑造的人物，都不是处在静止的状态，无论是贾府的衰败或是宝黛爱情的成长，都是在发展的过程中。作者写贾府的衰败，但仍旧着力地描写了可卿大丧、元妃省亲等热闹场面，然而作者却借梦中可卿之口一笔点醒："也不过是瞬息的繁华，一时的欢乐，万不可忘了那'盛筵必散'的俗语。"（十三回）因此作者又在极度的热闹繁华之中，提醒读者，眼前的荣华不过是垂死前的回光而已。曹雪芹笔下的贾府一族人的生活，就像一股滔滔汩汩的浩荡逝川，虽然有时还不断激起一些巨浪，但终究是向着下流而去，不可能再有"吴楚东南坼，乾坤日夜浮"的浩渺气象了。

同样，作者在描写贾宝玉和林黛玉的爱情时，也时时点明了他们是从青梅竹马、两小无猜到爱情的萌芽，经过了相互探索，思想上的了解，终于互相引为知己。经过了这样一个曲折的过程以后，最后才建立了生死不渝的爱情。结果是黛玉因为失去了宝玉而同时失去了自己的生命，宝玉因发现与自己结婚的并不是黛玉而终于从此成为一个失去了神智的白痴式的人物。[①]这样动人的爱情悲剧所要说明的是什么呢？首先说明他们的爱情是在长期的相互认识、相互理解、相互爱慕的基础上成长起来的，而他们爱情的最牢固的基石，是思想的完全一致。而这种爱情本身，就是根本区别于以往一见倾心式的爱情的。如果说《西厢记》里的张生、莺莺是一见倾心；那末，《牡丹亭》里的杜丽娘则是“梦”见倾心。这两部作品都各自有它的不朽的价值，有它产生的社会原因，而且都对《红楼梦》产生了积极的影响，在爱情的描写上，是《红楼梦》的先驱。但是曹雪芹把真挚的海枯石烂不变其心的动人的爱情，建筑在真实的相互了解以至于引为知己这样的社会生活的基础上，这样的认识的基础上，可见他要描写并歌颂的爱情，是有这样的一个原则：“终身大事，一生至一死，非同儿戏”，“只要我拣一个素日可心如意的人方跟他去”，“我心里进不去，也白过了这一世了”，这虽然是尤三姐的话，难道不正是贾宝玉和林黛玉心中意中之事吗？曹雪芹不让林黛玉说这样直白的话，是因为人物的身份、性格、修养不同，不是因为被称为纯

---

① 这个情节是后四十回的，但大体上还维持了曹雪芹悲剧结尾的构思。

洁的、真挚动人的、千古不灭的爱情可以有不同的质的要求。

贾宝玉对待爱情，确实有过“见了姐姐就把妹妹忘了”的过程，并且还有过与袭人等人的暧昧关系，由于这些问题，研究者们往往对这个形象产生了非议。这是因为不理解曹雪芹所要写的这种爱情，已经与《西厢记》、《牡丹亭》的模式大大不同了，他所要描写的是高度真实的人，也就是说带有他自己的时代和家庭的旧印记同时又是摆脱这些旧印记，最后达到一个新的高度的爱情的典型。贾宝玉的“见了姐姐就把妹妹忘了”以及与袭人等人的暧昧关系，当然是18世纪旧中国封建婚姻的多妻制在他精神上的反映。除此之外，他身上还具有浓厚的贵族公子的生活习气和脾性等，这一些，当然不是贾宝玉的优点，更不应该去赞扬它，但是也应该看到这些印记，有些是在被扬弃过程中，最难得的是贾宝玉在爱情上能自觉地扬弃这些旧印记而到达一个新境界，达到了相互之间生死不渝的境界。这一点，就连清代的评论家都已经指出来了，他们说：“宝玉之痴情于黛玉，刻刻求黛玉知其痴情，是其痴到极处，是其情到极处。”“宝玉之钟情黛玉，相依十载，其心不渝，情固是其真痴，痴即出于本性。假使黛玉永年，宝玉必白头相守，吾深信之，吾于其痴而信之。今之士女，特患其不痴耳。”[①]可见宝玉对爱情，最后是在扬弃了一切旧传统的侵蚀而达到了“痴到极处”、“情到极处”的境界的。所以，我们说贾宝玉、林黛玉的爱情具有近代社会的意义，完全不是指这些

① 二知道人：《红楼梦说梦》。

旧印记而是指对这些旧印记的扬弃，指他们的共同思想的社会性质，因此我们也不妨说，贾宝玉和林黛玉这两个艺术典型确是具有新人的显著特征的。

贾宝玉和林黛玉对自己“木石前盟”的生死不渝，显得封建的“金玉良缘”不过是依靠封建礼法而存在的一具“活尸”而已，它是行将解体的封建社会、封建制度的一种象征，它最终要被扫进历史的垃圾堆。

曹雪芹在《红楼梦》里写到的爱情，尤三姐的悲剧是另一种典型。程高刻本《红楼梦》把尤三姐改为品行毫无缺点的人，纯粹是柳湘莲误信人言，错冤好人，这并不符合曹雪芹的原意。据《石头记》的早期抄本，尤三姐与尤二姐因寄食贾家，才受到贾珍、贾蓉、贾琏等人的凌暴，尤二姐本身意志不坚，终于被毁灭了。尤三姐虽然失身，但她决心要从污泥的陷坑中挣扎出来，而且她确实从此坚贞自守，另走新路了。然而可怕的社会现实不让一个即将灭顶的人再抬起头来，舆论如刀，尤三姐终于在鸳鸯剑下自刎了。实质上杀死尤三姐的还是封建礼教，也就是戴震所揭露的理学家的“以理杀人”。如果说贾宝玉、林黛玉爱情的生死不渝是因为相互了解，思想一致，那末，柳湘莲对尤三姐恰好是全凭道听途说，仅仅是追求天下绝色的女子，并没有一点点思想方面的要求，对柳湘莲来说，实际上并没有什么“爱情”。“冷郎君”之所以“冷”，就是在爱情问题上毫无生活和思想的基础，连一见倾心的“见”都没有做到，因而在可怕的传言的侵袭下，他的心一下“冷”了。这从另一角度，又说明了曹雪芹的一个原则：

那种一见倾心式的爱情是不可靠的，真正的爱情必须是思想一致，真正的了解，只有这样才能产生真正的不怕任何袭击的爱情。①

《红楼梦》里还写了另一种类型的男女关系，这就是贾琏、贾珍、贾蓉等所代表的，贾瑞也属于这个行列，但他是纯粹的自作自受的“受害”者。曹雪芹所以写出这些，当然具有与宝黛爱情对照的意义。由于宝黛的爱情，人们更可以看到上述这些人的行为不过是禽兽而已。曹雪芹所歌颂的和所批判的，原是十分鲜明的，并不存在含糊不清的地方。

有的研究者对《红楼梦》里没有写到农民起义斗争感到惋惜，感到比起《水浒》来，总觉得逊色。这是爱之惟恐不至，求全者责其备了。《红楼梦》里并非没有写农民起义斗争，第一回里写“偏值近年水旱不收，鼠盗蜂起，无非抢田夺地，鼠窃狗偷，民不安生。因此官兵剿捕，难以安身”。抢田夺地至于官兵剿捕，当然决不是一般的小偷小摸或一般的打家劫舍，如是一般的情况，也决不至于迫使甄士隐要把“田庄都折变了”，“投他岳丈家去”。第五十三回作者还着重写了乌进孝进租这一重要情节，写明了地主阶级最主要的经济来源是靠剥削农民，封建社会的主要矛盾是地主阶级与农民的矛盾。这一点，曹雪芹不可能从理论上来认识它，但他能在这部以一个封建贵族大家庭的败落和一对青年男女的生死不渝的爱情为素材的小说里，写到农民抢田夺地的斗争和庄头向地主交租的事实，这就已经难能可贵了。此外就

① 与贾宝玉、林黛玉的爱情有相同意义的还有司棋和潘又安的爱情。鸳鸯坚决抗拒贾赦的暴力，矢志不屈，也有与此相通的一面，本文不再一一叙论。

大可不必更加苛求。

《红楼梦》一书所包括的社会内容确实是十分丰富、十分广阔的，本文不可能一一加以论述。重要的是曹雪芹在《红楼梦》里所表达的上述思想究竟是属于什么性质？一种意见认为是封建社会传统的民主主义思想，它不是资本主义萌芽的生产关系在意识形态上的反映；另一种看法，则认为贾宝玉和林黛玉的这种反对封建皇权主义，反对封建的意识形态孔孟之道和程朱理学，反对仕途经济，反对科举制度，反对封建的婚姻制度，反对封建的伦理道德，反对封建的等级制度等等的思想，以及与此相表里的主张“世法平等”，主张自由，主张个性解放，主张婚姻自主等等的思想，已经不仅仅是在封建的生产关系的基础上产生的传统的民主主义思想，而是资本主义萌芽的生产关系的反映。

那末，我们究竟应该如何来分析判断上面这个问题呢？马克思告诉我们：“在不同的所有制形式上，在生存的社会条件上，耸立着由各种不同情感、幻想、思想方式和世界观构成的整个上层建筑。”①马克思又说：“物质生活方式制约着整个社会生活、政治生活和精神生活的过程，不是人们的意识决定人们的存在，相反，是人们的社会存在决定人们的意识。”“这个意识必须从物质生活的矛盾中，从社会生产力和生产关系之间的现存冲突中去解释。”②很清楚，我们分析曹雪芹在《红楼梦》里所表现出来的上面引述的这些“意识”，也不能仅仅根据这些“意识”本身来

① 马克思：《路易·波拿巴的雾月十八日》。
② 马克思：《政治经济学批判序言》。

加以解释，而必须要“从物质生活的矛盾中，从社会生产力和生产关系之间的现存冲突中去解释”。由此可见判断这些意识并找出了这些意识的最初的出处，从而认为这些意识是“古已有之”，认为就是封建社会传统的民主主义的表现，我认为这样的分析方法是不符合上述原则的，因而根据这种分析方法得出的结论也是不可靠的。仅仅从意识本身去解释意识，仅仅为书中人物的某些情节和作者的某些行为或癖好找出“古已有之”的一些例子或出处，这并不困难，更不能说明问题。因为问题不在于某些思想或意识是否“古已有之”，问题是在于即使是“古已有之”的这些思想或意识，又重新在新的历史条件下出现，它是否具有新的意义？这才是我们应该认真研究加以解决的问题。更何况贾宝玉和林黛玉的思想，有一些并不是“古已有之”。

列宁说：“在分析任何一个社会问题时，马克思主义理论的绝对要求，就是要把问题提到一定的历史范围之内。”[①]我们现在要讨论的这个问题的历史范围，大体可以确定为明代中叶到曹雪芹逝世的乾隆时期。大家知道，由于近20年明清经济史学家们的认真研究，绝大多数的同志认为：明代中叶以来到乾隆年间，中国封建社会内部，不仅产生了资本主义生产关系的萌芽，而且有了相当的发展，与此同时在中国封建社会内部也形成了资产阶级的前身——市民阶层。而且这种情况扩展到了许多重要的经济领域里，其中包括着农业经济；与此相适应的是市民运动的急剧高

① 列宁：《论民族自决权》。

涨。这本来是一种历史的必然，因为既然产生了新的生产关系，那末代表这种新的生产关系的物质力量——商人和手工业作坊主以及出卖劳动力的手工业工人，必然要反映自身的愿望和要求。问题不在于提出这些思想的人本身是否是市民阶层，问题也不在于这部作品市民阶层能否读懂，[①]大家清楚马克思主义的创始人本身并不是工人阶级，马克思主义的一些著作，也不是无产阶级很容易就读懂的，问题的实质是在于提出的这些思想对谁有利？是维护谁的利益和破坏谁的利益的？前面提到了《西厢记》和《牡丹亭》，我们不妨用这两部作品来作一比较。这两部作品在一定程度上，都是冲击和破坏了封建礼法的，因为他（她）们在婚姻问题上都违反了封建礼法所规定的“父母之命，媒妁之言”。然而，这两部作品的另一个共同点，是作品的主人公都是以高中状元后大团圆的喜剧结局的。也就是说在婚姻问题上他们虽然背叛了封建礼教的规定，但在仕途经济上，也即是政治道路上却完完全全是按照封建统治阶级的规范亦步亦趋的，所以它的最后结局又完全符合了封建统治阶级的利益。由此可见，这两部作品所要求的，只不过是在婚姻问题上的一点点有限的自主权，而且连这一点有限的自主权，最后还打上了封建统治者的合法印记。然

① 按：作者在第一回里借“石头”的嘴说：“市井俗人喜看理治之书者甚少，爱适趣闲文者特多。”“只愿他们当那醉余饱卧之时，或避世去愁之际，把此一玩，岂不省了些寿命筋力？”曹雪芹所说的“市井俗人”，颇近乎我们现在所说的“市民阶层”，或者是包括“市民阶层”在内的广大群众。可见曹雪芹当时是考虑到他的读者对象的。当然《红楼梦》这部书的读者面是十分广泛的，决不仅仅限于“市民阶层”。

而,《红楼梦》里的贾宝玉却不是这样,他在一系列的重大问题上,都与封建主义唱反调,贾政一眼就看出了“明日”要“酿到他弑君杀父”的地步(三十三回)。而按照曹雪芹的构思,贾宝玉的结局是“悬崖撒手”,遁入了空门。也就是说《红楼梦》的主角,始终没有向封建势力屈服。①很明显,这样的作品是不会符合封建统治阶级的利益的,它只会对封建统治阶级起破坏作用。

我们再从《红楼梦》里所提出的平等、自由、婚姻自主、个性解放,反对封建礼法,反对封建的等级制度和伦理道德等等的思想方面来看,这些思想都只能对市民阶层及广大群众有利,对封建统治阶级是根本不利的。因为上述这些思想,正是市民阶层必然会从“物质生活的矛盾中,从社会生产力和生产关系之间的现存冲突中”提出来的。他们要求摆脱种种封建性的限制和束缚,要求有更多的自由,他们反对封建等级制度给予他们的种种障碍,他们要求有更多的市场,他们反对封建特权的种种剥削。

事实是:现实的社会生活中资本主义生产关系的萌芽已经起码有了整整两个世纪的历史,到了曹雪芹的时代更有了普遍的迅速的发展,市民运动已经在历史上不断发展。这一切都说明从明中叶到乾隆时期的中国封建社会内部,一方面是旧的生产关系还占据着牢固的统治地位;另一方面,是新的资本主义萌芽的生产关系已经不可遏止地出现了。我们要寻求《红楼梦》里的这些引人注目的思想的社会物质基础,解释这些思想的性

① 现在通行本上贾宝玉“身上披着一领大红猩猩毡的斗篷,向贾政倒身下拜”的结局,是续作者写的,与曹雪芹的原意不符。

质，不从实际的这一时期的社会生产关系的变化来求得解答，难道还有别的方法可以得到正确的解答吗？“古已有之”的论点是不科学的，因此是经不起辩驳的。既然“古已有之”，那末，《红楼梦》这部书，为什么不在二百年、三百年以前产生？[①]或者退一步说，为什么不在曹雪芹以前一百年产生，为什么要到乾隆时期曹雪芹时代产生？

研究《红楼梦》产生的社会原因可以看出《红楼梦》这部书，正是当时社会物质生活的矛盾，政治领域和意识形态领域里的斗争，传统文化的孕育和发展所造成的丰硕成果。它的出现，决不是历史的偶然，它是深深扎根于现实的社会生活的土壤中的。伟大作家曹雪芹，是从他的现实生活和斗争中汲取他的创作的诗情和灵感的，因此他的这部巨著，响彻的是当代人们的心声，而不是遥远的古老历史的回响。

在分析这一问题时，我们还应该注意的是，不要把传统的民主主义思想和反映资本主义萌芽的生产关系的民主主义思想割裂开来和对立起来，应该看到这两种思想的天然的联系，后者对于前者的天然的继承性，在后者的思想里，必然包括前者即传统的民主主义思想的精华。当然，后者对于前者除了这种继承性外，更重要的是它在新的历史条件下具有新的思想内容，具有新的质。这就是后者区别于前者的主要标志。例如曹雪芹提出的理想

① 以文学的形式来说，在曹雪芹逝世前四百年，即元末明初，中国文学史上就出现了《水浒传》、《三国演义》这样的长篇小说；在曹雪芹逝世前二百年左右，就出现了吴承恩的长篇小说《西游记》和兰陵笑笑生的长篇小说《金瓶梅》。

的婚姻应该是建立在长期了解、思想一致、互相引为知己的基础上的，他根本反对“父母之命，媒妁之言”的封建婚姻，甚至还反对一见倾心式的婚姻，这显然是婚姻自由思想的一大发展，它既包含了以往的要求婚姻自由的思想的精华，又具有了与以前不同的新的思想内容。又如贾宝玉反对“仕途经济”，即反对做官。简单地看，在中国历史上不愿做官的人很多，似乎没有什么新意。其实不然，贾宝玉的不愿做官，不仅不是想去当隐士以显示出士大夫的清高，甚至连别人热衷于做官他都反对，他竟把热衷于“仕途经济”的人骂作“国贼禄鬼”，这种思想就显然不是什么“古已有之”了。大家知道，“学而优则仕”是封建统治阶级为当时的读书人早就规定好了的一条惟一的“光荣”道路，但曹雪芹笔下的贾宝玉却从根本上否定了这条道路。他既不是为了个人的退隐，也不是另有个人的“终南捷径”，而是对这种“仕途经济”的道路采取根本否定、不屑一顾，连提都不愿意提的态度。这就明显地与历史上如嵇康、陶渊明等人的不愿做官的性质大不一样了，显然具有新的社会内容。曹雪芹笔下的贾宝玉和林黛玉是对封建的“仕途经济”道路的全盘否定，这一否定，当然会导致对封建制度的否定。

在分析这一问题时，我们应该注意不能因为小说人物的某些口号在历史上早已有人提过，因而忽视它在新的历史条件下重复出现时具有的新的内涵。例如“天下为公”是《礼记·礼运》篇里的话，但孙中山却借来宣传资产阶级民主革命，我们当然不能否认孙中山的“天下为公”是资产阶级民主革命的口号，不能把孙中山的“天下为公”的口号的思想内容和宣传目的与成书于战国或汉初的《礼记·礼运》篇的“天下为公”的思想内容等量齐观，抹杀两者之间的质的区别。同样我们也不能说《礼记·礼运》篇的时代，就已经有了孙中山的资产阶级民主革命思想，抹杀这同一句话在前后不同历史时期内的不同内涵。归根结底，在分析这些问题时，我们必须联系当时社会实际，不能离开了当时的实际而去根据这些口号或思想最初出现时的情况来确定它后来在新的历史条件下重复出现时的性质。马克思曾经说过：“使古人复生是为了赞美新的斗争，而不是勉强模仿旧的斗争。”[①]这种披着古人的外衣来演出历史的新场面的斗争是各个历史时期都会出现的，如果不注意这种区别，我们就会陷入历史循环论的迷途而看不到已经发展了的历史的新面貌，尽管在这种新面貌上可能还蒙有一层旧的尘土。

目前，我们对《红楼梦》的思想性质的分析，也必须注意这一点。

弄清《红楼梦》的思想性质对评价《红楼梦》是至关重要的。如果说上述这些思想是“古已有之”，是封建制度下的传统的民主主义思想，那末，它当然就不是资本主义生产关系的萌芽的反映，因而也就没有什么新的思想可言。如果真是这样，那末，对《红楼梦》这部书的评价，也就需要重新考虑了。我个人的看法是倾向于后者，我认为曹雪芹在《红楼梦》这部书

① 马克思：《路易·波拿巴的雾月十八日》，《马克思恩格斯选集》第二卷。

里，通过正面人物贾宝玉和林黛玉，提出了一系列的反封建传统的思想，提出了“世法平等”、婚姻自主、个性解放和自由等等具有初期民主主义的思想。这些思想，是当时已经发展了的资本主义生产关系萌芽的反映，是一种与封建主义对立的新的思想体系，是洋溢着当时先进的时代精神，它尽管与传统的民主主义思想有着天然的继承关系，但它已经不能完全归属于封建社会传统的民主主义思想，而是在传统的民主主义思想的基础上有了新的内涵了。尽管提出这些思想的人本身，还保留着旧思想的烙印，而且这些新思想本身，也还与传统的民主主义思想以及某些其他落后的思想纠缠在一起，它新得并不那末“纯粹”，但这正好说明了这些思想的早期状况，这与当时新的生产关系的萌芽状态恰好是相适应的。

因此，我认为《红楼梦》这部书，不仅是对两千年来的封建制度和封建社会（包括它的意识形态）的一个总批判，而且它还闪耀着新时代的一线曙光。它既是一曲行将没落的封建社会的挽歌，也是一首必将到来的新时代的晨曲。

《红楼梦》的现实意义

近年来《红楼梦》研究有了很大的进展，红学研究者们作出了很多成绩，这是红学界和学术界的同志所共同认识到的。但是我们必须看到我们的研究还有很多不足之处，还有很多缺漏，例如《红楼梦》研究对我们今天究竟有些什么积极意义？我们今天究竟应该向《红楼梦》吸取些什么？这个问题几乎就一直没有研究，其实这是一个很值得研究的问题，也是不少朋友经常向我们提出的问题。我现在试着陈说一下我的浅见，以就正于大家。

大家知道，《红楼梦》是一部具有深广的文化内涵和高度的思想内涵的奇书，《红楼梦》是中华民族五千年传统文化思想的最高综合和体现，所以学习研究《红楼梦》当然有它重大的现实意义，这是丝毫不容怀疑的事实。但是学习《红楼梦》的现实意义，不能采取立时见效的实用的态度。譬如用药，有些药是补药，久服可以延年强身，有些药是治病的药，可以立见功效或在较短时间内见效，但如果患急病而用滋补缓药，当然劳而无功，如果患虚病弱症而用补药，事久必然有效。《红楼梦》是药中的大补，当治患文化虚弱之症，久服必定有效，所以学习《红楼梦》的现实意义，首先是在提高人们的文化艺术修养，提高人们的思想精神境界，提高全民的文化素质！

既然《红楼梦》是中华民族五千年传统文化的最高综合，那末作为现代中国的一个知识分子，岂能对此不认真学习。清代的《竹枝词》说："开谈不说《红楼梦》，读尽诗书也枉然。"可见清代的老百姓已经懂得用读不读《红楼梦》来作为衡量一个读书人的文化水准了。那末，在今天就更应该把这一条作为衡量一个知识分子文化修养的起码标准了。说"起码标准"，就是指读没读过《红楼梦》。读过《红楼梦》与没有读过《红楼梦》，应该是一种文化修养的区别。毛主席提出《红楼梦》至少要读五遍，才能有发言权。这是更进一步的要求，是取得讨论《红楼梦》的发言权的要求。这当然更是正确的。

其实，学习研究《红楼梦》的这一基本原则，与学习研究其他古典文学的原则是完全一样的，它的深远的现实意义就是在于培养人才，在于提高全民的文化修养。有人指出，21世纪是东西方文化交流、冲突、竞争的世纪。在以往的岁月里，西方资本主义凭借它们的经济实力，以至于长期以来，人们只知道西方文化的神圣可贵，而对东方文化了无所知或所知不多，更谈不上对它有足够的评价。然而，21世纪将是东方经济，具体地说，主要就是中国经济的腾飞，赶上甚或超过某些西方国家的世纪。随着这种经济的腾飞，中国的传统文化和艺术正将显示出它的崇高的魅力。到那时世界将要以熟悉多少中国文化来作为衡量一个文化人的“价值”的准则了！与此同时，中国的传统文化艺术，也将成为人们崇拜的对象，一如以往人们崇拜西方文化艺术一样。

从《红楼梦》本身来看，我曾说过：“曹雪芹的《红楼梦》是一部伟大的现实主义巨著，它精确地反映了我国清代康、乾时期的社会历史面貌，塑造了栩栩如生的典型形象。特别要指出的是它比欧洲最早的现实主义大师法国的司汤达（1783—1842年）、福楼拜（1821—1880年）要早出一个来世纪，比巴尔扎克（1799—1850年）要早出80多年，比俄国的现实主义大师果戈理（1809—1852年）和列夫·托尔斯泰（1828—1910年）要早出将近一个世纪或更多一点。也就是说，世界文学史上由作家创作的现实主义文艺的强烈光芒，是由东方的中国遥遥领先地放射出来的。”当前的《红楼梦》研究即“红学”，已经成为世界文化交流的一项主要内容。由此也可知《红楼梦》到21世纪，在东方文化艺术成为世界热点的时候，它将如何受到人们的珍视了！那末，熟悉不熟悉《红楼梦》也自然将成为人们衡量你对东方文化修养深浅的一杆标尺！

所以，学习研究《红楼梦》的现实意义，首先应该从这个发展的、广阔的视角来看，从培养21世纪的人才的角度来看，才是从根本意义上看到了它的现实意义，如果离开了这个根本而仅仅看到一些枝节的、实用的现实意义，那就是“明察秋毫而不见舆薪”！

学习研究《红楼梦》，除了这个最根本、最大的现实意义外，当然还有具体的可资借鉴的方面，例如：

1．学习研究《红楼梦》，要学习曹雪芹对传统文化的刻苦学习和创造性的继承。一部《红楼梦》，证明了曹雪芹具有惊人的社会历史、思想文化和社会生活等等各方面的丰富知识和渊博学问。曹雪芹对传统文化的修养，达到了很高的境界，他对西洋的科学文化，也有相当的了解。在思想上他是当时初期民主主义的激进派，他更是一位超前的思想家，他的思想远远超越了他生活的时代，因此，他对封建社会的批判不仅带有愤激的情绪，而且预示了封建地主阶级必然灭亡的历史趋势，这在当时的思想家中是极为难得的。《红楼梦》是几千年来传统文化的结晶，没有几千年传统文化的孕育，是不可能有《红楼梦》的。所以它的文化积淀，远远超过《诗经》、《楚辞》，也远远超过了《史记》、《汉书》等等。很显然，曹雪芹在学习传统文化上，足可以作为我们的楷模。[①]从某种意义上来说，也可以认为曹雪芹的天才，是他刻苦学习传统文化，是从几千年的优秀传统文化中孕育出来的。在《红楼梦》里可以说凡是中国古典文学的各种形式，几乎都运用到了，而且用得那末自然和巧妙，如果不是曹雪芹对传统文化的刻苦学习，怎么有可能做到这一点呢？

认真地学习我们的传统文化，吸取它的精华，扬弃它的糟粕，是建设我们今天的一代新文化的关键。外国的先进的科学文化，我们应该积极地吸收，这是毫无疑问的，但是如果只知道吸取外来的文化，甚而至于不辨好坏，不知道学习和尊重我们自己的文化传统，那末，我们就会数典忘祖，将来开出来的花朵，也许就会变质或变种。传统文化对于发扬爱国主义和巩固民族团结的心理，也是极为重要的。一部《红楼梦》可以使世界上的红学爱好者团结起来，这种精神的力量多么伟大！我们的传统文化，已经被荒落了若干年了，目前正在得到重视。

学习研究《红楼梦》的现实意义，就是我们应该更加深刻认识到学习传统文化的重要性。认识到新文化是从传统文化中发展出来的，不重视传统文化的继承，必将影响到新文化的发展。

当然，我们这里说的传统文化，不仅仅指《红楼梦》，而是指我们伟大祖国五千年来所创造的全部光辉灿烂的文化遗产。

---

① 我们今天学习文化遗产，当然首先要用马克思主义作为指导，这里是就曹雪芹对传统文化知识的广博和精深而说的，不是说我们可以不要马列主义，像曹雪芹一样地学习传统文化。

2．学习研究《红楼梦》使我们可以进一步地认识到，一个优秀的作家首先必须要有进步的世界观，必须站在进步思潮的前列，必须具有战斗的勇气。

有一种看法，认为曹雪芹的世界观没有超越释道儒三家的范围。大家清楚，释道儒都不是什么进步的世界观，恰好相反，是落后甚至反动的世界观。释、儒二家，在曹雪芹生活的时代以及清初，这都是官方和半官方哲学。顺、康、雍、乾四朝一贯提倡儒学，提倡孔孟之道和程朱理学。[①]清代统治者提倡宗教迷信，除佛教而外，还崇奉喇嘛教，这也是众所周知的。说曹雪芹的世界观没有超越释道儒三家的范围，也就是否认曹雪芹有反儒家传统思想的叛逆思想，否认曹雪芹思想的主导方面的进步性，这就无异是说，曹雪芹以落后的世界观写出了进步的全面批判封建社会的不朽巨著。

这样的看法当然是不符合事实的。

曹雪芹在乾隆时期以及在此以前直到清初的思想界，毫无疑问是属于激进者的行列，他的思想的主导方面，是反映资本主义萌芽的初期民主主义思想。他的思想，就其历史渊源来说，与明末清初进步思想家的思想是一脉相承的，就其现实的情况来说，曹雪芹是站在当时思想斗争的最前列的，所以曹雪芹无疑是属于

① 顺治朝时间甚短，且是入关之初，旨在安定。但大学士冯铨、洪承畴等即已奏请“帝王修身治人之道，尽备于六经，伏祈择满汉词臣，朝夕进讲，则圣德进而治道光矣。”顺治即采纳其议，经筵日讲不辍，并御制敕纂《人臣儆心录》、《资政要览》、《孝经衍义》、《易经通注》诸书。

从李卓吾到戴震这一战斗的行列的。他只不过是用他自己的方式——文学的方式参加了这一场持久的思想斗争而已。

正是因为曹雪芹站在了进步思想的前列，所以他才有可能“给旧时代作了一个总的判决”，“几乎批判了整个封建社会的上层建筑和整个封建统治阶级，并且提出了一些关于人的合理的幸福的生活的梦想”①。试想这样的批判，用儒释道的思想能行吗？用“古已有之”的民主主义思想能行吗？我认为都不行。前者是根本不可能进行这样的批判的，后者的批判不可能达到曹雪芹那样的高度，更不可能提出什么新的理想来。

《红楼梦》里反映出了曹雪芹世界观的某些落后面，也反映出了曹雪芹对封建家庭的批判带有无可奈何的哀婉的情绪，这正反映了曹雪芹从旧家庭、旧营垒里叛逆出来的历史痕迹。曹雪芹能从这样的一个旧营垒里叛逆出来是实在不容易的，实在需要有先进的思想武器和战斗的勇气的，因为二千年来封建主义的思想统治和积习的捆缚，早已使人们麻木了。曹雪芹举起《红楼梦》这面叛逆的大旗，需要有多么大的勇气和毅力呀！

由此可见，一个作家要能够写出优秀的无愧于时代、无愧于人民的作品来，首先必须有先进的思想来观察和分析社会生活，必须有战斗的勇气来真实地再现生活，评价生活。这一点，古今中外概莫能外。学习研究《红楼梦》的现实意义可以使你再次确认这一点。

---

① 何其芳：《论红楼梦》。

3.《红楼梦》告诉我们，一个优秀的作者，必须熟悉生活，深入生活，拥有生活。

大家知道《红楼梦》的一部分素材，是来源于作者的家庭生活，其中有一部分人物，也是以他熟悉的家庭中的人为原型的，特别是典型形象贾宝玉，还融合着作者自己的生活。在这种情况下，作者熟悉生活那是十分自然的事，事实上曹雪芹不但熟悉这些生活，而且对这些生活还自然而然地流露出追怀和惋惜的情绪，一种"惜往日"的心情始终贯穿在全书的叙述中，不仅他本人如此，连同他创作上的知己脂砚斋，也不时从批语中透露出来。例如脂砚斋在甲戌本第一回"满纸荒唐言，一把辛酸泪"一诗的眉批上说：

> 能解者方有辛酸之泪，哭成此书。[①]壬午除夕，书未成，芹为泪尽而逝。余尝哭芹，泪亦待尽。(下略)

庚辰本十三回"若应了那句'树倒猢狲散'的俗语"上眉批说：

> 树倒猢狲散之语，今犹在耳，屈指三十五年矣，哀哉伤哉，宁不痛杀。

庚辰本第二十五回"又向贾母道：祖宗老菩萨，哪里知道那经典

① 着重点是笔者所加，下同。

佛法上说的利害”句上眉批说：

> 一段无伦无理信口开河的混话，却句句都是耳闻目睹者，并非杜撰而有，作者与余，实实经过。

庚辰本第三十八回“便命将那合欢花浸的酒烫一壶来”句下双行小字批说：

> 伤哉，作者犹记矮𫚉舫前以合欢花酿酒乎，屈指二十年矣。

上面这些批语，都清楚地说明，《红楼梦》里描写的这些生活情节，都是作者身经的往事，所谓的“真实事，非妄拟也”。不过，要作者熟悉这样的属于他自己的生活，是并不困难的。我在这里提出来的，主要的也不是指这类生活，而恰恰是指这类生活以外的各种生活。这一点，曹雪芹确实是有非凡的才能的。在他的笔下，各色各样的生活，都能再现得逼真活现。例如小说开头写刘姥姥的女婿狗儿一家的困顿生活，第二十四回写贾芸的舅父卜世仁夫妇的悭吝势利，同回写市井无赖醉金刚倪二的仗义，八十回写天齐庙里江湖骗子王道士的满嘴江湖气，十五回写铁槛寺老尼的阴狠毒辣。其他如马道婆的阴贼，赵姨娘的卑微，贾雨村的贪狠，都被表现得入木三分，淋漓尽致。《红楼梦》所描写的生活面是十分广阔的。大场面如元妃省亲，可卿大丧，除夕祭祖等等，都是擒龙搏虎之笔，其他各色各样，美的丑的生活场面，就举不胜举了。可以毫不夸张地说，清代康、雍、乾时期整个社会风习都被曹雪芹用极精细的笔触，收入了这幅巨大的历史画卷。因此，《红楼梦》对于今天的读者来说，又具有很高的认识价值。恩格斯在评价巴尔扎克的《人间喜剧》时曾说；“巴尔扎克，我认为他是比过去、现在和未来的一切左拉都要伟大得多的现实主义大师，他在《人间喜剧》里给我们提供了一部法国‘社会’特别是巴黎‘上流社会’的卓越的现实主义历史”，“他汇集了法国社会的全部历史，我从这里，甚至在经济细节方面（如革命以后动产和不动产的重新分配）所学到的东西，也要比从当时所有职业的历史学家、经济学家和统计学家那里学到的全部东西还要多。”①这段评语对曹雪芹也是非常合适的，曹雪芹拥有非常丰富和广阔的社会生活，可以说，在他的胸中，储藏着一部当时现实社会的完整而生动的历史画卷，其中关于贵族社会的图画尤其来得精细和传神。

拥有社会生活的多和少，是决定作家成就大小的一个非常重要的因素，曹雪芹在这方面的经验也是值得我们借鉴的。

4．艺术要创新，作品要求精。曹雪芹在本书一开头就说，他“于悼红轩中批阅十载，增删五次，纂成目录，分出章回”，并且声明要“令世人换新眼目，不比那些胡牵乱扯”，“满纸才人淑女”等“通共熟套之旧稿”。在这里，曹雪芹提出的是一个严肃的课题，这就是要求作家在艺术上要创新，要摆脱“通共熟套

① 恩格斯：《致玛·哈克奈斯》（1884年4月初），《马克思恩格斯选集》第四卷，第462—463页。

之旧稿”。学习研究《红楼梦》，更要学习曹雪芹在艺术上的这种创新精神。前面说过，曹雪芹是充分继承了传统文化的精华的，一部《红楼梦》就是优秀的传统文化的结晶。但这只是问题的一面，问题的另一面，是曹雪芹不仅是优秀传统文化的继承者，而且更是思想和艺术上的创新者。《红楼梦》不仅在思想上大大超越了前人，达到了一个新的高度，而且在艺术上也有了重大的突破，有了杰出的创新，从而使我国古典小说的艺术放射出了炫人眼目的光辉。

《红楼梦》在艺术上创新，首先表现在作者创造了两个具有崭新意义的典型。贾宝玉和林黛玉，无论从思想还是从艺术上来看，都是具有崭新意义的，是过去的文学作品从未出现过的。特别应该指出，贾宝玉艺术形象的新，首先是因为这个形象的思想上的新。是人物的崭新思想，要求有崭新的形象来表现它，如果不是现在的贾宝玉的形象，就很难表达作者赋于他的这些具有崭新的内容的思想。很显然，如果仍旧用张君瑞或柳梦梅式的形象，就断然表现不了贾宝玉的思想，那就将令人感到啼笑皆非。庚辰本十九回有一段极为重要的脂批：

> 按此书中写一宝玉，其宝玉之为人，是我辈于书中见而知有此人，实未目曾亲睹者。又写宝玉之发言，每每令人不解，宝玉之生性，件件令人可笑。不独于世上亲见这样的人不曾，即阅今古所有之小说奇传中，亦未见这样的文字。于颦儿处更为甚。其囫囵不解之中实可解，可解之中又说不出

理路。合目思之，却如真见一宝玉，真闻此言者，移之第二人万不可，亦不成文字矣。余阅《石头记》中至奇至妙之文，全在宝玉颦儿至痴至呆囫囵不解之语中。（下略）

看这一段文字，可知贾宝玉、林黛玉这两个典型的崭新的意义，就在脂砚斋当时，早已经明确地认识到了。当然他不可能认识这个形象的新的性质，这一点是无需说明的。

曹雪芹在人物性格的塑造上，也同样表现了他的创新精神。中国的古典小说，较早而影响较大的，无过于《三国演义》和《水浒传》。这两部小说在人物塑造上，有一个共同的特点，就是比较集中突出地介绍人物性格的某一方面，例如诸葛亮就突出了他的智慧，曹操就突出了他的奸诈，刘备就突出了他的仁厚，如此等等。这样写，尽管突出了这些形象的性格特征的某一面，但却忽略了其他方面，使得人物的性格仍不免显得单薄，甚而至于流为简单的好人和坏人之分。但到了曹雪芹的手里，就有了很大的发展。他笔下的一些主要形象，都是性格比较丰满的，都不是可以简单地以好人坏人来分。其中如薛宝钗、王熙凤、贾探春、史湘云、尤二姐、尤三姐等等就更是如此。他们都是活生生的个性，而非简单的好人或坏人。

人物的心理描写，《红楼梦》也是非常突出的。在此之前，中国古典小说的人物描写，着重外部动作和形象的外形塑造比较多，内心活动描写得比较少，《水浒》和《三国演义》里的一些典型形象，都是主要靠他们的行动的进展，人物的性格就逐渐展现了。《水浒》里的武松、林冲、石秀都是如此。但《红楼梦》里塑造典型的方法就大不相同了。可以说，曹雪芹在塑造贾宝玉和林黛玉这两个典型时，由于作者赋予这两个典型的思想容量比较大，作者用这种手法，来深刻地发掘和描写这两个典型的内心世界和个性心理，从而使这两个典型达到了思想和性格的两方面的丰满和高度的统一。曹雪芹的这种对典型人物的心理描写，在中国古典小说的人物画廊里，是居于十分突出的地位的，是典型塑造的一大发展。

《红楼梦》的结构艺术，也大大突破了传统的手法，有了崭新的意义。《红楼梦》在情节结构上摆脱了中国早期长篇小说的话本痕迹，做到了完全从生活内容出发，来创造出新的适合于表现这种生活内容的最好的形式。《红楼梦》是一座千门万户的艺术宫殿，是一座整体的艺术结构而不是孤立的、各不相属的亭台楼阁，这在中国的古典小说史上，也是崭新的光辉的一页。

《红楼梦》在叙述语言、人物对话以及典型环境的塑造上，也有令人注目的新创造。如果把《红楼梦》里人物的对话按照现代话剧的手法排列起来，可以看到现代话剧的一些对话手法，曹雪芹基本上都运用到了。在典型环境的描写上，曹雪芹善于把中国古典诗词的意境、古典园林的意境以及中国山水画的意境，吸收融化到自己的艺术天地里去，创造出富有民族气派、富有传统美学的韵味而又具有崭新意义的新的境界来。《红楼梦》不愧是一座巍巍峨峨的民族文化的宫殿！

以上这些，我认为是至今仍然不失其新意的方面，是仍然值得我们借鉴的方面。

我认为这就是我们所理解的学习研究《红楼梦》的现实意义的主要方面。

当然《红楼梦》是我国古典文学史上的一座大山，它给予人们的东西，常常是要看人们自身的修养和态度而定的。我入“山”不深，因之所见自浅，上述这些，不过是拾取了浮空烟岚的一滴余翠而已！

哲人云逝，来者可追。我们应该携起手来，共同追赶我们时代逝去的岁月！

我们应该对我们的时代、我们的人民作出新的贡献！

1983年7月13日至25日凌晨写毕于宽堂

8月13日改，9月4日再改定

1996年12月16日至20日

再改于第五次作家代表大会

附记：据徐恭时同志统计：《红楼梦》全书共写了男495人，女480人，合计975人，见《上海师院学报》1983年第2期。

又据顾平旦同志统计，共计写了774人，此数只计有名字或有绰号的，没有名字或绰号的未计入内。

本文校毕时，正值曹雪芹逝世234周年忌日，书此以为纪念。1997年2月12日，宽堂记。

曹雪芹对未来世纪的奉献

——曹雪芹和《红楼梦》

曹雪芹，是伟大小说《红楼梦》的作者，他的名字，已并列于世界伟大作家之林。

曹雪芹，名霑，字梦阮，号雪芹，又号芹溪、芹圃。祖籍今辽宁省辽阳市。①

他的上世有可靠史料证明的是六世祖曹世选和五世祖曹振彦。世选又名锡远，单名“宝”，汉族。他们原是明朝驻防辽东的军官，曾任沈阳中卫指挥使。约在后金天命六年(明天启元年，公元1621年)努尔哈赤攻破沈阳、辽阳时归附后金。后入满洲正白旗包衣，于天聪八年(明崇祯七年，1643年)任佐领。

曹振彦于顺治元年四月(明崇祯十七年，1644年)随多尔衮经山海关之战破李自成进北京。后又随多尔衮平山西大同姜瓖之乱，任平阳府吉州知州,阳和府知府，升两浙都转运盐使司盐法道，从此开始由武职改为文职。

曹振彦生二子：曹玺和曹尔正。曹玺生二子：曹寅和曹宣。

曹寅生子颙，颙早卒。据有的红学家研究认为曹雪芹即曹颙的遗腹子；但有的红学家则认为曹雪芹是曹寅嗣子曹頫之子。两说尚不能定。

曹家自高祖曹振彦从辽阳随多尔衮入关后，即因功升迁。曹

① 详见拙著《曹雪芹家世新考》(增订本)，文化艺术出版社1997年版。

玺的妻子孙氏又当了康熙帝的保姆。康熙即位后，康熙二年，特简曹玺任江宁织造。织造一职，属内务府，是专为皇帝驻京外办差的。除江宁织造外，还有苏州织造、杭州织造等。

康熙二十三年曹玺死，其子曹寅继任江宁织造，后复兼两淮巡盐御史，为康熙帝之亲信。曹寅才干出众，诗文词曲书画并擅，为一时之人望。曹家于曹振彦后，复经曹玺、曹寅两代数十年之经营，已为东南巨宦，文酒风流，极一时之盛，天下名士，多与唱游。康熙六次南巡，有四次由曹寅于江宁承办接驾大典，并驻跸于江宁织造署，可见康熙对曹寅之荣宠。而曹家亦因此落下巨额亏空，沦入困境。①

康熙五十一年(1721年)，曹寅死。子颙继任三年，颙又死，康熙特命曹寅之弟曹宣之第四子曹頫过继接任，以维护曹家。康熙六十一年(1722年)，康熙帝死，曹家失去了靠山。雍正五年(1727年)末，曹頫即因骚扰驿站案、织造亏空案被革职抄家枷号。六年初，曹家回北京，住崇文门外蒜市口，时雪芹约虚岁十四岁。

曹家回北京时，曹頫仍在枷号中，雍正七年(1729年)尚未宽释，直至乾隆元年始得宽免。曹家此后的情况就再无消息。

曹家虽然在江宁60余年，但他们在北京原有家业，曹頫在奏折里说："所有遗存产业，惟京中住房二所，外城鲜鱼口空房一

① 有关曹雪芹家世的考证资料，均可见《曹雪芹家世新考》(增订本)。

所，通州典地六百亩，张家湾当铺一所。”[①]这些财产在抄家时例应抄没，但无明载。然在抄家以后雍正七年的“刑部移会”里说：“京城崇文门外蒜市口地方房十七间半，家仆三对，给与曹寅之妻孀妇度命。”[②]这是很确切的记载。另外，曹家在京郊有祖坟，所以曹玺、曹玺之妻孙氏、曹寅三人在南方去世后，均北归葬于京郊的祖坟。曹颙是在北京去世的，故李煦在奏折里说：“于本月内择日将曹颙灵柩出城，暂厝祖茔之侧。”[③]则可见曹家的祖茔确在京郊。

曹雪芹自北归以后，曾一度在右翼宗学任“瑟夫”(教习)。因而结交宗室敦敏、敦诚。后雪芹移居西郊，与张宜泉交，此三人皆留有赠雪芹的诗篇。

曹雪芹约于乾隆九年(1744年)前后开始写作《石头记》。据我们所知，纪年最早的《石头记》稿本，是乾隆十九年(1754年)的甲戌本，现有此本的过录本传世。可知此时《石头记》前八十回已基本完成。后来雪芹贫病交迫，乾隆二十七年壬午(1762年)又殇子，禁不起丧子之痛，此年除夕(1763年2月12日)雪芹病逝，终年虚岁48岁。

1992年7月，北京郊区通县张家湾农民李景柱，献出了在1968年“文革”中平地时发现的“曹雪芹墓石”，上刻“曹公讳

---

①《江宁织造曹頫覆奏家务家产折》，见《关于江宁织造曹家档案史料》，中华书局1975年版，第131页。

② 见拙著《曹雪芹家世新考》(增订本)，文化艺术出版社1997年版，第197页。

③《苏州织造李煦奏支排曹颙后事折》，见《关于江宁织造曹家档案史料》，中华书局1975年版，第127页。

霑墓”五个大字，左下端刻“壬午”二字，经国家文物鉴定委员会的专家鉴定，认为墓石是可靠的，从而确证雪芹卒于“壬午”，与脂砚斋批“壬午除夕，芹为泪尽而逝”合，且确知其祖坟在张家湾。[①]雪芹逝后，留有“新妇”，不知所终。

曹雪芹生于荣华，中经巨变，历尽沧桑，于世态所味甚深，而又博学通识，才华富赡，胸多波澜，笔无滞碍，才得成此绝世之作。

曹雪芹的《红楼梦》，是以自己和亲戚家庭的败落为创作素材的，因此带有一定的回忆性质；但他创作的《红楼梦》是小说而不是自传，不能把《红楼梦》作为曹雪芹的自传看待。

《红楼梦》总的主题思想是反封建主义，在这个总主题下，作者通过贾宝玉、林黛玉两个典型人物，对当时现存正统的封建社会秩序都表示反对，因而这两个典型就成为封建社会的叛逆形象。

在曹雪芹的笔下，象征着封建社会的荣国府和宁国府，就是腐败不堪的两个封建大家庭，作者借用柳湘莲的话说：“你们东府里，除了那两个石头狮子干净，只怕连猫儿狗儿都不干净。”这是作者对这个封建大家庭的总抹一笔，是最尖锐深刻的揭露和批判。读者可以看到，这两个封建官僚家庭里的大大小小的主子们，除了享乐，除了做那些见不得人的肮脏事外，没有一件正经的事干，而且他们勾结官府，草菅人命；在曹雪芹的笔下，连

① 见拙文《曹雪芹墓石目见记》，《漱石集》，岳麓书社1993年版，第116页；又见冯其庸编《曹雪芹墓石论争集》，文化艺术出版社1994年版。

当时的封建朝廷都不过是"见不得人的去处"。贾妃回府，只是"满眼垂泪"、"呜咽对泣"，其他的人也都是"垂泪无言"。作者笔下的这幅省亲图，除了虚有其表的空排场外，动到真情实感的就是这一副哭泣的场面。

作者通过贾宝玉，反对"文死谏、武死战"，说"有昏君方有死谏之臣"。骂那些官僚是"国贼禄鬼"。说孔孟的经典之作，也不过是"杜撰"的。作者还通过探春之口，说："登利禄之场，处运筹之界者，窃尧舜之词，背孔孟之道。"说理学大师朱熹的话，也不过是"虚比浮词，那里都真有的?"大家知道孔孟之道和程朱理学，在清代是封建法规的准绳，是治国之大纲，人人违反不得的，而曹雪芹却用这些亦庄亦谐的话，来加以轻蔑和否定。

贾宝玉特别反对"仕途经济"，即反对去走读书做官的道路。这"仕途经济"，是历来封建政权得以世世延续的根本制度，也即是众所周知的科举制度。曹雪芹通过贾宝玉反对"仕途经济"，无异是将动摇封建政权的基础。

《红楼梦》里作者着力描写的是贾宝玉与林黛玉的爱情及其悲剧。这个爱情故事具有深刻的内涵，与以往所有的爱情故事都有所不同。首先，贾宝玉、林黛玉的爱情不是一见倾心式的爱情，而是在长期相处、共同生活中产生的爱情，这样，这个爱情也就有了生活和思想的基础。其次，他们的爱情是以共同的生活理想和社会理想为基础的，这就是共同的反封建的思想，这是他们爱情牢固的基础，薛宝钗就是因为缺少这一点，贾宝玉终于选择了林黛玉。第三，是他们的个性气质相投，贾宝玉崇尚自然天真，喜欢自由，摆脱封建思想和封建礼法的束缚，摆脱世间一切俗套，追求个性的自由和解放，这恰好符合林黛玉的个性和脾气，而这正好说明他俩所共同追求的是个性解放!

在中国的婚姻史上，以以上三个原则作为婚姻选择标准的，在古代是绝无可能的。实际上曹雪芹在这里已经提出了一个现代婚姻的原则。而这一原则到今天在全世界也没有真正能实现。因为这一原则是具有超前性的，是对人类自身的文明和发展的一个进步。

以往我们研究《红楼梦》，较多地注重《红楼梦》对封建社会的批判和揭露，很少注意创建新的社会理想和生活理想，现在看来这未免有点片面。曹雪芹对封建社会的批判无疑是深刻的，但他同时就提出了新的生活的理想，在曹雪芹笔下贾宝玉、林黛玉的爱情描写，实际上就是曹雪芹的新的社会理想和生活理想的反映和追求。曹雪芹的批判是属于他自己的现实社会的，而他的理想却是属于未来社会的。

曹雪芹通过贾宝玉还提出了反对封建的等级制度，主张自由和平等，等等。特别是曹雪芹通过贾宝玉提出了重女轻男的主张，甚至说："男人是泥做的骨肉"，见了男人"浊臭逼人"。孤立地看这句话，似乎不可理解，但从历史的角度看，中国的封建社会，一直是男权社会，男尊女卑是天经地义。贾宝玉的这句话，无疑是对男权社会的一个否定，是男女平等的一种矫枉过正的呼吁。

贾宝玉的这种反封建思想，究竟是什么性质呢?有人认为是封建的民主思想，我认为这是不符合事实的。封建的民主思想是对封建统治有利的思想，贾宝玉的思想是对封建社会的叛逆，是与贾政所代表的思想对立的，所以贾政说贾宝玉弄到后来要“弑君杀父”，因而要趁早打死他。这一情节，把贾宝玉和贾政所代表的两种思想的对抗性交代得十分明确。何况在乾隆时代，中国从明代开始发展起来的资本主义萌芽性质的经济，已经有较大的进展了，自觉或不自觉地反映这种新的生产关系的思想家在明代后期已经出现，这就是激进的初期民主主义思想家李卓吾，而《红楼梦》的思想显然是受他的影响的。所以从《红楼梦》所反映的反封建的内容来看，从贾宝玉、林黛玉的爱情内涵来看，从贾宝玉与贾政的思想冲突的实质来看，再从《红楼梦》的思想渊源来看，我认为《红楼梦》的民主思想，已是具有资本主义萌芽性质的民主思想，这种思想是与封建正统思想对立的，是具有历史的进步性的。只不过，它是借用一个特殊的典型形象并用特殊的语言方式来表现的，与哲学语言的直观性不同罢了。

《红楼梦》共写了700多个人物，其中称得上典型的也有数十人。如贾宝玉、林黛玉、薛宝钗、王熙凤、晴雯、袭人、史湘云、妙玉、贾母、刘姥姥等都是家喻户晓的人物。

小说是凭借它所创造的典型形象以传世的，《红楼梦》拥有这么多的栩栩如生的典型形象，这在中外的古典小说中，也是非常突出的。

曹雪芹留下来的《红楼梦》只有八十回的抄本，八十回以后也写了一些，但一直未流传下来。今传的后四十回是高鹗和程伟元在乾隆五十六年辛亥用木活字排印《红楼梦》时加上去的，其稿本的来源据程伟元的序言里说是从“鼓担”上买来的，也有人说是高鹗续写的，但以前一说较为可信。

乾隆末年到嘉庆年间，《红楼梦》的续书很多，但仍以程高印续的较好，故程高续本能流传至今，然与雪芹原作比较，其差距还是很大的。

《红楼梦》的思想内涵和文化内涵是非常丰富和深邃的，所以研究《红楼梦》的学问被称为“红学”。

《红楼梦》在世界现实主义小说史上，是居有领先地位的，它比欧洲最早的现实主义大师法国的司汤达(1783—1842年)、福楼拜(1821—1880年)要早出一个来世纪；比巴尔扎克(1799—1850年)早出80多年；比俄国的现实主义大师果戈理(1809—1852年)和列夫·托尔斯泰(1828—1910年)也要早出将近一个世纪或更多一点。因此，在世界文学史上，由作家创作的现实主义小说的强烈光芒，是由曹雪芹的《红楼梦》首先放射出来的。

曹雪芹的《红楼梦》既是现实主义的又是理想主义的。他对18世纪中国封建社会的批判是现实主义的，而他对宝黛爱情深刻动人的描写，他们至死不渝的追求和对美好的自由幸福生活的渴望，则既是现实主义又是理想主义的，而这种对理想生活的渴望和追求，正是曹雪芹对未来世纪的奉献！

1998年11月12日夜1时于京东

且住草堂，11月28日改定

林黛玉、薛宝钗合论

——启功先生论红发微

启功先生是著名的文史专家、书画大师、古书画鉴定大师，又是“红学”专家。启功先生还是清宗室的嫡系，于满族的历史、文化、习俗、掌故的熟悉与研究，更具有权威性。由于以上这许多方面的特殊条件，所以启功先生对《红楼梦》的研究更非一般人所能及。启功先生曾主持程甲本的校注工作，还曾写过《读〈红楼梦〉劄记》《〈红楼梦注释〉序》等重要文章。我曾反复研读过启先生的文章，获益匪浅，特别是关于满族的风俗习惯，《红楼梦》中关于真假、虚实以及有意回避清代的种种写法，启先生更是发人之未发，对“红学”的研究启迪甚多。兹谨就我拜读启先生的论红大著所获得的启示，略述一二，虽名之谓“发微”，实未必能有“微发”，只能说是学习的初步体会而已，如果我说错了，那是我体会错了，自与启老的宏论无关。

一

启先生说：

《红楼梦》里的诗，和旧小说中那些“赞”或“有诗为

> 证”的诗，都有所不同。同一个题目的几首诗，如海棠诗（三十七回）、菊花诗（三十八回）等，宝玉作的，表现宝玉的身份、感情。黛玉、宝钗等人作的，则表现她们每个人的身份、感情。是书中人物自作的诗，而不是曹雪芹作的诗。换言之，每首诗都是人物形象的组成部分。

启老这段话，讲得十分确切而富有启发性。在20世纪70年代，我曾遇到过这样一件事，有人告诉我发现了曹雪芹的诗集。这当然是一个极其重要的信息，及至拿来看时，虽然封面上写着曹雪芹诗集的题签，但一看，却都是辑录的《红楼梦》里的诗，一首也没有《红楼梦》以外的诗。这说明这位辑录者，并不懂得《红楼梦》里的这些诗，都是曹雪芹为《红楼梦》里这些人物作的诗，是代言，而不是自咏。

从《红楼梦》里的这许多诗来看，我认为只有“满纸荒唐言，一把辛酸泪。都云作者痴，谁解其中味”这首诗可以算作是曹雪芹自己的诗。因为它不是代别人说，而是作者自抒胸怀。另一首：“无材可去补苍天。枉入红尘若许年。此系身前身后事，倩谁记去作奇传。”这首诗虽然仍是说本书的故事是作者的“身前身后事”，但语气已是“石头”的语气，而不是作者自己的语气了，所以这已是代言而不是作者的直言。还有一首是甲戌本“凡例”第五条的一首律诗，诗曰：“浮生着甚苦奔忙，盛席华筵终散场。悲喜千般同幻渺，古今一梦尽荒唐。漫言红袖啼痕重，更有情痴抱恨长。字字看来皆是血，十年辛苦不寻常。”

这首诗，胡适把它看作是曹雪芹自己的诗，并亲自把诗的最后两句题在影印甲戌本的前面，还加上“甲戌本曹雪芹自题诗”一行题记，明确说这是曹雪芹的诗，这是完全不对的。这早已有人指出过，我也写过文章认为这是脂砚斋的诗，因为从语气和诗的内容来看，都不像是作者自己的诗作。诗的前六句是概括《红楼梦》的故事内容，没有什么特别的地方，而且诗语也极俗套，毫无精警之意，“红袖”“情痴”对仗也极泛，几不成对。而最后两句，虽很动人，却完全不是雪芹自己的口气，而是评书人的口气。作为评书人的话，说曹雪芹写此书“字字看来皆是血，十年辛苦不寻常”，则充满了赞赏和同情之意，说得精要而恰当。如作为曹雪芹自己的诗，则变成曹雪芹自吹自擂，则与“满纸荒唐言”一首相距太远。“满纸荒唐言”一首写得深沉而又含蓄，令人回味无穷，低徊三思；而这首诗则一览无余，末了还要自我吹嘘，这样较为肤浅的诗，当然不是雪芹的诗。何况《红楼梦》开头的一系列诗和对句，脂砚斋都有批。如批“无材可去补苍天”一首云：“书之本旨”，“惭愧之言呜咽如闻”，批“满纸荒唐言”一首云：“此是第一首标题诗”，批“假作真时真亦假”对句云：“叠用真假有无字妙”。批“惯养娇生笑你痴”一首云：“为天下父母痴心一哭。”等等，连批五句。批“未卜三生愿”一首云：“这是第一首诗，后文香奁闺情皆不落空。余谓雪芹撰此书中，亦为传诗之意。”总之，这一系列小说里的诗，都有脂砚斋的批语，那末为什么在最前的这首诗，脂砚斋反倒无一语评批呢？道理很明白，因为这是脂砚斋自己写的诗，所以就没有批。说到底,《红楼梦》里除“满纸荒唐言”一首是雪芹自己的诗外,其他都是为小说故事而写,更多的是为小说的人物所作,是曹雪芹创作小说人物的手段之一。所以启功先生说《红楼梦》里的“每首诗,都是人物形象的组成部分”,这是说得非常确切而精到的。下面我们就试扼要分析林黛玉、薛宝钗两个人的诗,看看她们与小说人物塑造的关系。

二

先说林黛玉。林黛玉是小说的中心人物之一,是第一女主人公,她在《红楼梦》中的重要性,可以说等同于贾宝玉、薛宝钗。要了解林黛玉的诗是否切合林黛玉这个人物,是否达到了个性化,还须要对林黛玉有一个总体的了解。林黛玉与贾宝玉一样,完全是中国小说史上创新的人物,在此之前,在中国文学史上,还没有同一类型的形象。但是,林黛玉这个艺术形象,又不是天上掉下来的,而是从中国传统文化、传统美学理想,经过曹雪芹崭新的思想而孕育化生出来的。析而言之,她有藐姑仙子的仙和洁,她有洛水神女的伤,她有湘娥的泪,她有谢道韫的敏捷,她有李清照的尖新和俊,她有陶渊明的逸,她有杜丽娘的自怜,她有冯小青的幽怨,她有叶小鸾的幼而慧,娇而夭,她更有自身幼而丧母复丧父的薄命……总之,在她的身上,集中了传统性格和传统美学理想的种种特点和优点,而熔铸成一个完美的活生生的独特个性。这个个性是孕育化生而成的，不是集合而成的。曹雪芹之所以必须创造这样一个崭新的形象，是因为以往任何女性形象都不能载负他所要赋予的全新的独特的思想，很明显，林黛玉的思想要用杜丽娘或者崔莺莺的形象来载负是完全不可能的，所以林黛玉这样崭新的女性形象的出现，是因为曹雪芹要赋予以往历史上从未有过的新的思想。对于这个崭新的形象，脂砚斋倒是有一定的认识的，他说："真可拍案叫绝，足见其以兰为心，以玉为骨，以莲为舌，以冰为神，真真绝倒天下之裙钗矣。"又在此段的书眉上墨批云："真冰雪聪明也！"（甲戌本第八回第8页B面）清代的西园主人在《〈红楼梦〉论辨》中则说：

林颦卿者，外家寄食，茕茕孑身，园居潇湘馆内，花处姊妹丛中，宝钗有其艳而不能得其娇，探春有其香而不能得其清，湘云有其俊而不能得其韵，宝琴有其美而不能得其幽，可卿有其媚而不能得其秀，香菱有其幽而不能得其文，凤姐有其丽而不能得其雅，洵仙草为前身，群芳所低首者也。

西园主人还说：

盖以儿女之私，此情只堪自知，不可以告人，并不可以告爱我之人，凭天付予，合则生，不合则死也。

汇合以上这些意见，可以形成对林黛玉的一个总的认识，这样我们来验读林黛玉的诗，就可以感受到是否诗如其人，是否如启老先生所说的“每首诗都是人物形象的组成部分”了。

现在先说二十七回的《葬花吟》。此诗的起因是上回黛玉晚访怡红院，却因晴雯未听清黛玉的声音，误把黛玉拒于门外，黛玉又耳听着宝玉、宝钗笑语之声，眼看着宝玉、袭人等送宝钗出怡红院，因而触景生情，使本来就是多感的黛玉：

> 自己又回思一番：虽说是舅母家如同自己家一样，到底是客边，如今父母双亡，无依无靠，现在他家依栖，如今认真淘气，也觉没趣。一面想，一面又滚下泪珠来。……

与此相对衬的是第二天芒种节，园中诸人都来祭饯花神，“满园里绣带飘飖，花枝招展，更兼这些人打扮得桃羞杏让，燕妒莺惭”。黛玉孤零无依的身世，又意外遭到闭门坚拒的冷落，再对照着园中诸人的热烈情绪，于是逼出了这首字字血泪的《葬花吟》。此诗共51句，可说自首到尾，字字精警，句句动人，如“桃李明年能再发，明年闺中知有谁？”如“一年三百六十日，风刀霜剑严相逼。明媚鲜妍能几时！一朝飘泊难寻觅。”都是紧切黛玉身世的感叹，特别是：

> 愿奴胁下生双翼，随花飞到天尽头。
> 天尽头，何处有香丘？

未若锦囊收艳骨，一抔净土掩风流。
质本洁来还洁去，强于污淖陷渠沟。
尔今死去侬收葬，未卜侬身何日丧？
侬今葬花人笑痴，他年葬侬知是谁？
试看春残花渐落，便是红颜老死时。
一朝春尽红颜老，花落人亡两不知！

这些诗句，真真是杜鹃啼血，长歌当哭，无一不是从黛玉的特定身世、特定心情、特定环境中自然流出来的。这些诗句，没有一丝一毫是做出来的，完全是自然的流露，是心头的泣诉，特别是诗中提出了“何处有香丘”的问题，提出了“质本洁来还洁去，强于污淖陷渠沟”的问题，这表明着她向往理想世界而厌弃罪恶的现实世界，要保持自己的“洁来”“洁去”，不愿陷身于像渠沟一样污浊的现实社会。脂评说：“余读《葬花吟》，凡三阅，其凄楚感慨，令人身世两忘。举笔再四，不能加批。”脂评当然只是从文字上、诗的感情上来激赏这首诗，对于诗中的理想世界是不可能有所认识的。

再如她的题帕诗：

眼空蓄泪泪空垂，暗洒闲抛却为谁？
尺幅鲛绡劳解赠，叫人焉得不伤悲！

抛珠滚玉只偷潸，镇日无心镇日闲。

枕上袖边难拂拭，任他点点与斑斑。

彩线难收面上珠，湘江旧迹已模糊。
窗前亦有千竿竹，不识香痕渍也无？

这三首诗，集中写了黛玉的“泪”，起因是因为宝玉挨打，受伤甚重，黛玉去看他，心痛不已，又不能都用言辞来倾诉自己的痛惜。宝玉对黛玉也是一样，虽心甚系念，而无从沟通，不得已宝玉只好遣唯一的知心小婢晴雯去传达自己的心意，但又不能明说，只好借送手帕这件事，来传达自己的心意。特别应该注意的是，此时的宝、黛已是经过三十二回“诉肺腑”之后，宝玉嘱咐黛玉“你放心”，黛玉“听了这话，如轰雷掣电，细细思之，竟比自己肺腑中掏出来的还觉恳切”，所以宝玉的手帕，实是不言之言，是“此时无声胜有声”。慧心的黛玉自然终于领悟了宝玉的深意。所以，从《葬花吟》到题帕诗，是宝、黛感情的飞跃和深化，以前黛玉的眼泪，是由于误会和外因，如开头的摔玉，如夜访时晴雯闭门不纳。这些都是由外因引起的，而这次的题帕诗的“泪”，却是由于内因，是由于双方互相进一步的沟通和感悟而引起的，所以黛玉这次的“泪”，是双方思想感情完全沟通并深化的一个标志。“眼泪”，对黛玉来说，实际上就是她的语言，她心头有所感触，不能用言语来表达，就自然地用眼泪来表达。因为眼泪的包容性大，各种内心的感触，都可借用眼泪来表达，从外部来看，眼泪只有一种形式，但其内涵却往往有很大的差别。眼泪更是黛玉生命的象征，二十二回脂批说黛玉“将来泪尽夭亡”，则可见黛玉的“泪”，更是黛玉生命的“量”词，现在黛玉为宝玉而大量抛洒自己的眼泪，也无异是为宝玉而不惜自己的生命。题帕诗的第三首，是用的湘娥斑竹的典故，这是一种化用，而不是死板的照搬，作者只是用来说明黛玉眼泪之多之悲，说明她为宝玉而椎心泣血，不惜自己的生命。从人物形象创作的角度看，作者正好用这种诗的手段，来深化人物的内心世界、思想感情。这三首诗的内容，如果要用叙述文字来加以表达，其效果和所能达到的深度，肯定比不上这三首诗的功能，所以这三首诗，不仅仅是切合林黛玉的身份口气，而且是大大深化和丰富了林黛玉这个形象。

《红楼梦》里关于黛玉的诗，还有很多，这篇文章里不可能一一细说，但七十六回的“冷月葬诗魂”，却不能不说。此句庚辰本作“冷月葬死魂”，“死”字点去，原笔旁改为“诗”字，全句为“冷月葬诗魂”。作“诗魂”者，还有程甲本、甲辰本、列藏本。作“冷月葬花魂”的有戚序本系统的三个本子，即戚序本、蒙府本、南京图书馆藏本，还有杨本。实际上戚序本系统的三个本子是一个来源，其数据是虚的，且戚本和杨本的时间都是乾隆末年，而庚辰本其底本是乾隆二十五年，现存的抄本至晚也是乾隆三十二三年（见拙著《论庚辰本》），程甲本刊印的时间是乾隆五十六年，但其底本也当是乾隆中期的抄本，甲辰本是乾隆四十九年的抄本，列藏本约是乾隆末或嘉庆初年的本子，而以后者的可能性较大。所以从抄本的角度看，作“诗魂”的四个本子，有三个是乾隆中期的本子，一个是嘉庆初期的本子，而作“花魂”的本子，都是乾隆末年的本子，特别是戚本是经人整理过的本子，其可信的程度是有限度的。主张“花魂”说的同志，认为“死”字与“花”字形近，是形近而误。其实这是不足为据的。因为无论是正写、行写、草写，“花”字起头的两笔总是少不了的，如：花、花、花，这就是“花”字的正、行、草三种基本写法，它无论如何与“死”字形近不了，最显眼的是“死”字起笔是一平画，与“花”字起笔的两竖笔，无论如何不能混淆，因为“死”字无论如何行写或草写，都不可能在一平画上面再添加笔画，明白了这个道理，可知“形近而误”的说法，是一种想当然的想法。①特别是庚辰本上“死”字点改为“诗”字，是原抄者的改笔，此回“诗”字甚多，读者可将七十六回此句旁改“诗”字与非旁改的正文抄写的“诗”字作比较验看，就可以明白是抄手听错了读音而误抄，因为当时是一个人念，一个人抄，所以易致音近而误；而抄者并非看着书抄，所以也不可能发生“形近而误”。就在本回，音近而误的还可举出数例，如第1876页倒数第4行“海棠诗四手”，实是“海棠诗四首”，因“首”“手”音近而误；如1877页第3行末“黛玉笑道：‘正是故人常说’”，实是“古人常说”，因“古”“故”音近而误；如1887页第4行末“只是故于颓败”，实是“只是过于颓败”因“故”“过”音近而

① 读者还可参看各种行草法帖，查一查“死”字的写法与“花”字的写法是否有形近之处。最易见的《圣教序》，其中“花”字两见，“死”字也两见，看看是否能混淆或是否有形近的可能。

误；如1891页倒数第4行“我有择息的病”，实是“我有择席的病”，因“息”“席”音近而误。以上这些例子，都能充分说明当时抄手音近而误甚多，发现后随手就改在旁边，上举二、三两例，就是原笔旁改的，这种原笔旁改的例子实在太多了，只要认真细研影印庚辰本或验看原本，就可明白吾言不虚。

以上是从版本（抄本）的依据和抄写时的音误、形误的角度来分析的。下面再从“诗魂”和“花魂”这两个词的内涵方面作一些分析。

大家知道，在《红楼梦》里外形特别美的女子并不是仅仅林黛玉一个。如第五回警幻送宝玉“至一香闺绣阁之中，……更可骇者，早有一位女子在内，其鲜艳妩媚有似乎宝钗，风流袅娜，则又如黛玉。”这里，宝钗与黛玉同举，而且以宝钗为首。再如六十三回《寿怡红群芳开夜宴》，诸人抽象牙花名签子，宝钗

> 伸手掣出一根，大家一看，只见签上画着一支牡丹，题着“艳贯（冠）[①]群芳”四字。下面又有镌的小字一句唐诗，道是：
>
> 任是无情也动人
>
> 又注着：在席共贺一杯，此为“群芳之贯（冠）”……众人看了都笑说：“巧得很，你也原配牡丹花。”说着大家共贺了一杯。宝钗吃过。

---

① 此处又是音近而误一例。

这里，更是把宝钗的美突出到“艳冠群芳”的地位，而且用花中之王牡丹来比喻她，还让大家说“你也原配牡丹花”，更加坐实了宝钗居花中之王，艳冠群芳的地位。而同回黛玉

> 伸手取了一根，只见上面画着一枝芙蓉，题着“风露清愁”四字，那面一句旧诗道是：
>
> 莫怨东风当自嗟
>
> 注云：自饮一杯，牡丹陪饮一杯。众人笑说：“这个好极，除了她别人不配作芙蓉。”黛玉也自笑了，于是饮了酒。

显然作者在这里用以比喻黛玉的是秋天冷清的芙蓉花，并且“黛玉也自笑了”，也即是认可了。在上面这个情节里，不是作者用花作比喻，把宝钗放到“艳冠群芳”的地位了吗？再如第二十一回宝玉续《庄》云：“戕宝钗之仙姿，灰黛玉之灵窍”，这是称宝钗是“仙姿”，称黛玉是“灵窍”，可见宝钗之美是非常突出的。再如第二十八回《薛宝钗羞笼红麝串》。宝玉要看宝钗手臂上的红麝串，宝钗

> 少不得褪了下来。宝钗生的肌肤丰泽，容易褪不下来，宝玉在旁看着雪白一段酥臂，不觉动了羡慕之心，暗暗想道：“这个膀子要长在林妹妹身上，或者还得摸一摸，偏生长在他身上。”正是自恨没福得摸。忽然想起金玉一事来，再看看宝钗形容，只见脸若银盆，眼似水杏，唇不点而红，

眉不画而翠，比林黛玉另具一种妩媚风流，不觉就呆了……

这里，作者不仅正面描写了薛宝钗的美，而且还说“比林黛玉另具一种妩媚风流”，连宝玉都看呆了。以上种种描写，不是非常突出了宝钗之美，宝钗居“群芳之冠”的地位吗？所以在《红楼梦》里，第一，有不少人都被用花来比喻过，因此不少人都有资格用花来作代称。也因此这个“花魂”，究竟是指哪一朵花的“魂”呢，就产生了疑问。第二，真正居花中之王的并不是林黛玉而是薛宝钗，黛玉只是芙蓉，宝钗才是花中之王的牡丹。所以，如果要用“花”或“花魂”来形容比喻大观园中的诸艳，则首推薛宝钗，而不能理所当然地把这个比喻专属林黛玉。

我们再进一步地进行探讨，曹雪芹在《红楼梦》里塑造的林黛玉，究竟是怎样的一个理想人物呢？曹雪芹是想塑一个绝世美女，来超过历史上所有的美女吗？我认为完全不是。我认为曹雪芹所要塑造的是一个有新的社会理想的女性，当然这个女性的外形也是非常美的，但并非美是第一或唯一，而是理想第一、思想第一。也就是说，林黛玉并非单纯是一个美女。这一点，在《红楼梦》里是有反复的强调的。请看三十二回的这段话：

湘云笑道：“还是这个情性不改。如今大了，你就不愿读书去考举人进士的，也该常常的会会这些为官做宰的人们，谈谈讲讲些仕途经济的学问，也好将来应酬世务，日后也有个朋友。没见你成年家只在我们队里搅些什么！”

> 宝玉听了道："姑娘请别的姊妹屋里坐坐，我这里仔细污了你知经济学问的。"袭人道："云姑娘快别说这话。上回也是宝姑娘也说过一回，他也不管人脸上过的去过不去，他就咳了一声，拿起脚来走了。这里宝姑娘的话也没说完，见他走了，登时羞的脸通红，说又不是，不说又不是，幸而是宝姑娘，那要是林姑娘，不知又闹到怎么样，哭的怎么样呢。提起这个话来，真真的宝姑娘叫人敬重，自己讪了一会子去了。我倒过不去，只当他恼了。谁知过后还是照旧一样，真真有涵养，心地宽大。谁知这一个反倒同他生分了。那林姑娘见你赌气不理他，你得赔多少不是呢。"宝玉道："林姑娘从来说过这些混帐话不曾？若他也说过这些混帐话，我早和他生分了。"

这是交待得最为清楚的一段，还有前引二十八回宝钗褪串的一段。按《红楼梦》的描写，宝钗的美，决不在黛玉之下，甚至"另具一种妩媚风流"。但是宝玉还是没有喜欢他，其中最重要的一个选择标准，就是生活道路和社会理想。只有林黛玉是完全理解他，与他完全一致的。这就是说，黛玉除了美以外，更重要的是具备与贾宝玉一样的全部新的社会理想，而薛宝钗的理想却是与他完全相反。所以贾宝玉认为只有林黛玉才是他的生死知己。这样，我们就明白了曹雪芹所要塑造的并非仅仅是一个美女，而是要塑造一个完全具备新的社会理想的新型的女性，这个女性当然也是美的，甚至是极美的。薛宝钗并不是没有社会理想，只不过她的社会理想，也就是封建教育所灌输的一套封建的社会理想，三从四德的封建礼教和封建的全部社会道德、人际关系。两个外形都很美的女性，却从思想上判然分别开来了。于是，读者就会明白，“花魂”这个词，用来指林黛玉是不确切的，它不足以负荷这样的新的思想内涵，因而不足以代指林黛玉。因此戚本系统的“花魂”这个词显系后人的误改。

不错，林黛玉在《葬花吟》里是两次用到“花魂”这个词的，在二十六回末尾的叙述文字里，曹雪芹也是用了“花魂”这个词的。这就是说，在曹雪芹的《红楼梦》里已经三次用“花魂”这个词了。一个词，即使最好，也经不起这样反复使用的，何况曹雪芹这样的天才，能窘迫到没有更好的新词，只能反复用一个已经用了三次的旧词吗？更何况，曹雪芹笔下的林黛玉，是具有新的社会理想，是厌弃透了封建贵族社会的一切陈腐俗套，是具有超时代的诗人气质的一个新的女性形象，曹雪芹用“诗魂”一词来指她，是最恰当不过的了，怎么可能舍此不用，而去用已经用过三次的“花魂”这个旧词呢？不能忘记，黛玉除《葬花吟》外，还有《秋窗风雨夕》、《桃花行》等长歌，还有著名的菊花诗和柳絮词，这些都是富于社会内涵的绝唱。应该注意到《红楼梦》里写诗特多的是林黛玉，仅长歌就有三首。还有联句两篇。“冷月葬诗魂”就是在与湘云联句互争高下时才突然迸发出来的不朽名句，雪芹特意让湘云与她互争胜负，而以此绝世佳句属黛玉，这是人物塑造上特意的安排，阅者万万不能辜负雪芹的苦心！除此而外，黛玉还有律、绝诗和词，整部《红楼梦》里，没有第二个人的诗在数量和质量上能超过她，这种安排，当然是曹雪芹匠心设计的。那末，从诗的人物个性化来说，“诗魂”不正好是诗才横溢的林黛玉个性的呈现吗！再者，在《红楼梦》第五回《金陵十二钗》正册里关于薛宝钗和林黛玉的诗是：“可叹停机德，堪怜咏絮才”。曹雪芹特意将谢道韫敏捷的诗才比黛玉，这说明他是用诗人的品格来塑造黛玉的，所以，这个“诗魂”，当然非黛玉莫属。

“诗魂”和“花魂”，虽然只有一字之差，却关系到黛玉这个形象的整体，关系到曹雪芹究竟要塑造一个什么样的艺术形象的问题，关系到《红楼梦》一书的思想主题。因此，虽只一字，也不能含糊，必须明辨！

三

下面，我们再说薛宝钗。

薛宝钗是有名的“冷美人”，在《红楼梦》第五回《金陵十二钗》正册里，就写着“可叹停机德，堪怜咏絮才”。这第一句就是指薛宝钗有符合封建道德规范的妇德，第二句是指林黛玉有谢道韫一样敏捷的诗才。在同回《红楼梦十二支曲》:《终身误》里有一句指薛宝钗的曲词说：“空对着山中高士晶莹雪”。这句曲词，一般的解释，都是把“山中高士”解释为薛宝钗，“晶莹雪”又解释为薛宝钗。我认为这样的解释，词意重叠而不确切。我的理解，这句曲词，应分词面的意思和词后所隐的意思两层来解释。词面的意思是：山中高士——晶莹雪。意思是这“山中的高士”就是晶莹的“雪”。这“晶莹雪”是指物而不是指人。也就是说在这绝高的山上只有冰雪。这是一种极冷极冷的境界。第二层所隐的意思就是指薛宝钗。就是隐指她的“冷”。这里的差别就在于这“山中高士”不是用来称赞薛宝钗的。因为薛宝钗是一个热衷入世的人，是“时宝钗”，而没有一点“山中高士”的意思，与她后来的结局也毫不相干。下句：“世外仙姝[1]寂寞林”的解法也一样，词面是指世外一片仙界的树林，“姝”谐“株”，词后所隐的意思是指林黛玉。

这个“冷美人”究竟“冷”到何种程度呢？一、金钏投井死了，人人都感到伤感，连王夫人都受到良心的谴责，承认“岂不是我的罪过”，袭人也“不觉流下泪来”。但薛宝钗却能作出意想不到的解释，她说：

> 据我看来，她并不是赌气投井，多半她下去住着，或是在井跟前憨顽，失了脚掉下去的。她在上头拘束惯了，这一出去，自然要到各处去顽顽逛逛，岂有这样大气的理？纵然有这样大气，也不过是个糊涂人，也不为可惜。……姨娘也不必念念于兹，十分过不去，不过多赏她几两银子发送她，也就尽主仆之情了。（三十二回）

---

① 姝，甲戌、己卯、戚序、杨藏、程甲、舒序各本皆作“姝”，蒙府本误抄作“妹”，其底本当亦作“姝”，列本缺，惟庚辰本作“姑”，其底本己卯本作“姝”，可见是抄误。此从各本作“姝”。

面对着血淋淋的事实，她居然能说是“在井跟前憨顽，失了脚掉下去的”，这说得多么轻松自在，简直是把金钏的被撵当作是放假了！最后是“不过多赏她几两银子”，“也就尽主仆之情了。”这就是薛宝钗的主仆之情，也就是薛宝钗的“冷”，“冷”到连一丝一毫的人情暖意都没有了，只有一片冰冷的冰雪世界！二、尤三姐自刎后，连贾珍、贾琏都感到“不胜悲悼”，连薛蟠也满面泪痕地跑回来把这事告诉大家，薛宝钗却说：“这也是他们前生注定”，“如今已经死的死了，走的走了，依我说，也只好由他罢了。”又是一片冰冷的世界，别人悲惨遭遇她丝毫无动于衷！三、三十三回宝玉挨毒打后，大家都疼惜他，都来看望他，宝钗来看望的情形是这样写的：

只见宝钗手里托着一丸药走进来，向袭人说道：“晚上把这药用酒研开，替他敷上，把那淤血的热毒散开，可以就好了。”说毕，递与袭人，又问道：“这会子可好些？”宝玉一面道谢，说：“好了。”又让坐。

宝钗见他睁开眼说话，不像先时，心中也宽慰了好些，便点头叹道：“早听人一句话，也不至今日。别说老太太、太太心疼，就是我们看着，心里也疼。”刚说了半句又忙咽住，自悔说的话急了，不觉的就红了脸，低下头来。

……

（宝钗）心中暗暗想道：“……你既这样用心，何不在外头大事上做工夫，老爷也欢喜了，也不能吃这样亏。……”

想毕，因笑道："你们也不必怨这个，怨那个。据我想，到底宝兄弟素日不正，肯和那些人来往，老爷才生气。就是我哥哥说话不防头，一时说出宝兄弟来，也不是有心调唆：一则也是本来的实话，二则他原不理论这些防嫌小事。……"

这是宝玉挨打后宝钗去探望的情况，下面再看看黛玉去探望的情况：

这里宝玉昏昏默默，只见蒋玉菡走了进来，诉说忠顺府拿他之事；又见金钏儿进来哭说为他投井之情。宝玉半梦半醒，都不在意。忽又觉有人推他，恍恍忽忽听得有人悲戚之声。宝玉从梦中惊醒，睁眼一看，不是别人，却是林黛玉。

宝玉犹恐是梦，忙又将身子欠起来，向脸上细细一认，只见两个眼睛肿的桃儿一般，满面泪光，不是黛玉，却是那个？宝玉还欲看时，怎奈下半截疼痛难忍，支持不住，便"嗳哟"一声，仍就倒下，叹了一声，说道："你又做什么跑来！虽说太阳落下去，那地上的余热未散，走两趟又要受了暑。……"此时林黛玉虽不是嚎啕大哭，然越是这等无声之泣，气噎喉堵，更觉得利害。听了宝玉这番话，心中虽然有万句言词，只是不能说得，半日，方抽抽噎噎的说道："你从此可都改了罢！"宝玉听说，便长叹一声，道；"你放心，别说这样话。就便为这些人死了，也是情愿的！"

一句话未了，只见院外人说："二奶奶来了。"林黛玉便知是凤姐来了，连忙立起身说道："我从后院子去罢，回来再来。”宝玉一把拉住道：“这可奇了，好好的怎么怕起他来。”林黛玉急的跺脚，悄悄的说道：“你瞧瞧我的眼睛，又该他取笑开心呢。”宝玉听说赶忙的放手。黛玉三步两步转过床后，出后院而去。

这两节文字是紧密连在一起的，先宝钗后黛玉，这未始不是作者有意的对比。宝玉的一顿挨打，换来宝钗一颗丸药和一段贾政式的教训或劝告，结论是“到底宝兄弟素日不正”，话说得多么冠冕，多么冷静理智，即使贾政听见了，也会点头称赞的。自己的一点点感情刚刚有一丝流露，马上就控制住了，其自制力和速冻的修养功夫真是到了家，这一切都是封建礼教和封建道德修养达到理想高度的标志。而林黛玉除带去眼泪，带去肿的桃儿一般的两个眼睛，带去无声之泣而外，只有一句话：“你从此可都改了罢！”这是一句怨极疼极的话。这句话的意思，当然不能照字面来理解，照字面来理解，就大失作者用词之神妙了！

与“冷”相关的另一层意思就是“无情”。六十三回宝钗抽的花名签子的诗句就是“任是无情也动人”，花名是牡丹，题词是“艳冠群芳”。这牡丹和题词，前面已经解释过了，无须再讲。“任是无情也动人”这句话，换一种说法，就意思十分显豁了，这就是“任是动人也无情”。这句话就是活生生的一个薛宝钗。漂亮是漂亮到“艳冠群芳”，漂亮到可称“花中之王”，可称“仙姿”的地步了，就是冰冷无情！

与“冷”相关的另一面就是“淡”。《红楼梦》第四十回贾母与刘姥姥一起到蘅芜苑时：

进了房屋，雪洞一般，一色玩器全无，案上只有一个土定瓶中供着数枝菊花，并两部书，茶奁茶杯而已。床上只吊着青纱帐幔，衾褥也十分朴素。

第七回周瑞家的到梨香院时，“只见薛宝钗穿着家常衣服，头上只散挽着鬏儿，坐在炕里边”。后来薛姨妈让送宫花给姊妹们戴时，王夫人说留给宝钗戴，“薛姨妈道：‘姨娘不知道，宝丫头古怪着呢，他从来不爱这些花儿粉儿的。’”第八回宝玉到梨香院时，“先就看见薛宝钗坐在炕上作针线，头上挽着漆黑油光的鬏儿，蜜合色棉袄，玫瑰紫二色金银鼠比肩褂，葱黄绫棉裙，一色半新不旧，看去不觉奢华，唇不点而红，眉不画而翠，脸若银盆，眼如水杏。罕言寡语，人谓藏愚；安分随时，自云守拙”。

以上这几段描写，突出了一个“淡”字，特别是她的居处如“雪洞一般”，这是一句点睛的话，令人感到一股冷气。而她的衣着，只是“一色半新不旧”的“家常衣服”，她的日常生活不是“坐在炕上作针线”，就是“伏在小炕桌上同丫鬟莺儿描花样子”，这一切都是标准的封建女范的再现，特别是四十二回宝钗在训戒了黛玉以后有一段自白：

你当我是谁，我也是个淘气的。从小七八岁上也够个人缠的。我们家也算是个读书人家，祖父手里也极爱藏书。先时

> 人口多，姊妹兄弟都在一处，都怕看正经书。弟兄们也有爱诗的，也有爱词的，诸如这些《西厢》、《琵琶》以及《元人百种》，无所不有。他们是偷背着我们看，我们却也偷背着他们看。后来大人知道了，打的打，骂的骂，烧的烧，才丢开了。所以咱们女孩儿家不认得字的倒好。男人们读书不明理，尚且不如不读书的好，何况你我。就连作诗写字等事，这不是你我分内之事，究竟也不是男人分内之事。男人们读书明理，辅国治民，这便好了。只是如今并不听见有这样的人，读了书倒更坏了。这是书误了他，可惜他也把书糟踏了，所以竟不如耕种买卖，倒没有什么大害处。你我只该做些针黹纺织的事才是，偏又认得了字，既认得了字，不过拣那正经的看也罢了，最怕见了那些杂书，移了性情，就不可救了。

这是一段关于薛宝钗的十分重要的文字，它可以让你认识薛宝钗的过去和现在。按她自己说，她幼时也是很淘气的，《西厢》、《琵琶》《元人百种》等都偷着看，后来被大人"打的打，骂的骂，烧的烧，才丢开了"。在封建教育的熏陶下，她终于懂得"女子无才便是德"的道理，明白了"就连作诗写字等事，这不是你我分内之事，""你我只该做些针黹纺织的事才是"，"最怕见了那些杂书，移了性情，就不可救了。"[①]薛宝钗的这段自白，坦率地说出了她的现

---

① 第六十四回薛宝钗还有以下一段话，可以对看："自古道'女子无才便是德'，总以贞静为主，女工还是第二件。其余诗词，不过是闺中游戏，原可以会可以不会。咱们这样人家的姑娘，倒不要这些才华的名誉。"

在。大家知道，《红楼梦》里的贾政，是一个用封建模子压出来的人物，他没有自己的思想和性灵，只有一套冰冷僵化的封建教条，所以贾政两字的含义，就是：假就是真，真就是假。这八个字，是曹雪芹创造贾政这一形象的真谛，也是对当时充塞于世上的虚假现象如假道学、假名士之类的辛辣讽刺[①]。而薛宝钗，我认为是曹雪芹塑造的又一个贾政式的人物，也就是说是封建化透了的人物。但这是一个女性形象，且是一个少女，因此她有自己的女性特点，不可能按着贾政的模子造，但就其思想内涵来说，完全是与贾政一流的人物。薛宝钗这个形象给我们另一方面的启示，是她自白了自己“转变”的过程，这在贾政身上是找不到的，而这一点，恰好透露了曹雪芹塑造薛宝钗这一形象的思想渊源。它的思想的渊源就是李贽的《童心说》。李贽认为：“童心者，绝假纯真，最初一念之本心也。若失却童心，便失却真心；失却真心，便失却真人。人而非真，全不复有初矣。”“童心胡然而遽失也，……其长也，有道理从闻见而入，而以为主于其内而童心失。”“夫道理闻见，皆自多读书识义理而来也。”“《六经》、《语》、《孟》，乃道学之口实，假人之渊薮也，断断乎其不可以语于童心之言明矣。”李贽认为人之失去童心，变成假人，就是因为受了《六经》、《语》、《孟》之类的封建教育。而薛宝钗恰好是活生生地讲出了她从童心到完全失却童心的“转变”过程。而作为《红楼梦》里的薛宝钗，特别是训诫黛玉时的薛宝钗，当然是已经完全失却童心，完全完成了自身封建化的过程了。所以，我

① 请详见拙著《论红楼梦思想》，黑龙江教育出版社2002年版。

们说，薛宝钗是一个贾政型的女性。而她的罕言寡语，淡妆素服，把识字作诗都看作是非分内之事，对于别人，对于世事，完全没有一丝一毫的真心，真是“淡”到了极点，也就是“冷”到了极点。

但是，不能忘记，薛宝钗胎里是有一股“热毒”的，这股热毒，完全是靠用“冷香丸”来克制的，然而充其量也只是克制而不是清除，所以她始终不放松规劝贾宝玉走仕途经济的道路，因为她认为“男人们读书明理，辅国治民，这便好了”；所以她“会做人”，会讨好贾政、贾母、王夫人等等上面的人和身边所有的人，所以她又是“时宝钗”，“时宝钗”者，能识时务也。“时”就是“孔子时者也”的“时”，也就是顺乎潮流，见风使舵的意思。这里须要回顾一下第一回贾雨村吟的联语下句：“钗于奁内待时飞。”贾雨村表字时飞，研究者认为宝钗后来改嫁贾雨村。这一结局，也是符合这个“随分从时”的薛宝钗的性格的，这也是“时”字的具体体现。论者又认为宝钗的影子（同型人）是袭人，袭人后来嫁蒋玉菡，这也是一种映衬。《红楼梦》里说，袭人服侍贾母时，心中眼中只有一个贾母，如今服侍宝玉，心中眼中又只有一个宝玉。研究者指出这实际是隐示她的“随分从时”，隐示她的“得新忘旧”。这一看法，是值得参考的。

这种“识时务”的人，必然也是善于机变的人，二十七回滴翠亭宝钗扑蝶，“少不得要使个‘金蝉脱壳’的法子”“故意放重了脚步，笑着叫道：‘颦儿，我看你往那里藏！’”这个“‘金蝉脱壳’的法子”果然有效，她自己确是“脱壳”了，但黛玉却是“入壳”了。她故意说：“颦儿，我看你往那里藏？”往哪里藏呢？分明是你把她藏进“壳”里了，还能往哪里藏呢？论者以为“并不能确定她是有意嫁祸黛玉。”“祸”倒是并不能确定的，因为小红、坠儿未必能为祸，但“嫁”是确定“嫁”了。因为下文就说：“了不得了！林姑娘蹲在这里，一定听了话去了！”这不是明明已经“嫁”了吗？自己不愿意的事却把别人装进去，这就是薛宝钗的机变！至于是有意无意，好心坏心，《红楼梦》里没有明写，所以这也是《红楼梦》的永远话题之一。

在基本了解了薛宝钗这个人以后，那末，就可以来看看她的诗与她的人的关系了。但不能忘记，薛宝钗是恪守妇德，牢牢记住“作诗写字等事，这不是你我分内之事”的教训的，所以在《红楼梦》里她作的诗不多。她的第一首诗，就是大观园题咏，她题的匾是“凝晖钟瑞”，诗是“芳园筑向帝城西。华日祥云笼罩奇。高柳喜迁莺出谷，修篁时待凤来仪。文风已著宸游夕，孝化应隆归省时。睿藻仙才盈彩笔，自惭何敢再为辞？”这是一首认真的应制诗，除第一句和最后一句外，其余六句，句句是颂圣，而歌颂得得体，显出了宝钗这方面的才能，所以得到了贾妃的称赞。实际上，这类的事正合她的性格。同样，林黛玉的诗颂圣的味道就大大不如宝钗，而宝玉的诗，简直不像应制颂圣：“秀玉初成实，堪宜待凤凰。竿竿青欲滴，个个绿生凉。迸砌妨阶水，穿帘碍鼎香。莫摇清碎影，好梦昼初长。”除了第二句外，没有一句像颂圣应制诗，特别是最后两句，哪有一点颂圣的味道，相反倒像是有点犯忌讳。说起宝钗的满篇颂圣，宝钗真正算得上是善颂善祷了！宝钗的《更香》诗，字面上句句工砌，而意思更是字字切合她本人的遭际，这首诗实际上是谶诗，具有暗示未来的意思。从诗的写作艺术来说，虽然切合她的身份，反倒觉得有点微露作意，不及前首自然。有的研究者认为这首不是宝钗的诗，蔡义江同志力辩其非，认为这是宝钗的诗无误。我深然义江同志的意见，此诗当属宝钗无疑。第三十七回宝钗的咏白海棠诗，更是宝钗的自家声口，“珍重芳姿昼掩门”足见她深闺自重，“胭脂洗出”，“冰雪招来”，正是她素淡清冷的写照，尤其是“淡极始知花更艳，”更是自我写照。前面第八回说宝钗穿着“一色半新不旧的”衣服，“看去不觉奢华，唇不点而红，眉不画而翠”，不正是“淡极始知花更艳”吗？三十八回的《忆菊》诗：“怅望西风抱闷思。蓼红苇白断肠时。空篱旧圃秋无迹，瘦月清霜梦有知。念念心随归雁远，寥寥坐听晚砧痴。谁怜我为黄花病，慰语重阳会有期。”整首诗读起来一片萧瑟凄清的气氛。蔡义江同志说“明显的是孤居怨妇的惆怅情怀”[①]极确。但显然又是谶诗的味道了。三十八回薛宝钗的《螃蟹诗》，被众评为“食螃蟹绝唱”，“只是讽刺世人太毒了些。”宝钗是一个中正和平，最得中庸之道的人，何以写此讽世而且“太毒了些”的诗？其实作者在这里要展示的是宝钗的另一方面的性格。宝钗是恪守封建礼法的人，但不是糊涂人，而是极精明的人，对于世情并不是无知，不过是“罕言寡语”而已。所以偶一流露，就会让人觉得芒刺尖利，锋不可当。不记得当宝玉无意中说出有人把她比作杨贵妃时，她就“不由得大怒”，立刻反击，“冷笑了两声”说：“我倒像杨妃，只

---

① 蔡义江：《红楼梦诗词曲赋鉴赏》，中华书局2002年版，第246页。

是没有一个好哥哥好兄弟，可以作得杨国忠的”。而且指着刚进来的小丫头靛儿说：“你要仔细！我和你顽过，你再疑我。和你素日嘻皮笑脸的那些姑娘们跟前，你该问他们去。”（三十回）这样强烈的反应，整部《红楼梦》里薛宝钗仅此一回，但只此一回，也已让宝玉十分尴尬，让读者感到锋芒毕露了。宝钗是一个外貌非常随和，“行为豁达，随分从时”，因此大得上下人之心的人。但是只要触及她自身的利益的时候，她也会立刻作出反应，同时也就是她一向深藏不露的个性的流露，滴翠亭扑蝶胡诌追黛玉，是一次深藏性格的流露；此处反刺宝玉又是一次深藏性格的流露。而这首辛辣讽刺的《螃蟹诗》，则是她在这特定环境、特定题目下对世情的讽刺。初一看，好像与她平常的性格不相一致，实质上是作者特意让她露出一鳞半爪的隐蔽性格。最后，还要说一说七十回咏柳絮词，宝钗的那首《临江仙》：

> 白玉堂前春解舞，东风卷得均匀。蜂团蝶阵乱纷纷，几曾随逝水？岂必委芳尘？ 万缕千丝终不改，任他随聚随分。韶华休笑本无根。好风频借力，送我上青云。

这首词可看作是宝钗的自况，上片写得那末春风得意，舒卷自如，本来随风飘泊的柳絮不是掉在水里，就是落在泥土里，但她却一翻陈意，来一个“几曾随逝水，岂必委芳尘”，为词的最后一句作好了铺垫，而又新意迭出。下片前两句是她性格的写照，后三句简直是她的神来之笔，她这朵柳絮，既不“随逝水”，也不“委芳尘”，而竟是青云直上！这首词，是这位恬淡寡欲、清冷自洁的“冷美人”的内心的大宣泄，是她的“热毒”的总发作。“好风频借力，送我上青云”是她一向的潜意识的自然泄露，于是我们看到了她深藏在骨子里的“热毒”的真实内涵。所以这位“冷美人”，“冷”是她的外部表现，“热”是她的内心隐藏。她也可以说是《红楼梦》里的一位“女贾政”。

*　　*　　*

《红楼梦》里的诗，确如启功先生所说的“每首诗都是人物形象的组成部分”，问题是在于要能准确地理解透作者对每首诗的作意。要做到这一点，实在是很不容易，我自知所知甚浅，对《红楼梦》的诗意领会不深，甚至还可能有理解错的。以上一些戋戋的解释，虽想发启功先生红学之微于万一，但未必能得其真解，只好敬请启先生斧正，敬请我的许多红学朋友和广大的读者指正，我有理解错的地方，一定虚心受教。

2002年2月12日上午11时，

壬午岁朝，于京东瓜饭楼

论贾宝玉与贾政是两种对立的思想

——以《红楼梦》第三十三回为例[①]

① 正文请看中国艺术研究院红楼梦研究所校注、人民文学出版社出版的新校注本《红楼梦》，1982年初版。

第三十三回《手足耽耽小动唇舌　不肖种种大承笞挞》，在全部《红楼梦》中，它具有特殊重要的意义。就在这一回里，作者全面地充分地展开了贾政与贾宝玉之间的矛盾冲突，而且使得这种冲突，具有不可调和的性质。

据研究，曹雪芹的原稿，八十回以后，还准备写三十回，究竟后来写了多少，不得而知，但还有后面的三十回，是有脂评可作依据的。庚辰本第二十回末错装的二十一回回前的总评，其中有句云："按此回之文固妙，然未见后三十回，犹不见此之妙。"这里明确提出了后三十回的数字，那末，由此可知，曹雪芹的原书，计划写一百十回。现在就按一百十回的规模来算，到第三十三回，已经是占全书三分之一弱了。在此之前，写热场面的有秦可卿的出丧，有贾元春的归省，这都是全书中的极大场面，而且写得十分精彩，但是这些情节和场面，作者只是从家庭一面和社会一面揭示了作者所处时代的社会相，而真正的思想冲突和社会意识的冲突，除前面有些小小的伏笔外，却是到了本回才得以充分展开的。

我们不能不惊叹曹雪芹的艺术才华，就是在描写这样一种具有很深的思想内涵的冲突时，他也仍然是忠实于生活和忠实于艺术的。他丝毫也没有把思想用说教的形式赤裸裸地呈现出来，相反，读者所看到的，却是高度真实的生活和生活中的冲突。

在现存曹雪芹原著的八十回《红楼梦》中，有不少回是前后回相跨的，也即是说，往往上一回的故事要有相当的篇幅留到下一回的开头部分，一个完整故事拿来独立写一回的情况并不很多。而就是这个第三十三回，却是整回描写了宝玉挨打这一个情节。开头照应上回的文字，总共只用四十一个字。以下的文字就全是描写宝玉挨打的情节了。后面三十四回开头的文字，已经是打完后的余波，一方面是为了衔接上文，另方面也是为了开启下文。这种安排是很突出的，也充分显示了作者对这一情节的重视。

实际上，作者用来真正描写“打”宝玉的文字，一共不过五百来字，但是围绕着这五百来字，作者却作了种种铺垫，制造气氛，将故事推向高潮，然后又将这个高潮徐徐脱卸，逐步降落。

在宝玉挨打之前，作者铺垫了三件事：一是金钏之死，二是宝玉会见贾雨村（虚写），三是忠顺王府来索蒋玉菡。本回一开头，就是宝玉会见贾雨村回来，得知金钏含羞自尽，因此五内摧伤，茫然信步，精神恍惚，不料却与贾政撞个满怀，贾政喝一声：“站住！”吓得宝玉倒抽了一口气。这是铺垫的第一件事。这一声“站住”，来势很猛，也正是宣告了这场矛盾冲突的开始。接着贾政就斥责宝玉会见雨村时毫无一点慷慨挥洒的谈吐，从而从贾政的嘴里，补出了宝玉会见雨村的情景。其实在书中并未正面描写宝玉如何会见雨村，只是写了在会见前，宝玉一肚子不愿意会见他的心情，这种情景与贾政责备他会见雨村时的“葳葳蕤蕤”完全合拍，同时也写出了贾政对此已积怒甚久。这一笔补写，就十分有力地揭示了贾政当时的心理态势，这是铺垫的第二件事。紧跟着是忠顺王府来索蒋玉菡。如果说前面两件事还只是为贾政积怒的话，那末第三件事，就是使贾政的积怒突然爆发的契机。正在这种山雨欲来的气氛下，作者又添入了一段贾环进谗的情节，这样就像火上加油，贾环就起到了引爆的作用。贾环的“话未说完，把个贾政气的面如金纸，大喝快拿宝玉来！”于是这一场惊天动地的大冲突，就像火山爆发一样，以雷霆万钧之威，迅雷不及掩耳之势突然爆发了。

在“打宝玉”这一短短的情节里，作者还作了多层次的描写，为下文的“打”字继续蓄势。你看，贾政一面大喝快拿宝玉，一面喝令“今日再有人劝我，我把这冠带家私，一应交与他与宝玉过去，我免不得做个罪人，把这几根烦恼鬓毛剃去，寻个干净去处自了，也免得上辱先人下生逆子之罪”。这一段斩钉截铁的话，等于发誓要严惩宝玉，不论有任何阻力也决不改变，这是一层描写。接着贾政“喘吁吁直挺挺坐在椅子上，满面泪痕，一叠声‘拿宝玉！拿大棍！拿索子捆上！把各门都关上！有人传信往里头去，立刻打死’”！这是第二层描写。这上面第一层描写，实际上准对的是贾母，其次是王夫人。因为除了这两个人外，其余任何人都说不上“把冠带家私一应交与他与宝玉过去”，可见此时贾政已发狠至极。这第二层描写，重点是准对宝玉。虽然说到“有人传信往里头去，立刻打死”等，但其着重点还是在“拿宝玉”。

形势发展到这种地步，显然已经是山雨欲来了，读者满以为下文紧接的是宝玉挨打，谁知作者却笔锋一转，把视线拉到了宝玉一边。只见宝玉在厅上急得直转，要找人带信到里边去，偏偏又找不到人。好容易来了一个，却又是个耳聋眼花的，尽管宝玉急得头顶上要冒烟，她却不紧不慢，若无其事。从表面上看好像文章松了，而实质上文情更加紧张了，气氛更为迫促了。现在的情势是：一边是一叠连声叫拿大棍，拿索子，拿宝玉；另一边却是叫天不应，叫地不灵，孤立无援，束手无策。文章不仅要懂得正面做，还要懂得侧面做和反面做。这一段宝玉与聋妈妈的对话，就是一段从侧面做的好文章，顿使文情摇曳，波澜横生。文章至此，确实已经到了图穷见匕，万木无声的份上了，于是一段惊心动魄的打宝玉的绝妙文章终于出场。

文章宜曲不宜直。这一段打宝玉的文字，又有种种变化。先是由小厮们打，接着是"贾政犹嫌打轻了，一脚踢开掌板的，自己夺过来，咬着牙狠命盖了三四十下。众门客见打的不祥了，忙上前夺劝。贾政哪里肯听，说道：'你们问问他干的勾当可饶不可饶！素日皆是你们这些人把他酿坏了，到这步田地还来解劝。明日酿到他弑君杀父，你们才不劝不成'"！

打宝玉的人突然换了，又就势插入了一段对话，文章似乎略有舒缓，但其实不然，这段对话，恰恰是这次尖锐冲突的思想根源，是这次冲突的基因，是冲突的灵魂。我们可以看到曹雪芹笔下的尖锐的思想冲突，是借用尖锐的生活冲突这种方式表现出来的，思想冲突是它的灵魂，而生活冲突则是它的外在形式。正是因为作者就势揭出了这场冲突的不可调和的思想性质，这场冲突的严重性，因此下面的文章，其文势文气，更加峻急，犹如骏马注坂，泷湫飞瀑，浩荡奔腾，势不可挡。

特别是贾政一见王夫人进房来，“更加火上浇油一般，那板子越发下去的又狠又快”。直到王夫人抱住板子，才算止手。这一段文章，正如风雨夜惊，波涛骤至，又如万马狂奔，突然收缰勒马，控鞍停蹄。这段文章写贾政打宝玉，曰：“咬着牙狠命盖了三四十下。”这个“盖”字用得多奇！“盖”者，劈头盖脑之谓也，而且是“咬着牙”，可见贾政恨至极矣。写贾政一见王夫人进来，更加火上浇油一般，板子越发下去得又狠又快。初看这段文字似觉奇怪，为什么贾政会如此行径，细思则恍然大悟，原来贾政是怪贾母、王夫人平时护着宝玉，不让他管教，以致弄得忠顺王府也上门来要人，给自己闯下了大祸，故一见王夫人来，越发激怒，板子下得又狠又快也。《红楼梦》的文章情文相生，没有文而不情，更没有情而不文者，读这一段文字尤可体认。

从表面上看，贾政亲自动手痛打宝玉，文章已经到了最高潮了，其实并非如此。文章的高潮不在贾政打宝玉，而在贾母出场训贾政救宝玉。

请看贾母的出场：

> 正没开交处，忽听丫环来说：“老太太来了。”一句话未了，只听窗外颤巍巍的声气说话：“先打死我，再打死他，岂不干净了！”贾政见他母亲来了，又急又痛，连忙迎接出

来。只见贾母扶着丫头，喘吁吁的走来。……

《红楼梦》里有许多人物的出场，都有极精彩的描写，凤姐的出场，是众所周知的精彩笔墨，其实这里贾母的出场，也是极精彩的描写。先是丫环来报“老太太来了”，一语未了，就听见“先打死我，再打死他，岂不干净了”这一声怒喝。这一声怒喝，确实具有先声夺人的气势，仿佛舞台上重要角色在重要情节处出场，先在帘门里喊一声“叫头”一样，例如京剧《拿高登》里高登逛庙会，人未出场，先在幕内猛喝一声“闪开了”！于是全场为之悚然，真正具有“笔所未到气已吞”的声势！这里贾母出场前的三句话，实质上也起到了这种类似的作用。

《红楼梦》虽然是一部长篇小说，但它的人物对话，却往往很像戏剧，非常精彩。如果把这些话按照戏剧人物对话的方式排列起来写，完全可以把它作为戏剧的语言来看。下面贾政和贾母的对话，就具有这种特色：

贾政上前躬身陪笑道：“大暑热天，母亲有何生气，亲自走来？有话只该叫了儿子进去吩咐。”贾母听说，便止住步喘息一回，厉声说道：“你原来是和我说话！我倒有话吩咐，只是可怜我一生没养个好儿子，却教我和谁说去！”

贾政听这话不像，忙跪下含泪说道：“为儿的教训儿子，也为的是光宗耀祖。母亲这话，我做儿的如何禁得起？”

贾母听说，便啐了一口，说道：“我说一句话，你就禁不起，你那样下死手的板子，难道宝玉就禁得起了？你说教训儿子是光宗耀祖，当初你父亲怎么教训你来！”说着，不觉就滚下泪来。

贾政又陪笑道：“母亲也不必伤感，皆是作儿的一时性起，从此以后再不打他了。”

贾母便冷笑道：“你也不必和我使性子赌气的。你的儿子，我也不该管你打不打。我猜着你也厌烦我们娘儿们，不如我们赶早儿离了你，大家干净！”说着便令人去看轿马，“我和你太太宝玉立刻回南京去！”家下人只得干答应着。

贾母又叫王夫人道：“你也不必哭了。如今宝玉年纪小，你疼他，他将来长大成人，为官作宰的，也未必想着你是他母亲了。你如今倒不要疼他，只怕将来还少生一口气呢。”

贾政听说，忙叩头哭道：“母亲如此说，贾政无立足之地。”

贾母冷笑道：“你分明使我无立足之地，你反说起你来，只是我们回去了，你心里干净，看有谁来不[1]许你打。”一面说，一面只令快打点行李车轿回去。贾政苦苦叩求认罪。

上面这一段对话，句句针锋相对。贾母年纪虽老，语言却锋芒毕露，犀利敏捷，具有很强的辩驳力和压倒的气势，贾政处于完全被动的地位，但语言也仍然是软中有硬，绵里藏针。可惜瞒不过贾母，处处被她捉住，立刻加以猛击，于是这场对话，就具有很

① 此处据程甲本增一“不”字。

强的戏剧特色。前面说到本回文章高潮的顶点不是打宝玉，而是贾母出场怒斥贾政，读上面这段对话，便可相信此言不虚。

在贾政被斥以后，自然只能退却，于是文章就急转直下，层层脱卸，先是贾母看宝玉，接着是凤姐命将宝玉抬出去，文章到此似乎已经山穷水尽，无话可说了，然而不然，作者却来了一笔意想不到的收场，贾政随着到了贾母房中，听着王夫人凄楚的哭声，“自悔不该下毒手打到如此地步。先劝贾母，贾母含泪说道：‘你不出去，还在这里做什么！难道于心不足，还要眼看着他死了才去不成！’贾政听说，方退了出来。”于是这一场“打宝玉”的矛盾高潮才算完全落下。

让原本怒不可遏，发誓要将宝玉打死的贾政，临了又随着贾母进去，并且自悔自责。骤然看去，这是一种前后截然相反的行动，要在一个人身上发生，并且要在很短的时间内发生，这简直是不可想象的事情，然而在作者笔下写来，却合情合理。读者读这一回文字，觉得一切与生活本身一样逼真而又自然，贾政的暴怒和贾政的自悔都是十分符合生活逻辑和人物思想逻辑的，一点也没有觉得牵强。妙就妙在贾母最后这句话，明明是给他台阶下，让他出去自便，话却仍旧说得那样尖刻严厉，“难道于心不足，还要眼看着他死了才去不成！”这话从语言的形式来看，仍旧是针锋相对的高调门，但是从语言的实际内涵来说，已经是矛盾缓解以后的低调门了，嘴上是说：“还要眼看着他死了才去不成”，实际的意思，却是说：你还不快出去！于是“贾政听说，方退出来”。

一场惊心动魄的矛盾冲突，从开头的贾政喝令贾宝玉“站住！”、“不许动，回来有话问你”起，到此时此刻贾政的“退了出来”，可以说：其来也，如惊涛骇浪，风云突变；其去也，如晚潮夜落，悄然而退。作者的文笔，如行云流水，舒卷自如，读《红楼梦》此回文字，有如目睹这一场冲突和耳闻各人的种种声口。曹雪芹真不愧为语言艺术大师。

贾政的退出，只是表明风暴已过去，但被这风暴激起的余波，尚在荡漾。众人忙着伺候宝玉，这是一种余波；袭人到二门寻找焙茗细问端的，是更为符合生活，更为巧妙的余波，也是袭人必有之文，不如此，就不是袭人。至此，完整的一回文字，才算圆满结束。

特别要提起注意的是，贾政说：“明日酿到他弑君杀父，你们才不劝不成！”这句话，点明了这场冲突所包含的思想性质。或者说，从贾政眼里所看到的贾宝玉思想发展的可怕趋势。显然，贾宝玉与贾政的思想冲突是具有对立的性质的，然而，其冲突的形式却是充分地生活化的，所以我说，在曹雪芹的笔下，无不情之文，也无不文之情。这第三十三回，尤足以说明这一点。

1989年1月17日夜1时，

宽堂写毕于京华瓜饭楼

关于《红楼梦》的阅读和考证

——原《论红楼梦思想·后记》

写完了这部《论红楼梦思想》，又想起了一些问题。近些年来有不少同志提出来要重视《红楼梦》的文本阅读，这当然是对的。但有的同志提这个问题时，言外之意是认为《红楼梦》的考证太多了，似乎考证是多余的。如果是这样的意思的话，那末，还须作一些分析。

回顾一下《红楼梦》研究的历史，应该承认，从脂砚斋开始（以1754年甲戌本为始），一直到1921年胡适发表《〈红楼梦〉考证（改定稿）》，这长长的167年，都是属于读文本的阶段，那时还没有《红楼梦》的考证。《红楼梦》的考证，是1921年从胡适开始的，为什么要这种考证，因为发现了《红楼梦》的作者曹雪芹的家世资料，胡适用它来反对当时很流行的索隐派。从此开始，才有了曹雪芹家世的考证。1927年，胡适买到甲戌本，1928年，胡适发表《考证〈红楼梦〉的新材料》，这是《红楼梦》抄本考证的开始，到1933年，胡适又发表《跋乾隆庚辰本〈脂砚斋重评石头记〉钞本》这篇文章，这是《红楼梦》抄本考证的继续，从此，《红楼梦》研究，增加了家世考证和脂本考证的内容。

从清代嘉庆初年开始，就出现了许多《红楼梦》的评点本，以后就层出不穷，直到民国初年，评点《红楼梦》一直没有中断。评点《红楼梦》当然是对《红楼梦》的认真阅读，是文本的赏析和研究，所以这样看来，在整个“红学”史上，文本阅读的时间远远超过了家世考证和抄本考证的时间。

家世考证和脂本考证为什么会经久不息呢？因为这两件事都关系到文本的阅读和研究，不弄清这些问题，就难以弄清楚《红楼梦》本身的问题。再加上有些人弄虚作假，有些人无证据的乱说，于是这两方面的争论文章就层出不穷，但是就其主流来说，无论是家世考证还是脂本的考证，都是以有证有据的严肃考证为主流的。明白了以上情况，就可以知道，“红学”的考证是因为在文本阅读过程中发现了作者问题和抄本问题，不弄清这些问题，文本阅读就产生了障碍，所以才自然而然地生出这两方面的考证来的。

到目前为止，我认为无论是家世考证或是脂本的考证，都已经有了基本的共识，虽然歧义还有，如说什么脂本是伪本啊，曹雪芹有九个祖籍啊，这类的意见还时时冒出来，但毕竟相信的人不多了。此外，可能还有一些新鲜的问题提出来，这也是正常的不足为怪的，如果真有新的历史资料出来，只有对研究工作有利，值得欢迎。

所以，目前重提重视文本的阅读问题，是很适时的，是值得提倡的，我追述家世考证和脂本考证的问题，是为了说明这两种考证是自然地应运而生的，并不是主观的、人为的、节外生枝地制造出来的。这两种考证，只有有利于文本的阅读而并无妨碍于文本的阅读。

还有一点，即使是有一段时间考证很热门的时候，不少同志也没有忘记文本的问题。例如中国艺术研究院红楼梦研究所集合不少专家的力量整理出来一部新校注的《红楼梦》，这不是在文本上的一项重要贡献吗？又如蔡义江、刘世德、黄霖三位专家各自校订了可读性很强的《红楼梦》读本，这不也是文本方面的一大贡献吗？再如北京师范大学由启功先生领头校注的程甲本《红楼梦》，不又是文本方面的一大贡献吗？此外，由冯其庸、李希凡主编，由吕启祥总其事，由国内大批红学专家通力合作的《〈红楼梦〉大辞典》，不更是《红楼梦》阅读的及时的工具书吗？所以现在来认真阅读《红楼梦》文本，确实条件是好多了。

我花了两年时间，写了这部《论红楼梦思想》，开始我一直沉浸在文本里，我觉得这是十分必要的。尽管此前我已读过不知多少遍，“文革”中还用毛笔偷偷抄录过一遍，但仍觉得常读常新，重读《红楼梦》十分必要。后来，由于某种启示，我又认真读了不少有关的宋、元、明、清思想史，清代的政治、历史，清代社会的笔记小说等等，我把《红楼梦》放到清代社会中去看，放到历史的长流中去看，我感到这样一来，似乎对《红楼梦》的理解又深入了一步。所以，我认为文本阅读，也不能是单一的死读《红楼梦》文本。

“红学”研究，曾经经历过一段猜谜的阶段，这个阶段，总算过去了，这不能不感谢考证之功。但是现在这种猜谜似乎仍未绝响，只是变了花样而已！

但是从学术发展的角度看，“红学”研究应该彻底走出猜谜的误区了，尽管做这种猜谜游戏的只是极少数人，但人的智慧是要靠科学来发掘和培育的，为了不贻误后人，“红学”应该完全走上科学认知的道路。为了“红学”的发展，“红学”研究不仅要重视文本，还要重视它的社会内涵，不把它局限于曹、李家族史的范围内，更要重视它的思想性、文学性、艺术性和典型性，这样才能使这部古典名著，全面地发挥出它无穷的耀眼的历史光芒！

2002年元月4日晚

关于《论红楼梦思想》及其他

——原《论红楼梦思想·再记》

我在研究过程中，深深感到我后来提出的《红楼梦》这部书，不仅与曹家、李家的史事有密切的关系（这是主要的），也与清代社会有紧密的关系，所以研究《红楼梦》，既要与曹、李家史结合起来，还必须放开眼界，与清代的社会结合起来研究。例子之一，是六十七、六十八、六十九回，王熙凤计杀尤二姐，其计划之周密老辣，玩弄官场司法于股掌之上，清代的衙门是什么衙门，简直是王熙凤豢养的家奴，她说怎么判就怎么判，她说是什么罪就定什么罪，衙门一切照办，这样的情节，当然不仅仅是贾府内部的事，而是涉及到官场深处了。

还有，王夫人房中金钏投井死了，要补缺，忽然不断有人给她送礼，她初时纳闷，不知为什么。平儿一语提醒，是为了谋这个缺。凤姐明白后，就说让他们送够了我再定夺，谁让他们愿意送的（大意）。这些话，多现代化啊！难道在今天的社会里，找不到这种例子吗？

特别是那个贪赃枉法的贾雨村，老百姓的官司是他效力权门的机会，一个落魄的穷酸书生，靠巴结权势，靠钻营，竟然步步青云。这是清代官场的一个小小缩影。大官僚贪污有的是，这当然都已是贾府以外的社会上的事了，是清代的世风，清代的社会相了。曹雪芹的笔触，可谓入世深矣！他一面说不敢干涉朝廷，一面却让贾妃省亲见到父母亲人即泪如雨下，埋怨送她到见不得人的去处。说皇宫内苑，不及齑盐布帛之家，得享天伦之乐。这不是给皇宫秘情揭老底吗？还有那市井小人倪二的仗义，贾芸舅舅、舅妈悭吝的现世相，都是入木三分的社会实录。这一切，都是清代社会的真实再现，你要从《清史稿》、《清实录》里是找不到影子的。《红楼梦》真是一部社会宝库，可惜我进入这宝库还不久，所获还是肤浅的，我希望有人能循此前进。

我相信，红学的前途是无量的。前几天，我收到美国周策纵老友寄来的“红学”专著，我真钦佩他的睿智和勤奋，可惜我在病中，无力写读后文字。但是，由此我想到海外有不少红友，真是红情满天下。

我希望我的这本书出来，就算我对国内外红友的总报谢。愿红学之树长青！恕我不能向国内外所有红友一一报谢。“海内存知己，天涯若比邻”，在高度现代化的社会，这句话的含义更具有新的科技内容了，我希望四海如一家，红友即亲人。

2002年3月20日夜2时，思念远友，夜不能寐，即时起来，速成此短文，以记长夜念友之情。宽堂冯其庸时年八十于京东且住草堂解蔽轩。

2012年6月15日重定

世界现实主义小说史上的《红楼梦》

——世界文库本《红楼梦》序

《红楼梦》是一部驰名世界的文学巨著。

《红楼梦》的作者曹雪芹，祖籍今辽宁省辽阳市，古代称为“襄平”。其上祖系为明朝驻辽阳的军官，在后金天命六年（1621年，明天启元年）攻克沈阳、辽阳时，曹雪芹的始祖曹世选、高祖曹振彦被俘归后金，曹振彦初归额驸佟养性率领之乌真超哈部队（炮兵），任教官。[①]佟养性死，又归多尔衮之正白旗，任佐领。[②]曹世选则此后迄无记载。曹家自曹世选起至曹雪芹，共六代。上四代皆署明“世居沈阳”[③]（曹锡远）或“奉天辽阳人”[④]（曹振彦），“著籍襄平”[⑤]（曹玺），“千山曹寅”[⑥]（曹寅）。故曹雪芹祖籍辽阳，信史昭昭，略无可疑。

曹家自曹振彦起，从龙入关。曹振彦之媳，曹玺之妻孙氏，又选拔为康熙保姆，曹家遂与清皇室有着极为密切的关系。曹玺之子曹寅曾任康熙伴读，康熙即位后，即简任曹玺为江宁织造，专差久任。康熙二十三年曹玺去世后，康熙又命曹寅继任。从此曹家在江南建立起了一个官僚式的文学大家庭，曹寅本身又是

---

① 天聪四年“大金喇嘛法师宝记碑”，见拙著《曹雪芹家世新考》。

②《清太宗实录》卷十八“天聪八年甲戌”条。

③《八旗满洲氏族通谱》卷七十四。

④ 参见一、《敕修浙江通志·职官》十二。二、嘉庆《山西通志》卷八十二《职官》。三、吴葵之《吉州全志》卷三《职官》。

⑤《上元县志》卷十六《曹玺传》，康熙六十年刊。

⑥ 曹寅：《楝亭集》。

诗、词、歌、赋、戏曲、书法、绘画无一不能，曹寅又承康熙之命，主持《全唐诗》编纂诗局，又承办《佩文韵府》的刊刻，康熙六次南巡，有四次都驻江宁织造府。可见曹寅当年之煊赫。所以一时江左文士，竞与结纳。康熙五十一年曹寅死，康熙又命寅子曹颙继任。三年颙死，康熙复命曹寅弟曹宣之子曹頫过继，继任织造，直到雍正五年底抄家败落。

曹雪芹是出生在江宁的，其生年约为康熙五十四年（1715年）。他的父亲，一说是曹颙，曹雪芹是曹颙的遗腹子；另一说是曹頫。但两说都不能确证。

曹家雍正五年抄家时，曹雪芹年龄是十三岁。因此对家庭的荣华富贵，是有相当的体验的。

雪芹名霑，主遗腹子说者认为字天佑，但也难确论。雪芹、芹溪、芹圃、梦阮，似都是他的号。其中“雪芹”两字，因为在《红楼梦》中即提到，他的友人也在诗中提到，故最为世人所知。

雪芹抄家以后，即回到了北京，一说曾在右翼宗学任职，敦敏、敦诚两兄弟就是在宗学里认识的。之后，即流落到北京西郊，过着“举家食粥”的穷困生活，后又殇子，雪芹哀痛过甚，在乾隆二十七年壬午（1763年）除夕逝世，死时约为48岁。

曹雪芹创作《红楼梦》，大约始于三十岁以前，到乾隆十九年甲戌（1754年），已有抄本《石头记》流传，称“脂砚斋重评石头记”，因内有甲戌纪年，故简称“甲戌本”，时雪芹约四十岁。此后有署年的《石头记》抄本，还有“己卯本”（乾隆二十四年）、庚辰本（乾隆二十五年）等，未署年的则有戚蓼生序本、蒙古王府本、南京图书馆藏本、杨继振藏本（即原称“红楼梦稿本”）、原列宁格勒东方学研究所藏本（简称“列藏本”）、郑振铎藏本（残存二十三、二十四两回）。另有梦觉主人序本，亦称“甲辰本”（乾隆四十九年），但此署年是作序的署年，非书中署年。舒元炜序本，亦称“己酉本”（乾隆五十四年），此亦为序文署年，非书中署年。此外，乾隆五十六年程伟元、高鹗以木活字排印的《红楼梦》，其底本亦是脂砚评本。还有一种南京靖应鹍藏本，出而复失，不可计入外，计乾隆及嘉庆初年抄本见存者共得十二种。其中脂砚本系统均为八十回本（现存甲戌、己卯、郑藏等均为残本），程本系统的为一百二十回本，八十回以后系另人续作。

曹雪芹的《红楼梦》，是一部伟大的现实主义巨著，[①]它精确地反映了我国清代康、乾时期的社会历史面貌，塑造了栩栩如生的典型形象。这里特别要指出的是他比欧洲最早的现实主义大师法国的司汤达（1783—1842年）、福楼拜（1821—1880年）要早出整整一个来世纪，比巴尔扎克（1799—1850年）早出80多年，比俄国的现实主义大师果戈理（1809—1852年）和列夫·托尔斯泰（1817—1875年）也要早出将近一个世纪或更多一点。也就是说，世界文学史上由作家创作的现实主义文艺的强烈光芒，是由东方的中国遥遥领先地放射出来的，是由现实主义的大师曹雪芹首先放射出来的。

这里还要指出曹雪芹的合作者脂砚斋在评析贾宝玉、林黛玉两个典型形象时，提出了明确的、精辟的具有典型论思想的文艺

---

① 说《红楼梦》是现实主义巨著，是就其主要方面而论。《红楼梦》也具有浪漫主义的方面，这是人所共识的。

思想，这是十分难得的。要知道，曹雪芹和脂砚斋的时代，比马克思、恩格斯要早出整整一个多世纪！

曹雪芹的《红楼梦》，取材于他自己的封建官僚大家庭，当然也取材于他的亲友们的封建官僚大家庭，以及当时广泛的社会现实。曹雪芹是在他的大家庭彻底破灭，自身沦为饥寒群的一员的时候写他的《红楼梦》的，所以作品给人以浓厚的回忆的感受，但又不是“回忆录”，更不是作者的“自传”，作者所说的“假作真时真亦假，无为有处有还无”，这是对他的小说的艺术创作和概括的最清楚的说明，这就是说他的《红楼梦》，生活素材是真实的，但它的表现方法不是生活的原始记录而是伟大的艺术创造。

《红楼梦》问世至今二百多年来，它所创造的典型人物和故事，早已深入民间，面向全世界，它已成为人民生活中不可缺少的一部分，从而形成了一种红楼文化的现象。可以说，在中国，在各种不同的文化艺术领域里，都有《红楼梦》的存在，甚而至于在商品经济和商业社会里，《红楼梦》也愈来愈突出地崭露出它的头角。

至于《红楼梦》的评论史、研究史，几乎是与《红楼梦》的创作是同时的。所以《红楼梦》研究的历史，广义地说，已经有二百多年的历史了。今天，专门研究《红楼梦》的一门学问“红学”，已成为当代世界性的显学，在德国曾纯以德语举行过国际性的研讨会，在中国则已经多次召开过《红楼梦》的国际研讨会和全国性的研讨会。最令人感到兴趣的是，《红楼梦》的研究永远没有完，《红楼梦》的研讨会也永远开不完。

本书的校订，以庚辰本为底本，参校以上提到的各脂本和程本，择善而从，但不轻易改动底本文字，有重要改动，均出校记，目的是使它既保持曹雪芹原著的真实面貌而又便于阅读。

本书的注释，力求准确，精当，避免烦琐。

本书自初版至今，已历十三年，“红学”也有大进，本书此次校订，悉取“红学”界的最新成果，故本书实亦当代“红学”之撷英，岂敢区区自专而已，惟读者鉴之。

1995年7月26日夜深于京华瓜饭楼

我对《红楼梦》的感悟

我最近写完了《瓜饭楼重校评批红楼梦》一书。眼前即将出版。此书前后写作五年，到此书写完，我才对《红楼梦》有更进一步的理解。我认为《红楼梦》是一部政治性很强的书，对康、雍、乾时代的重大政治问题和社会问题，作者都有极为尖锐的抨击。但《红楼梦》又不是一部政治书，而是文学，是一部文学性、艺术性极高极强的长篇小说，其成就之高，可列于世界文学之冠。

因为它创造了一系列不朽的典型形象，因为它的悲剧性的故事情节催人泪下，令人不忍卒读而又不能释手，因为它的语言的蕴含量太深而又极为尖新，极富缓慢转型期的时代特征和人物个性特征，因为它的典型形象既有代表旧的世俗的人们习以为常的并且认为正常的理所当然的形象，又有代表时代的最尖新、思想最超越、行动最出俗的形象。而这两类形象，其第一类是多类型的，第二类是极少数的，只有贾宝玉和林黛玉两人。然而这两种类型的典型形象，各自有其深厚的社会思想基础，道德美学基础，因而也就永远成为社会上爱憎各自分明的人群的争论的焦点。而这种争论，恰好就是社会的道德美学思想和艺术美学思想的分界、分歧，所以这种争论我认为将是永恒的。因为这种分歧是历史的永久性的，社会历史永远也做不到舆论一律、道德一律和美学趣味一律。

我认为《红楼梦》里有很多情节隐含着作者的家史——显赫辉煌而痛苦受冤的家史，但《红楼梦》决不仅仅是曹家的家史，更不是曹雪芹的自传。就是曹家家史，也只是小说的一部分内容，而不是全部，虽然是极重要的内容。

我认为《红楼梦》的内容，更全面准确地说，是康、雍、乾时代社会矛盾：政治的、经济的、思想的、人生道路的、官制的、封建司法的、妇女问题的、社会习俗的等等方面的矛盾集中的突出的反映。但它是非常高超卓越的文学艺术而不是干巴巴的政治。它的崭新的先进思想是用卓越的艺术形象、动人的故事情节和精美含蕴的个性化的语言表达出来的。因而它更是文学艺术而不是单纯的思想政治。世界上是没有没有思想的文学艺术的。《红楼梦》的思想性最强，但它却是包蕴在艺术深处的。把《红楼梦》看作是无思想的纯感情的艺术，显然是误解。

《红楼梦》作者的根本思想，以上诸多方面问题的总根源，是作者对于人生的理想、是对于人应该走怎样的道路的理想，是人的爱情应该是怎样心灵契合、晶莹澄澈的理想，是人与人之间平等友爱关系的理想，是对于人生的感叹和沉痛的反思，是对于知音毁灭的悲哀和永恒的心灵契合的追念。

作者怀着对人类最美好的理想，充满着对人的爱心、对爱情的纯洁心、对女性命运的关切心、对人与人的平等友爱心和对一切恶的极端憎恨心等等。虽然，《红楼梦》里宝黛爱情的悲剧是震撼人的灵魂的悲剧，是唤醒人们自我意识的悲剧，是中国古典文学史上处于巅峰的爱情悲剧，是古典爱情最高最新升华的悲剧，是具有近现代生活意义的悲剧，是对社会后世影响无比深远的悲剧，但它并不是《红楼梦》的唯一的思想内容。所以如果把《红楼梦》仅仅看作是宝黛爱情悲剧的小说，那是浅化了、简化了《红楼梦》。所以，《红楼梦》作者所说的“谁解其中味”的“味”，是多重性的，而决不是单一性的，是整个社会的世味，而不是单一天真的“爱情”味！

总而言之，作者悟透了人生，尝够了人生的真味：苦的和甜的，酸的和辣的……而且也怀着对人生的远见预见和美好的真诚的理想，所以无论是从思想和艺术来说，作者都是超前的。他所创造的典型，远在世界现实主义文学典型之前列，更早于马克思、恩格斯典型理论整整一个世纪。所以，说作者是一个时代的超前者并不是虚夸，而是历史事实。

作者在《红楼梦》里所反映的思想是属于资本主义萌芽性质的民主思想，而不是所谓的“封建民主思想”。正因为《红楼梦》里贾宝玉、林黛玉的思想的社会性质是属于资本主义萌芽的性质，所以它与旧的封建势力处于矛盾对立的地位，所以它的思想才具有社会先进的内涵，也因此，他是处在幼弱的孤立无援的地位，他对未来的理想也只能是朦胧的。这种思想状况，与它所处的从封建社会到产生资本主义萌芽的缓慢转型历史时期是相一致的，它恰好是中国封建社会内部经济结构产生缓慢变化的一面镜子。不能承认和理解这一历史特征，就无法解读《红楼梦》。

对《红楼梦》的研究、理解，是需要多方面的修养和长时间的努力的，更需要真实不虚的态度、真诚的虔心。那种华而不实、哗众取宠的作风是无补于实际的，非但无补于实际而且是有害的，但是这种学风也是历史性的，也可以说是无世无之。只要读读杜甫的“尔曹身与名俱灭，不废江河万古流”的诗句，读读黄山谷的“人言九事八为律，倘有江船吾欲东”的诗句，可见历史是极为相似的。唯一的办法，就是“自律”两个字。而历史是既会过滤又会沉淀的，一切虚假的东西终是过不了历史沉淀和过滤的关的，所以不必过分害怕谎言的诱惑力、持久力，要坚信谎言的生命不过是秋蝉蟪蛄之属而已。

2004年9月25日夜1时于瓜饭楼

后　记

本书于2002年由黑龙江教育出版社出版以后，不久又被收入“中国文库”，去年我编《瓜饭楼丛稿》时，又编入了《解梦集》，因为《丛稿》要求每册字数大致相等，所以此书就不能单行。但是学术界找此书的正复不少，所以我只能再次把它作为单行本另出。

此书初版后，任继愈先生见到了此书，并且认真看了。一次，他见到了我，对我说：“《红楼梦》研究已有百余年的历史，已成为一种专门学问，称为‘红学’，但却一直没有见到论《红楼梦》思想的专门著作，书的思想性质不明确，那末就无法作确论。现在好了，您的《论红楼梦思想》出来了，我看了您的论析，完全同意您的意见，《红楼梦》确是属于中国历史上初期的民主思想，这一论断，与当时的社会思想思潮，经济发展的现实，历史发展的进程是一致的，所以《红楼梦》是具有历史进步思想的书，因为它具有初期的民主思想，它的思想性质与传统的封建专制思想是对立的，所以《红楼梦》里贾宝玉与贾政的思想冲突是对立性的，而不是封建思想内部的矛盾。”

我一直感谢任老对此书的评价，但任老是治哲学史、思想史的权威，我不宜用我的话把他的意思转述出来，不想任老竟弃我而去了。任老临终前我到医院去看他，见他疼痛得不停呼号，我心里难过至极，问旁边的护士还有他的家人，为什么不想法为他止痛？他们也无以回答。后来任老终于在临终前的痛苦中离我们而去了。我每想到任老临终前的情景，任老与我亲切的论学，还有我每次画展，任老都认真地观看，还不断地问我有关画的事情，这一切我都没有表达。现在趁本书的单独发行，我把它记录下来，以为对任老的纪念。

我一直感到《红楼梦》与其他小说最大的不同之处，就是它不完全是一部直白叙事的书，它的表现方式，在大篇的直白叙事里，还夹杂着一部分“欲说还休”“意内言外”的文字，也就是说，有一部分作者的思想和本人及家庭亲友所经历的事实，他没有明说，而是用隐藏的方式把它隐埋于字里行间里了，其中有一些已经被脂砚斋批出来了，而还有一些并没有批出，还被深藏在文字里，而我们也无法用确切的历史事实来印证，于是这就成为了人们探佚或争论的问题。我觉得这种争论是永远无法定论也无法终止的。

就表现手法来说，曹雪芹有点像屈原写《离骚》的方式，就其抒情的意义来说，它是与《离骚》相通的，所以鲁迅说它是“无韵之《离骚》”。就其表现手法来说，只是少数地方有“意内言外”的隐蔽手法，而这也常常是某些诗词的表现手法。何况从素质上来说，我认为曹雪芹是诗人。所以《红楼梦》充分具备诗的素质。因此，当我们深研《红楼梦》的思想的时候，千万不要忘记这是一部“无韵之《离骚》”，是一部拥有几十个乃至更多的不朽的艺术典型的长篇小说。

此书初稿的写作是我旅居海南避寒时开始的，从海南回来后又继续写作，直到2002年年初才写成，由我的助手高海英为我打字，并和我一起设计封面交出版社。去年此书交青岛社出《瓜饭楼丛稿》时也是由她重校后发出的，这次再出单行本，还是由她来帮我整理，但她现在已到商务工作了。一本书十年间三次由她经手，也避免了许多易出的差错，也是一种书缘，书此以存记忆。

我要谢谢商务印书馆的江远和于殿利两兄，使这部书仍能以单行本的形式与读者见面。

2012年11月12日于连理缠枝古梅草堂